ROYAL ROADER

# 로열로더 7 완결

**초판 1쇄 인쇄일** 2015년 5월 15일 ㅣ **초판 1쇄 발행일** 2015년 5월 19일

**지은이** 이희호 ㅣ **펴낸이** 곽중열 ㅣ **담당편집 팀장** 이범수
**편집부** 신연제 이윤아 김호성 김은경

펴낸곳 (주)조은세상 ㅣ 출판등록 제 2002-23호
주소  경기도 연천군 미산면 청정로 1355
TEL 편집부 02)587-2966 ㅣ FAX  02)587-2922
e-mail bukdu@comics21c.co.kr

ⓒ이희호 2014
ISBN 979-11-5832-065-2 ㅣ ISBN 979-11-5512-809-1(set) ㅣ 값 8,000원

※잘못 만들어진 책은 바꿔 드립니다.
※저자와의 협의에 의해 인지는 생략합니다.

# CONTENTS

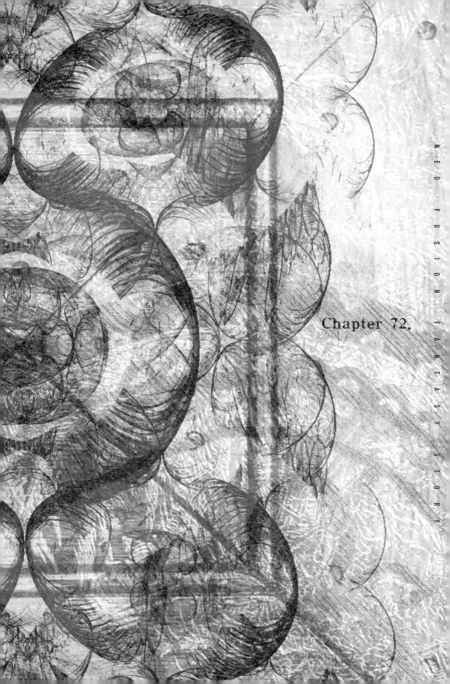

Chapter 72.

Chapter 72.

ROYAL
ROADER

I

제닌이 보여준 압도적인 위용에 코린트의 병사들은 주
춤거리며 물러나기 시작했다.

"물러나지 마라! 적은 단 한 명이다!"

"돌격하라! 밟아버려!"

푸슉!

칼을 휘두르며 열심히 병사들을 독려하던 지휘관들의
노고에 제닌은 푸른 섬광을 선사했다. 섬광이 스침과 동시
에 지휘관들은 입을 다물었다.

몸통을 이끄는 머리를 먼저 치는 것은 언제나 유용한 전
술이었다. 또한, 부차적인 효과도 노릴 수 있었다.

"으으으……"

그저 손가락만 까딱했을 뿐인데, 픽픽 쓰러지는 지휘관의 모습은 병사들에게 더 큰 공포감을 조성했다.

저벅. 저벅. 저벅.

제닌은 바닥에 내려서 천천히 걸었다. 고작 한 명뿐이었으나, 누구도 감히 그의 앞에 나설 생각을 하지 못했다.

"괴, 괴물이야……."

"우리는 상대가 안 돼. 다 죽을 거야……."

병사들의 숫자는 수천에 달했지만, 그들은 모두 겁에 질려 있었다. 다가오는 한 명을 피해 그들은 오히려 주춤주춤 뒤로 물러났다.

한 명이 수천 명을 압박하는 역설적인 광경이 펼쳐졌다.

"우, 우리는 그저 시키는 대로 했을 뿐이오!"

한 병사가 소리쳤다.

"훗!"

제닌은 코웃음으로 받았다.

"너희는 인간이라면 도저히 못 할 짓을 그대로 행했다. 만약 너희가 몬스터의 아가리 속에 밀어 넣은 것이 너희 가족이라면 과연 그러했겠는가?"

소리쳤던 병사는 입을 다물었다.

입이 열 개라도 할 말이 없었다.

제닌의 말은 지극히 상식적이었고 그랬기에 날카로운 침이 되어 병사들의 양심을 찔렀다.

인간으로서 못할 짓임을 알면서도 처벌이 두려워 그대로 따랐다. 그런데 만약 그들의 가족이 몬스터의 먹이로 던져질 상황이었어도 그랬을까?

답은 그들 모두가 잘 알고 있었다.

"강자에게 최소한의 저항조차 못 한 채 약자를 지옥으로 밀어 넣은 자들에게 내가 보일 자비는 없다."

제닌은 말과 동시에 대검을 치켜들었다.

검 끝에 맺힌 보석 같은 아우라는 병사들의 등 뒤에 선 성벽보다 높이 솟구쳤다. 비록 실처럼 가늘었지만, 그것의 위력은 모두가 이미 충분히 목도한 뒤였다.

검의 지배자, 소드 룰러.

인간을 아득히 초월한 초인의 파괴적인 힘을 상징하는 인텐시브 아우라.

고위기사도 막아낼 엄두를 못 낼 그것을 기사도 되지 못한 이들이 과연 어떻게 막아낼까!

두려움에 벌벌 떠는 병사들은 그저 그 죽음의 상징이 자신을 향하지 않기만을 간절히 바랄 따름이었다.

"으으… 사, 살려……."

"주, 죽기 싫단 말이야!"

오들오들 떨며 주저앉는 자부터 몸을 돌려 성문으로 달아나는 자까지 병사들은 다양한 모습을 보였다. 그러나 제닌을 향해 달려드는 자는 단 한 명도 없었다.

– 쿠워워워!

– 키릭! 키르르르릭!

병사들의 뒤쪽으로부터 몬스터의 포효가 들려왔다.

"끄아악!"

"으아아아악!"

처절한 비명이 뒤를 이었다.

병사들은 어찌해야 할지 모르는 얼굴로 허둥거렸다.

앞에는 인텐시브 아우라를 피워 올리는 제닌이, 등 뒤는 몬스터가 막아선 채 조여오고 있었기 때문이다.

'썩을!'

갑작스러운 몬스터의 등장에 제닌은 인상을 구겼다.

수천에 달하는 병력을 물리칠 능력은 있었지만, 한꺼번에 빠짐없이 처리하기는 어려웠다. 그러려면 처음 주민을 구할 때처럼 과도한 기술을 사용해야 하는데, 지금은 그만한 마력을 소모할 여력이 없었다.

따라서 그의 계획은 투항 유도였다. 먼저 압도적인 위용을 보여 병사들을 압박한 후, 마지막 순간 살짝 길을 열어주는 방식이었다. 그런데 막 결정타를 꺼내 들려는 찰나에 방해가 들어온 셈이었다.

[먼저 행동해야 합니다. 공포에 질린 병사들이 달려들거나 뿔뿔이 흩어지면 후방의 주민들이 위험해 집니다.]

'그 정도는 말 안 해도 알고 있다고!'

제닌은 큰 소리로 외쳤다.

"기회를 주겠다."

병사들의 시선이 그에게로 돌아왔다.

"살고 싶은 자는 무기를 버리고 저쪽으로 가라!"

제닌은 검지를 들어 방진을 형성한 주민들의 옆쪽 공간을 가리켰다. 그러자 병사들은 앞다투어 달려가기 시작했다.

"으아아아!"

"밀지 마! 내가 먼저다!"

중구난방 흩어지는 병사 중에는 모여 있는 주민 쪽으로 다가가는 이들도 있었다. 미니맵에서 붉은 점의 움직임을 주시하던 제닌은 휙 돌아 대검을 내리쳤다.

콰지지지직.

땅을 가르는 충격파가 병사들과 주민 사이를 가르며 기다란 선을 그렸다.

"너희 자리는 저곳이다."

제닌의 싸늘한 말투에 주민 쪽으로 향하는 병사는 다시 나오지 않았다.

'후우……. 그나저나 대체 몇 마리야? 끝이 안 보이네.'

흩어지는 병사들 사이로 드러난 몬스터의 숫자에 제닌은 고개를 내저었다. 적어도 수천 마리는 되는 듯했다.

'저 숫자만큼의 사람이 희생되었다는 말이겠지.'

제닌은 대검을 움켜쥐며 가속했다.

한때 인간이었던 그들의 희생은 안타까웠으나, 지금은 그들로 말미암은 또 다른 희생을 막는 게 중요했다.

'비록 쓰레기 같은 놈들이지만……'

그런 그들도 인간이기는 했다.

"으, 으, 으어어…… 살려……"

몬스터 앞에 주저앉은 채 떨고 있는 병사가 보였다. 날카로운 몬스터의 손톱이 막 휘둘러지려는 찰나였다.

"숙여!"

병사는 반사적으로 몸을 숙였고, 제닌의 대검이 그 자리를 갈랐다.

콰직!

몬스터의 몸은 형편없이 짓이겨진 채 옆으로 날아갔다. 그리고 다른 병사를 습격하려던 몬스터와 한 덩이로 어우러지며 바닥을 뒹굴었다.

쿠당탕탕탕!

"가, 감사합니다!"

요란한 소리 가운데 병사의 감사 인사가 들려왔다.

하지만 제닌은 미간을 찌푸리며 차갑게 대꾸했다.

"쓰레기 따위를 구해준 게 아니다. 다만, 몬스터 따위에게 인간이 죽는 모습이 보기 싫었을 뿐이다. 당장 내 눈앞에서 사라져라. 베어 버리고 싶으니까."

"차, 착하게 살겠습니다! 감사합니다!"

병사는 허겁지겁 일어나 달아나는 행렬에 섞여들었다.

– 띠링!

[이름 모를 병사의 호감도가 상승했습니다. 일정이상 호감도를 올리면 100% 확률로 청혼에 성공할 수 있습니다.]

'뭐, 뭐라고?'

갑작스러운 메시지는 다시금 몬스터를 향해 달려들려던 제닌마저도 놀랄 정도로 황당했다.

호감도란 단어는 이해할 수 있었다. 아마 좋은 감정의 정도를 나타내는 말이리라.

'내가 무슨 좋은 말 한 것도 아니고.'

게다가 더 큰 문제는 그 뒤의 단어였다.

'청혼? 남자가? 이게 지금 장난하……. 아!'

퍼뜩 정신을 차린 제닌은 미간을 확 찌푸리며 물었다.

'애니, 너 설마, 이것도 농담이라고 한 거냐?'

[어디까지나 본격적인 전투에 앞서 사용자의 긴장을 풀어드리기 위함이었습니다.]

'너, 욕 좋아하지?'

[좋아하지 않습니다. 다만 사용자에게 도움을 드릴뿐입니다. 덕분에 사용자의 생체 정보가 안정을 찾았습니다.]

말을 들어서인지 아니면 원래부터 그랬는지는 모르겠지만, 어쩐지 마음이 편해진 기분이 들기는 했다.

'훗! 나도 모르게 긴장하고 있었단 말인가?'

이곳은 적지였다.

적의 병력은 최소한 수만으로 추정되었고, 적이 부리는 몬스터 또한 수천에 달했다.

그뿐만 아니라 적의 수뇌부도 문제였다.

예전이라면 긴장할 필요가 없었겠으나, 적에게는 인간의 힘을 일순간 끌어 올리는 비약이 있었다. 비록 몬스터로 변한다는 부작용이 있기는 했지만, 강력한 힘을 발휘한다는 것만큼은 사실이었다.

게다가 적은 인간뿐만이 아니었다. 어쩌면 이들을 돕기 위해 이 종족들이 왔을 수도 있었다. 만약 산맥 지하의 시설에서 보았던 검은 로브의 수장이 왔다면, 단 한 명만으로도 제닌의 생명을 위협할 수 있었다.

그런데 아직 끝이 아니었다.

제닌의 등 뒤에는 수십만 명에 달하는 사람이 있었다. 전력에 보탬이 된다면 모르겠으나, 안타깝게도 그들은 짐에 불과했다. 그것도 최대한 많은 숫자를 지키고 보호해야 할 짐이었다.

'허! 따지고 보니, 이건 거의 미친 짓 수준인데?'

동시에 성공할 가능성이 제로에 수렴하는 미션이기도 했다. 누가 봐도 불가능해 보이는 일. 어쩌면 목숨을 버리려고 환장한다고 할 사람도 있을 것이다.

'어쩐지 어깨가 좀 무겁다 싶더라니……'

이성은 불리한 점을 애써 생각지 않으려 했지만, 본능은 위기감을 느꼈던 모양이다. 수많은 사람을 떠안았다는 중압감이 어깨를 짓눌렀고, 그 때문에 저도 모르는 사이 긴장으로 몸이 굳어졌던 모양이다.

[긴장하지 마십시오. 사용자에게는 이 상황을 사용자의 뜻대로 풀어나갈 힘이 충분합니다.]

— 크르르르.

'빈말은 아니겠지?'

제닌은 씩 웃으며 눈앞에서 걸쭉한 침을 흘려대는 몬스터를 베어 버렸다.


Ⅱ


얼마를 베었을까?

몇 번을 휘둘렀을까?

기억이 나지 않았다.

보고, 다가가서, 휘두른다.

단지 그뿐이었다.

기계적으로 반복되는 움직임.

어느 순간부터는 자신이 검을 휘두르는 것인지, 검이 자신을 휘두르는 것인지 모호한 생각이 들 정도였다.

'젠장. 끝이 없네. 끝이!'

[그래도 몬스터의 숫자는 절반 이상 줄어들었습니다.]

애니와 대화를 하는 와중에도 몸은 기계처럼 움직였다.

보고, 다가가서, 휘두른다.

서걱.

– 키에에에에엑!

몬스터가 내지르는 처절한 단말마를 들으면서도 이제는 별다른 감정이 느껴지지 않았다.

'마력을 아끼기는 했는데 이러다 내가 먼저 지치는 거 아니야?'

사실 제닌이 작정하고 마력과 스킬을 사용했다면 이미 한참 전에 몬스터를 쓸어 버렸을 터였다.

처음에는 전격전을 계획했었다. 몰려나오는 몬스터를 최대한 빨리 정리한 후, 성 안으로 들어가 수뇌부를 타격할 생각이었다.

하지만 계속되는 애니의 조언 끝에 제닌은 계획을 수정할 수밖에 없었다. 특히, 성 내부에 무슨 함정이 도사리고 있을지 모른다는 애니의 말이 결정적이었다.

이곳은 적지였다.

가뜩이나 신경 쓸 게 많은 상황에서 제대로 된 함정에 빠지기라도 하면 남은 것은 죽음뿐이다. 그보다는 적당히 지친 모습을 보여주어 적을 밖으로 끌어내는 편이 훨씬 나았다.

[활력 물약 한 병이면 회복할 수 있습니다.]

애니의 대답에 제닌은 앓는 소리를 냈다.

'끄응……. 그런 소리가 아니잖아. 활력 물약으로 육체는 회복해도 정신적인 피로는 어떻게 할 건데?'

[굳건한 의지로 이겨내십시오.]

한 마디 한 마디가 지극히 옳은 말이기는 한데, 이상하게 얄미운 기분이 드는 건 왜일까?

서걱. 서걱. 서걱.

정신은 애니와의 대화를 하는 와중에도 몸은 기계적으로 움직여 계속해서 몬스터를 베어냈다. 어느 순간부터는 말을 나누는 것조차 귀찮았는지, 제닌은 묵묵히 몬스터만 베어내고 있었다.

그렇게 얼마가 지났을까?

계속해서 쌓여왔던 피로감이 마침내 어깨의 움직임을 만들어내기에 이르렀다.

"허억. 허억. 허억."

어깨가 들썩이며 입이 거친 숨소리를 토해냈다.

[미니맵에 변화가 감지되었습니다.]

'응?'

문득 떠오른 메시지에 제닌은 미니맵을 살펴보았다.

변화는 코린트 성 쪽이 아닌, 후방에서 일어나는 중이었다. 중립을 상징하는 노란색으로 가득했던 점들 가운데 주황색 점이 속속 나타나고 있었다.

'뭐야? 투항한 놈들이잖아? 설마 마음을 바꿔 먹은 건가?'

제닌의 얼굴이 확 굳어졌다.

'이래서 머리 검은 짐승은 함부로 거두는 게 아니란 말이 나온 거겠지.'

[배신은 아닙니다. 투항한 병사 사이에서 격렬한 에너지의 변화가 감지되었습니다.]

'격렬한 에너지 변화?'

격렬한 에너지 변화가 상징하는 것은 하나뿐이었다.

인간의 몬스터화.

'이 빌어먹을 개새끼들은 대체 사람 목숨을 뭘로 보는 거야?'

이것은 병사들을 전투로 내몰기 전, 이미 인간을 몬스터로 변형시키는 비약을 먹인 것을 의미했다.

독약은 아니지만, 독약보다 더 악랄했다. 일단 몬스터화가 진행되면 되돌릴 방법이 없었기 때문이다.

"썅! 이건 아껴두려고 했는데!"

제닌은 욕설을 내뱉으며 품 안에서 길쭉한 원통형 물체를 꺼냈다. 가트와 공방에서 개발한 신형 익스플로전 스톤이었다. 수뇌부와의 일전을 대비해 아껴 두었건만, 이제는 사용할 수밖에 없었다.

몬스터화가 시작된 후방을 그대로 두었다가는 수천의

병사는 물론 수십만의 주민까지 엄청난 피해를 볼 터였다.

딸깍.

윗부분을 돌리자 소리와 함께 무언가가 타들어 가는 미약한 소리가 들려왔다.

[하나로는 모자랍니다. 성벽을 무너뜨리기 위해서는 최소한 다섯 개 이상을 한꺼번에 사용해야 합니다.]

'그런 건 진즉 좀 알려 달라고!'

제닌은 부랴부랴 몇 개를 더 꺼내 든 후 한데 모아 성문을 향해 던졌다.

쿠아아앙!

무시무시한 폭발이 일어나며 성벽이 들썩였다. 목표가 되었던 성문은 흔적도 없이 사라졌고, 양옆의 성벽이 붕괴해 그곳을 메웠다.

직후, 제닌은 인텐시브 아우라를 길게 늘여 사방을 휩쓸었다. 운 좋게 성벽의 붕괴에서 빠져나왔던 몬스터들은 허리가 잘린 채 쓰러졌다.

'어느 정도 시간은 벌었겠지?'

[몬스터가 붕괴 된 성벽을 타 넘는 데에는 대략 3분 정도 필요할 것으로 예상합니다.]

'그 정도면 충분하지.'

3분도 필요 없었다. 작정하고 힘을 쓰면 변이 중인 몬스터 따위는 1분이면 휩쓸어 버릴 수 있었다.

제닌은 땅을 박차며 날아올랐다. 그리고 몸을 돌려 후방으로 날아가려 할 때였다.

[조심!]

다급한 메시지와 함께 갑자기 주변의 공기가 무거워졌다.

구우우웅.

육중한 무언가가 공중에 떠오른 제닌의 몸을 사정없이 찍어 눌렀다. 투명한 거인의 손에 얻어맞은 날벌레 마냥 제닌의 몸은 바닥으로 곤두박질쳤다.

쿠웅!

몸에 두른 보호 덕분에 피해는 면했으나, 떨어진 충격으로 피어오른 흙먼지는 제닌의 호흡기를 괴롭혔다.

"쿨럭!"

제닌은 기침을 토해내며 애니에게 물었다.

'젠장! 어디야?'

[성벽 위에서 에너지 반응이 감지되었습니다.]

슬쩍 고개를 돌려 위를 바라보니 검은 로브를 둘러쓴 열 명가량의 인물이 양팔을 펼친 채 서 있었다.

'흑마법사인가?'

그뿐만이 아니었다.

활을 겨누는 다갈색 피부의 엘프도 있었고, 거대망치나 전투도끼 따위의 둔기를 든 육중한 덩치를 가진 거인족도 눈에 띄었다. 또한, 긴 창을 든 이들도 있었는데 말의 하체에 인간의 상체를 가진 특이한 생김새였다.

'다크엘프, 자이언트는 알겠는데. 저건…….'

[…… 켄타우로스(Centaur)입니다.]

'앞에 생략된 말 속에 어쩐지 한숨 소리가 섞여 있을 것 같은데.'

[기분 탓입니다.]

제닌은 별 의미 없는 말을 주고받으며 놀랐던 마음을 가라앉혔다. 피해는 크지 않았지만, 자신의 염력처럼 적에게도 보이지 않는 힘을 발휘할 수단이 있다는 것은 깜짝 놀랄 일이었다.

'후우……. 점점 귀찮아지는군.'

[위험하다는 표현이 옳습니다.]

애니의 지적에 제닌은 입맛을 다시며 미니맵을 살폈다.

'애니, 후방 병력 중에서 몬스터로 변이를 일으키는 놈들은 얼마나 되지?'

[현재 감지된 것은 208개체입니다.]

'아까 좌표 보정이란 말을 하던데, 네가 도와주면 정확하게 맞출 수 있는 거야?'

[가능합니다. 하지만 지금은 성벽 위에 나타난 적에게 집중하는 편이 좋습니다.]

'힘을 다할 생각은 없어. 일단 절반 정도만 줄여 놓고 남은 것들은 어떻게든 알아서 처리하기를 빌어야지.'

번쩍. 번쩍.

제닌의 몸 주변에 백여 개의 푸른 섬광이 떠올랐다. 크기는 단검보다 작았으나, 내부에 무시무시한 힘을 응축한 강력한 무기였다.

'준비는?'

[끝났습니다. 발사하시면 됩니다.]

"가랏!"

제닌은 큰소리로 외치며 성벽 쪽을 향해 푸른 섬광을 쏘아냈다. 성벽 위의 적들이 부랴부랴 성벽 뒤로 숨거나 방어막을 형성하는 모습이 눈에 들어왔다.

'그건 페이크고.'

제닌이 히죽 웃는 것과 동시에 성벽 위를 향해 날아가던 푸른 섬광은 완만한 곡선을 그리며 휘어졌다. 공중으로 높이 솟아올랐던 섬광의 방향이 후방 쪽으로 꺾였다.

슈슉. 슈슈슈슈슈슉.

둥근 원을 그리며 솟아올랐던 푸른 섬광이 떨어져 내리기 시작했다. 일견 아름다워 보일 수도 있는 광경이었지만, 시점에 따라 받아들이는 감정은 극명하게 갈라졌다.

생명을 약탈하는 악마의 창.

악을 심판하는 신의 창.

어떻게 받아들이든, 푸른 섬광은 제 할 일을 했다.

푸푸푸푸푸푹!

바닥으로 내리꽂힌 푸른 섬광은 몬스터로 변이를 일으키는 이들의 머리를 꿰뚫었다. 간혹 거리가 가까운 경우는 두 개체를 한꺼번에 꿰뚫은 것도 있었다.

'호오! 자신할 만한데?'

제닌은 단 하나도 빗나간 것이 없다는 점이 놀라웠다.

[이 정도는 기본입니다.]

애니의 대답에 제닌은 피식 웃으며 성벽 위를 바라보았다. 그의 손에는 어느새 익스플로젼 스톤이 뭉치로 들려 있었다.

'니들을 위해 준비한 건, 이거란 말이지.'

푸른 섬광의 화려함에 시선을 빼앗겼던 적들은 성벽 쪽으로 날아드는 길쭉한 원통을 바라보며 황망한 표정을 지었다.

쿠콰콰콰콰쾅!

폭음과 함께 자욱한 연기가 성벽을 뒤덮었다.

'쳇! 어느 정도 수준 이상의 적에게는 큰 효과를 기대할 수 없다더니.'

제닌은 혀를 찼다. 비록 시야는 연기로 가려졌으나, 미니맵이 보여주는 성벽 위의 붉은 점은 거의 줄어들지 않았다.

가트는 익스플로젼 스톤이 하이어까지는 타격을 줄 수 있으나, 오러를 방어에 활용할 수 있는 엑셀시어부터는 큰 타격을 줄 수 없다고 했다. 그리고 방금 상황으로 가트의 말은 사실임이 밝혀졌다.

'그렇다는 말은 저들이 최소한 엑셀시어 이상이라는 말인데…….'

마음이 무겁게 가라앉았다.

하지만 미니맵은 부정적인 사실만 보여주는 것이 아니었다. 후방에서도 변화가 일어나고 있었다.

녹색 점의 일부가 떨어져 나와 코린트의 병력이 있는 곳으로 움직였다. 맹세한 자들이 자발적으로 몬스터로 변이를 일으키는 자들을 처리하러 나선 모습이었다.

착잡한 마음 가운데에도 힘을 주는 광경이었다.

'정말 탐나는 인재란 말이지.'

제닌은 최초로 맹세한 인물을 떠올리며 흐뭇한 미소를 지었다.

[후방은 저들에게 맡기고 신경을 끄는 편이 좋습니다. 적들의 에너지가 심상치 않습니다.]

애니의 메시지와 함께 제닌은 거미줄처럼 끈적끈적한 마나의 사슬이 몸을 휘감아 옴을 느꼈다.

'이것들이 어디서 수작질을!'

제닌은 움켜쥔 대검을 사방으로 휘둘렀다.

투툭. 툭.

몸을 휘감아 오던 마나의 사슬이 가닥가닥 끊어졌다.

'애니, 혹시 저번처럼 감지되는 에너지를 토대로 추정 레벨을 보여줄 수 있나?'

[가능합니다. 사용자의 시야에 추정 레벨에 대한 정보 표기를 병행합니다.]

시야가 한차례 반짝이며 흑마법사와 이종족의 머리 위에 숫자가 떠올랐다. 20대 중후반부터 40대 초반까지 다양한 레벨 분포를 보여 주었다.

그 사이 성벽 위에는 은빛 갑옷을 착용한 기사들이 추가되었다.

'귀족회의 측 기사인가? 그런데 입가에 저건 또 뭐야?'

기사들의 입가는 붉고 푸른 액체로 물든 상태였다.

[몬스터의 피로 추정됩니다.]

'피? 저것들이 지금 몬스터의 피를 마셨다는 건가?'

[묻어 있는 피의 형태로 볼 때, 피를 마셨다기보다는 다른 것을 섭취하면서 묻은 것으로 추정됩니다.]

'그럼 고기나 내장 같은 것을 먹었다는 말인가?'

제닌의 표정은 그리 좋지 못했다. 몬스터의 고기나 내장을 인간이 뜯어먹는 모습을 떠올리니 비위가 상했던 탓이다.

'아무리 강해지기 위해서라지만, 쯧!'

[기사에게 사용한 것으로 볼 때, 몬스터로 변하지 않으면서 힘을 끌어올리는 방법이 있는 것으로 보입니다. 제 추측으로 저것은 국왕 측이 사용하던 방법 같습니다.]

'국왕측? 아! 저번에 노신이 아직 버틸만하다고 밀서를 보냈던 이유가 저것 때문이었나?'

제닌은 당시 아무런 대가 없이 무작정 지원을 요구하던 귀족의 얼굴을 떠올렸다.

'그 작자는 살아 있으려나 모르겠네.'

[포로로 잡힌 국왕 측 귀족을 심문해 그들의 비기를 알아낸 듯싶습니다.]

'그런데 저런 방법이 있음에도 국왕 측이 패배했다는 말은, 안전하지만 증폭률은 떨어진다는 뜻이겠군.'

[추가된 기사들의 에너지-레벨 변환 정보를 표기합니다.]

고개를 끄덕이는 제닌의 시야에 기사들의 레벨이 들어왔다.

'20레벨 중후반.'

[몬스터로 변형된 병사들의 에너지-레벨 정보가 10레벨을 넘어선 것을 생각하면, 안전하지만 증폭률이 낮다는 사용자의 추정이 옳습니다.]

'아무튼, 일단 저것들부터 쓸어 버려야 한다는 말이겠지?'

다수의 병력을 상대할 때에는 머리부터 쳐서 혼란에 빠뜨리는 게 좋았지만, 소수의 강자를 상대할 때에는 반대였다.

강자 옆에 붙은 약자는 제 실력 이상을 발휘한다. 그 때문에 약자부터 잘라 적의 숫자를 줄여야 전투를 수월하게 풀어나갈 수 있었다.

제닌이 그렇게 생각할 즈음, 성벽 위의 기사들이 아래로 뛰어내렸다. 오히려 제닌을 도와주는 일이었다.

'그래 주면 나야 고맙지!'

제닌은 땅을 박차며 앞으로 튀어 나갔다.

[마스터! 성벽 위 고에너지 반응!]

애니의 경고와 함께 시커멓게 타오르는 구체가 제닌을 노리며 날아들었다.

제닌은 대검을 사선으로 휘둘러 바닥을 찍었다. 그리고 그 반동을 이용해 옆으로 뛰어올랐다.

콰아아앙!

몸을 스쳐 간 검붉은 구체가 격렬한 폭발을 일으켰다. 하지만 아직 끝이 아니었다.

[다수의 고에너지체가 날아옵니다.]

"하압!"

제닌은 짧은 기합과 함께 날아오는 구체를 향해 대검을 휘둘렀다.

스르르륵.

마치 물을 벤 것처럼 구체를 통과하는 대검. 반으로 나뉜 구체는 제닌을 향해 계속 날아오는 중이었다.

'썩을!'

제닌은 마력으로 보호막을 보강하며 양손을 앞으로 쭉 뻗었다. [보이지 않는 손]이 발동되었다.

이거라도 해보자는 마음이었건만, 뜻밖에도 날아오던 검은 구체의 속도가 확연히 줄어들었다.

'이게 통해?'

슬쩍 힘을 더하며 보이지 않는 손의 범위를 넓혔다. 이에 최초의 둘로 갈라진 것뿐만 아니라 뒤따르던 검은 구체들마저 움직임이 느려지다가 오히려 뒤로 밀려났다.

허공에 둥실 뜬 채로 역행하는 구체를 바라보는 적의 얼굴에 놀라움이 스쳐 갔다.

'그렇다면!'

제닌은 정신력을 쥐어짜 보이지 않는 손에 힘을 더했다. 검은 구체가 뒤로 밀려나는 속도가 한층 빨라졌다. 그러자 성벽 위 흑마법사들이 오만상을 찌푸리며 손을 뻗었다.

허공에서는 검은 구체를 사이에 둔 보이지 않는 힘싸움이 펼쳐졌다.

뛰어내렸던 기사들은 난감한 표정으로 수군거렸다. 이도 저도 못한 채 머뭇거리는 모습이었다.

[검은 구체는 '꺼지지 않는 불꽃'이라고 합니다. 대상의 생명력을 빨아들여 불꽃을 유지하기 때문에 죽기 전까지는 꺼지지 않는다고 합니다.]

'응?'

제닌의 물음에 애니가 다시 메시지를 띄웠다.

[기사들의 입 모양을 읽었습니다.]

'머뭇거리는 이유를 알겠군.'

제닌은 히죽 웃었다.

만약 달려들었을 때, 검은 구체가 폭발하기라도 한다면 그 아래에 있던 기사들은 전멸이다.

'아군의 공격에 당하는 것만큼 기분 더러운 것은 없을 테니까.'

단지 기분뿐만이 아니었다. 기사들에게는 목숨까지 달린 일이었다.

피이이잉.

살짝 마음을 놓으려 할 때, 날카로운 소리가 귀를 때렸다.

제닌은 순간적으로 보호에 들어가는 마력을 늘렸다.

쩌엉!

급히 보강했음에도 화살은 보호막을 꿰뚫고 안으로 날아들었다.

'역시 엑셀시어 이상이라는 건가?'

어쩔 수 없이 피한 탓에 검은 구체를 밀어내던 보이지 않는 손의 힘이 풀려 버렸다.

후우우우웅.

급속도로 날아드는 검은 구체들.

제닌은 오히려 앞으로 달려들며 머리 위를 지나치는 검은 구체에 힘을 더했다.

흑마법사들이 다급하게 주먹을 움켜쥐었으나, 제닌은 이미 검은 구체들 아래를 통과한 뒤였다.

푸화아아악!

검은 구체들이 터져 나가며 영혼을 태우는 불꽃이 제닌이 지나친 자리를 잠식했다.

'덕분에 후방에 대한 걱정을 덜었군.'

제닌은 히죽 웃었다.

불꽃이 사그라지지 않는 한, 적의 기사나 이종족이 후방으로 넘어가기는 쉽지 않았다. 몬스터로 변이한 병력만 잘 처리한다면 한동안 후방에 대한 신경은 쓰지 않아도 되었다.

피이이잉!

다시금 다크 엘프의 화살이 날아들었다.

슬쩍 허리를 틀어 피하려 했으나, 그 순간 화살의 경로 또한 미세하게 변화했다.

카르릭!

듣기 싫은 소리와 함께 흉갑에 긴 흠집이 새겨졌다.

'이거 엄청 성가신데?'

후우우웅!

제닌이 미간을 찌푸릴 때, 화살과는 확연히 다른 파공성이 귀를 울렸다. 켄타우로스의 공격이었다.

'아주 죽어라! 죽어라! 하는구나!'

제닌은 한숨을 내쉬며 바닥을 박찼다. 모여 있는 기사들의 모습이 끌어당긴 듯 가까워졌다.

성가신 공격을 막아줄 방패들이었다.

제닌은 방패를 세운 기사들을 훌쩍 뛰어넘어 후방에 떨어졌다.

'수확!'

황급히 몸을 돌려 방패를 앞세우는 기사들 사이로 푸른 원반이 피어났다. 두꺼운 방패와 갑옷 덕분에 큰 피해는 없었으나, 머리 위 생명력 막대는 확실히 줄어들었다.

'엇! 그러고 보니, 이것들⋯⋯.'

제닌은 기사들의 장비를 주시했다. 기사들은 하나같이 그가 크라인 왕국에 제공한 장비로 무장한 상태였다.

'이렇다면 방법이 있지!'

제닌은 기사들을 바라보며 히죽 웃었다. 갑작스러운 웃음에 기사들은 바짝 긴장한 얼굴로 방패를 다잡았다.

'지금?'

슬쩍 물음을 띠웠던 제닌은 이내 고개를 저었다.

'아니지. 어차피 한 번밖에 못 쓸 것.'

더 결정적인 순간에 사용하는 편이 좋았다.

'추가 이득이 있으면 더 좋고 말이지.'

피잉! 피이이잉!

후우우우웅!

날아드는 화살과 투창을 피해 제닌은 성벽에 바짝 붙었다.

투창은 그대로 바닥에 꽂혔고, 화살은 미묘한 곡선을 그리며 제닌을 따라붙었다.

'역시 성가셔.'

제닌은 대검을 휘둘러 화살을 쳐내며 투덜거렸다.

"우아아아아아!"

함성을 내지르며 달려드는 기사들.

동시에 몸이 무거워졌다. 보이지 않는 거인의 손이 몸을 짓누르는 느낌이었다.

'이건 처음과 같은……'

[마나 역장입니다. 마력을 보호 밖으로 내뿜어 폭발시키면 해결할 수 있습니다.]

제닌은 애니가 시키는 대로 마력을 보호막 밖으로 뿜어내 폭발시켰다.

우우우웅!

격렬한 진동이 한차례 들려온 후, 그의 몸을 옥죄던 마나 역장은 사라졌다.

'고마워 애니!'

제닌은 몸이 가벼워짐을 느끼며 그대로 기사들 사이로 뛰어들었다.

방패가 정면을 막아섰고, 양옆에서 검이 날아들었다.

쩡!

방패를 때린 대검이 그대로 튕겨 나왔다. 예상외로 방어가 단단했다. 제닌은 방패에 서린 미약한 기류를 발견했다.

[강화마법이 걸린 장비입니다. 마력을 집중해 뚫어낼 수 있지만, 마력의 낭비가 심합니다.]

'방패는 때려봤자 의미가 없다는 말이군. 그럼 갑옷은?'

[지금의 힘으로도 충분합니다.]

'그렇단 말이지?'

제닌은 히죽 웃으며 반전했다.

날아들던 검이 등 뒤를 스쳐 지나갔지만, 공격은 그것이 전부가 아니었다. 눈앞에서는 투창이 날아드는 중이었고, 화살은 정수리를 노리며 내리꽂히는 중이었다.

제닌은 인벤토리에서 꺼낸 익스플로젼 스톤 몇 개를 성벽을 향해 내던졌다.

꽈꽈꽝!

'기습.'

폭염과 분진이 시야를 가린 사이 다시 몸을 돌려 기습을 사용했다. 그러자 후미에 있던 기사의 등이 그를 반겼다.

푸욱.

제닌은 망설임 없이 그곳에 대검을 꽂았다.

"커헉!"

갑자기 사라진 탓에 제닌을 시야에서 놓쳤던 기사들은 비명이 들려온 곳으로 일제히 고개를 돌렸다. 그곳에는 기사의 등 뒤에 대검을 꽂은 채 히죽 웃는 제닌이 있었다.

이것은 조롱의 비웃음이었고, 기사들을 향한 강렬한 도발이기도 했다.

"빌어먹을 자식이!"

"죽여!"

기사들은 침착함을 잃고 분분히 달려들었다. 동시에 폭염과 분진이 걷힌 성벽 위에서도 다시금 공격이 날아들었다.

'애니, 성벽은?'

[하단 쪽에 열 개 이상.]

'확실해? 그러면 무너뜨릴 수 있어?'

[성벽은 이미 무너지기 직전입니다. 기단부만 정확히 타격하면 확실히 무너집니다.]

'알았어!'

제닌은 다시금 기사들 사이로 파고들었다. 사방에서 날아드는 검과 화살, 투창을 피해 훌쩍 뛰어올랐다.

가장 거슬리는 것은 날아드는 도중 경로를 바꾸는 다크 엘프의 화살이었다. 아니나다를까, 제닌이 뛰어오름과 동시에 화살은 제닌을 향해 경로를 틀었다.

차차차창.

대검을 크게 휘둘러 화살들을 쳐낸 제닌이 익스플로젼 스톤을 남김없이 꺼내 던졌다. 수량은 모두 서른 개.

"무너져라!"

서른 개의 익스플로젼 스톤들이 약간의 시차를 두고 성벽 아랫부분을 향해 날아들었다.

콰콰콰콰콰콰쾅!

지축이 울릴 정도의 폭발이 일어났다. 그리고 그것은 위태롭던 성벽을 마침내 무너뜨렸다.

그러나 적에게 큰 타격을 주지는 못했다.

흑마법사들은 성벽이 무너지기 직전 공중으로 몸을 띄워 올렸고, 다크 엘프는 떨어지는 석재들을 딛으며 바닥으로 착지했다.

잔해와 함께 묻혔던 자이언트들은 잔해를 폭발적으로 밀치며 밖으로 나왔고 마지막으로 켄타우로스는 제닌의 눈을 놀라움으로 물들였다.

'허! 저게 가능해? 하늘이 무슨 땅바닥이야?'

제닌은 하늘을 달리는 켄타우로스의 모습을 멍하니 바라보았다.

[공기를 압축해 발판으로 삼은 것뿐입니다. 그보다는 마법이나 염력으로도 날아오르는 게 더 놀라운 일입니다.]

생각해보니 그러기는 했다.

실체가 없는 마나나 마력과 비교해 공기는 빠르게 움직일 때의 저항으로 실감하기 쉬웠기 때문이다.

잠시 생각하는 사이 제닌은 완전히 포위되었다.

일부러 적에게 시간을 준 탓도 있었다.

가장 안쪽으로 방패를 든 기사들이 섰고, 그 뒤에는 자이언트와 켄타우로스가 포위망을 만들었다. 마지막으로 흑마법사와 다크 엘프가 최외곽을 이루었다.

'그럼, 가 볼까?'

제닌은 적이 포위하는 동안 마냥 놀고 있었던 것이 아니었다. 암암리에 마력을 끌어모으며 일격을 준비했다.

이제 그것을 아낌없이 표출할 때다.

"회수!"

짧은 외침. 그러나 이에 따른 결과는 놀라웠다.

완벽했던 기사들이 복장이 갑자기 사라졌다. 헐벗은 기사들이 눈을 크게 뜨는 사이, 제닌의 대검이 공중을 휘돌았다.

서걱. 서거걱. 서걱.

적으로서는 끔찍한 소리가 들려왔다.

푸른 보석과 같은 아우라가 맺힌 제닌의 대검은 기사들의 몸을 양단했고, 이어 뒤쪽에 서 있던 자이언트와 켄타우로스의 일부마저 휩쓸었다.

피륙이 잘리는 소리와 금속이 부딪치는 소리가 어지럽게 들려왔다.

"크아아아아아악!"

진득한 비명이 그것을 만들어낸 원흉을 향해 쏟아졌으나, 제닌은 이미 그 자리에서 사라진 뒤였다.

서걱!

검은 로브의 등 뒤에서 나타난 제닌이 대검을 휘둘렀다.

"크으윽!"

흑마법사 두엇과 다크 엘프 서넛의 몸이 동시에 갈라졌다. 그러나 비명을 따라 황급히 돌아간 시선 역시 제닌의 몸을 담아낼 수 없었다. 그는 이미 반대편 검은 로브의 등 뒤로 이동한 뒤였다.

"크으윽!"

다시금 답답한 비명이 새어 나왔고, 이번에 돌아간 시선은 다행히 제닌의 모습을 잡아낼 수 있었다.

"어이쿠! 드디어 날 찾았나?"

제닌은 싱글싱글 웃으며 손까지 흔들어주었다.

"쿠오오오오!"

"크아아아아!"

제닌의 도발에 이종족들은 분노의 고함을 내질러댔다.

흑마법사들이 이를 악물었다. 다크 엘프들은 하늘 높이 뛰어올라 시위에 화살을 메겼다.

자이언트와 켄타우로스는 오히려 물러섰다.

'어라?'

의외의 모습에 제닌이 놀라는 사이, 애니의 메시지가 떠올랐다.

[고도의 에너지 집중이 감지되었습니다.]

제닌은 황급히 뒤로 물러서며 보호막에 마력을 집중했다.

쿠아아앙!

근처에 있던 흑마법사의 몸이 거대한 폭발을 일으켰다.

'이런, 미친놈들! 자폭이라니!'

피잉! 피피핑!

시위를 떠난 화살들이 먹이를 노리는 매처럼 날아들었다.

제닌은 대검을 비스듬히 세워 화살들을 튕겨냈다. 그와 동시에 그의 등 뒤의 바닥에 푸른 섬광들이 생성되었다.

"기습!"

제닌은 일부러 소리를 내며 다른 쪽 흑마법사의 등 뒤로 이동했다.

서걱!

대검이 흑마법사의 몸을 갈랐고, 내지른 비명이 시선을 끌어모았다. 공중에 떠있는 다크 엘프들이 다시금 시위에 화살을 메길 때 제닌은 히죽 웃었다.

"니들은 못날지?"

번쩍이는 섬광이 다크 엘프들을 향해 날아들었다. 기습을 사용하기 전 만들어 바닥에 깔아 둔 푸른 섬광이었다.

다크 엘프들은 활대를 휘둘러 푸른 섬광을 막아내려 했으나, 날아드는 무기의 경로를 바꾸는 것은 그들만의 전유물이 아니었다.

푸슉! 푸푸푹!

활대를 피해 날아든 푸른 섬광이 다크 엘프들의 몸을 꿰뚫었다.

"우워워어어!"

자이언트들이 둔기를 들며 달려들었고, 켄타우로스들 역시 장창을 옆구리에 낀 채 돌격했다.

그런 그들을 향해 제닌은 다시 한 번 손을 흔들어 주었다.

"기습."

이제 얼마 남지 않은 흑마법사의 등 뒤에 나타난 제닌의 대검이 춤을 췄다.

"쿠워어어어어!"

서넛의 흑마법사의 몸이 갈라졌고, 분노에 찬 자이언트의 괴성이 고막을 때렸다.

흑마법사들이 일제히 이를 악물었다. 단호한 그들의 눈빛은 그들의 다음 행동을 짐작게 했다.

"기습!"

제닌은 다시금 기습을 외치며 사라졌다.

콰쾅! 콰콰콰콰쾅!

남아 있던 흑마법사들의 몸이 일제히 폭발했다. 몇몇 이종족이 폭발에 휘말려 희생되었으나, 남은 이종족들의 표정은 그리 어둡지 않았다.

얄미운 적을 제거할 수만 있다면 어느 정도의 희생은 감수할 수 있다는 마음이었다.

"그런데 이거 미안해서 어쩌지?"

얄미운 인간의 목소리가 다시금 들려왔다. 제닌은 시커멓게 탄 자이언트의 몸을 슬쩍 밀어내며 모습을 드러냈다.

남아 있는 이종족들의 얼굴이 와락 일그러졌다.

"한 가지 충고하자면. 전투 도중 그렇게 감정을 드러내는 것은 죽여달라고 시위하는 거나 마찬가지라고."

점잖게 충고하는 제닌의 얼굴에는 자신감이 넘쳐 흘렀다.

가장 성가셨던 흑마법사와 다크 엘프들을 모조리 처리했기 때문이다.

"싸워라! 인간! 정정당당하게!"

"흐흐흐! 원한다면!"

제닌은 바닥을 박차며 쇄도하는 자이언트와 켄타우로스를 향해 마주 달려갔다.

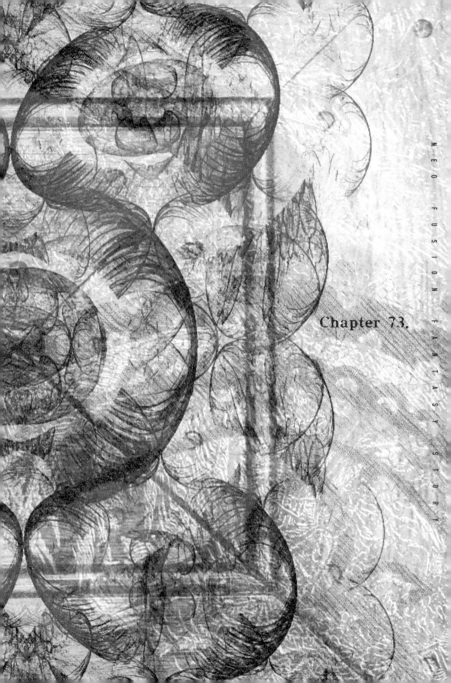

Chapter 73.

# ROYAL ROADER

I

서걱!

– 쿠웨에엑!

단말마를 끝으로 마지막 몬스터가 쓰러졌다.

"우와아아아아!"

"이겼다! 왕국의 영웅 만세!"

"라테스 남작님 만세!"

수십 만의 인파가 내지르는 함성이 고막을 때렸다.

"하아. 하아. 하아."

거친 숨을 내뿜는 제닌의 얼굴에는 만족스러운 미소가 떠올라 있었다.

'되네. 솔직히 안 될 줄 알았는데 말이야.'

솔직히 말하자면 처음에는 무리라고 생각했다. 어떻게든 시간을 끌면서 방법을 찾아내는 것이 최선이라고 생각했다.

그런데 이종족 수뇌부를 모조리 쓰러뜨리자 방법이 보였다. 남은 몬스터를 맹세한 자들과 함께 처리하기는 했지만, 어쨌든 희생자가 거의 없는 깔끔한 해결이었다.

상상 이상의 결과였다.

[저는 처음부터 가능할 것으로 예상했습니다.]

'애니, 나도 듣긴 했지만 그건 좀…….'

[재수 없다는 말씀이십니까? 하지만 데이터는 명확했고, 분석은 정확했습니다. 사용자는 이에 동의하지 않습니까?]

'동의야 하지.'

제닌은 고개를 끄덕이며 미소를 지었다.

'아무튼, 내가 하고 싶은 말은… 고맙다는 말이야. 네 도움이 없었으면 절대 불가능했을 테니까.'

애니는 한동안 메시지를 보내지 않았다.

'뭐야? 설마, 부끄러워하는 거야?'

[저는 절대로 부끄러워하지 않습니다.]

애니의 메시지에 제닌은 피식 웃었다.

'그렇게 부정하면 오히려 긍정처럼 들린다고. 그나저나…….'

내성의 첨탑에 하얀 깃발이 올라왔다.

이종족 수뇌부와 몬스터가 괴멸되자 귀족회의 측 귀족들이 재빨리 항복한 것이었다.

'하여튼, 꼭 인간말종들이 제 목숨은 지독하게 챙긴단 말이지.'

저들은 수많은 사람을 몬스터로 만들었다. 또한, 수많은 사람을 몬스터의 먹이로 던져주기도 했다.

'이럴 줄 알았으면, 몬스터 몇 마리쯤 남겨두는건데 말이야.'

아쉬워하는 제닌의 눈앞에 애니의 메시지가 떠올랐다.

[몬스터는 돌아가는 길에도 많습니다.]

'어이, 그냥 농담이었다고. 아무리 저놈들이 인간말종이라고 해도 몬스터한테 던져주는 건.'

[사용자의 아쉬움은 진심이었습니다.]

'인간은 말이야, 느끼는 모든 것을 행동에 옮기지는 않는다고. 아무리 진심이라고 해도 말이야, 참아야 할 때가 있다는 말이야.'

[이해할 수 없습니다. 사용자는 진심이었고, 참아야 할 필요도 없습니다.]

제닌은 어쩐지 생각도 함부로 못하겠다는 생각을 하며 고개를 내저었다.

## Ⅱ

"대체 무슨 사람이……."

"저 많은 사람을 어떻게……."

모여 있던 병력들은 놀란 얼굴로 웅성거렸다.

갈 때는 분명 혼자였건만, 돌아올 때는 수십 만의 인파를 동반했다. 단순히 주변의 유민을 데려왔다고 보기에는 숫자가 너무 많았다.

그렇다면 어딘가에 억류되어 있던 사람들을 구했다는 말인데, 그러기 위해서는 전투를 동반할 수밖에 없었다.

정리하자면 저들을 잡아둔 병력들과 제닌이 홀로 싸워 이겨냈다는 말이 된다.

지금껏 믿기지 않는 일들을 자주 보아온 병사들도 좀처럼 믿기 어려운 일이었다.

"대체 영주님은 정체가 뭐야?"

"설마, 인간이 아닌 건 아니겠지?"

10만 병력의 웅성거림은 낮은 울림으로 공기를 흔들었다.

제닌은 등 뒤를 따르던 인파가 움찔하는 것을 느꼈다.

"긴장하지 말라고. 우리 편이니까."

제닌의 목소리는 그리 크지 않았지만, 뒤따르던 인파의 귓가에 확실하게 전달되었다. 이에 주춤하던 인파가 안도의 한숨을 내쉬며 다시 걷기 시작했다.

다시 병력 쪽을 바라보던 제닌의 눈에 누군가가 들여왔다.

"호오! 이게 누구야! 베스란이잖아?"

따라온 수십만의 인파를 어떻게 처리할지 고민이었는데 마침 잘 되었다.

"하여튼, 일복 하나는 타고났다니까!"

제닌은 상쾌하게 외치며 속도를 높였다.

"주군! 대체 무슨 짓을 하신 겁니까!"

베스란은 다짜고짜 소리를 높였다.

"주군은 주군 혼자의 몸이 아니란 말입니다! 주군의 어깨에 매달린 수백만 명의 무게가 느껴지시지도 않는단 말입니까? 대체 얼마나 더 위험한 짓을 하셔야 속이 풀리시겠습니까!"

제닌이 남쪽으로 내려가 병력과 합류했다는 소식에 베스란은 마음을 놓았다. 최소한 적지가 된 크라인 왕국에 홀로 넘어가 위험을 자초할 일은 없을 거라는 생각이었다.

하지만 안심도 잠시, 제닌이 병사들에게 훈련지시를 내린 뒤, 홀로 크라인 왕국으로 향했다는 소식에 베스란은 복장이 뒤집힐 지경이었다.

무사히 돌아온 것은 다행이었지만, 홀로 돌아온 것이 아니었다. 언뜻 보기에도 십만이 넘는 주민들이 뒤따르고 있었고, 이는 주민들을 구하기 위해 위험한 전투를 벌였다는 것을 나타냈다.

베스란으로서는 화가 날 수밖에 없는 상황이었다.

현재 세력의 중심은 오로지 제닌이었다. 이 말을 바꿔 말하면 제닌이 사라지면 그가 이룩한 세력 또한 사라진다는 말과 같았다.

'쯧! 아주 작정했네. 작정했어!'

혀를 차는 제닌의 눈앞에 애니의 메시지가 떠올랐다.

[객관적으로 지극히 옳은 말입니다.]

'내 말이? 베스란의 말이?'

[정말 몰라서 묻는 말은 아닐 걸로 압니다.]

'정말 몰라서 물었다면?'

계속되는 제닌의 장난기 어린 물음에 애니는 굳이 대답하지 않았다. 그리고 눈을 부라리는 베스란의 앞에 다다르자 제닌 역시 더는 캐묻지 않았다.

"오오! 베스란! 미래를 내다보는 그대의 안목은 정말 탁월하오!"

"주군, 찔리십니까? 왜 안 어울리는 말투를 하고 그러십니까?"

"화는 좀 풀렸고?"

"저 같은 하찮은 부하 따위가 어찌 감히 주군께 화를 내겠습니까?"

"그렇지. 지금은 화를 낼 때가 아니지."

은근히 뼈가 담긴 제닌의 대답에 베스란은 아차 하는 생각이 들었다.

바로 지켜보는 눈 때문이었다.

현재 주변에는 무려 수십만 쌍의 눈이 그들을 지켜보고 있었다. 이런 상황에서 부하가 수장에게 대드는 모습을 보이는 것은 곧, 수장의 권위를 깎아내리는 일밖에 안 되었다.

'후우……. 베스란아, 아직 멀었구나. 멀었어!'

베스란은 긴 한숨에 후회를 담아 내뿜었다.

"그런데 주군, 대체 어찌 된 일입니까?"

베스란은 한결 누그러진 말투로 되물었다.

"솔직히 나도 그럴 마음은 없었는데 그럴 수밖에 없더라고. 어린아이가 몬스터 앞에 던져졌는데, 베스란은 그걸 그냥 두고 볼 거야?"

한동안 말이 없던 베스란은 어렵사리 입을 열었다.

"하오나, 주군은……."

"상식적으로 인간이라면 그냥 보고 있으면 안 되잖아? 그것도 구할 능력이 충분히 있으면서도 참으면, 그건 사람 아니잖아? 베스란 너는, 네 주군이 그놈들과 같은 인간말종이었으면 좋겠어?"

계속되는 제닌의 말에 베스란은 입술만 움찔거렸다. 하고 싶은 말은 많았지만, 더 해봤자 소용없을 거라는 생각이었다.

"제발 부탁이니 다음부터는 모쪼록 몸을 사리십시오. 주군의 어깨 위에 달린 수백만 생명을 생각해 주십시오."

"생각해볼게. 솔직히 이번에는 나도 좀 식겁했거든."

식겁했다는 말에 베스란의 안색이 다시 한 번 창백해졌
다. 웬만해서는 약한 소리를 하지 않던 제닌이 그렇게 말할
정도면 정말 위험한 상황이 찾아왔었다는 의미였다.

"후우……."

한숨을 내쉬는 베스란에게 제닌의 말이 이어졌다.

"그건 그렇고. 마침 잘 와 있네. 저 사람들, 새로 받아들
인 주민이니까 조심히 잘 데리고 가. 호위 병력은 만 명쯤
떼 주면 되려나?"

"예? 그럼 주군은 어디로……."

"나? 당연한 걸 왜 묻고 그래."

베스란의 이마에 식은땀이 맺히기 시작했다.

"설마, 다시 가신단 말씀이십니까?"

걱정과 우려가 담긴 말에 제닌은 피식 웃었다.

"너무 걱정하지 말라고. 이번에는 최대한 안전하게 움직
일 테니까."

"주군, 한 가지만 약속해 주십시오. 어떤 상황이 오더라
도 선두에는 서시지 않는다고."

"마음은 알겠는데, 솔직히 선두에는 가장 강한 사람이
서는 게 맞는 거잖아. 게다가 아군의 사기도 있고."

"하지만……."

제닌은 손을 내밀어 베스란의 항변을 막았다.

"한 가지는 내 이름을 걸고 약속하지. 절대로 위험한 상황에는 빠지지 않겠다고."

베스란은 할 말이 있는 듯 입술을 움찔거렸지만, 말을 꺼내지는 않았다. 확신에 찬 제닌의 눈빛 때문이었다.

"그럼, 고생하라고."

베스란은 몸을 돌리는 제닌의 뒷모습을 한참이나 지켜보다가 깊숙이 고개를 숙였다.

"모쪼록 무사히 돌아오시길."

이어 속삭이듯 작은 중얼거림이 뒤를 이었다.

"나의 왕이시여."

등 돌린 제닌의 입꼬리가 살짝 올라갔다.


Ⅲ


[9, 23, 57번 정찰대가 몬스터와 조우했습니다. 9, 57번 정찰대는 힘의 우위를 보여 즉각 전투에 들어갔고, 23번 정찰대는 몬스터와 비교해 약간의 우위를 점한 상황. 사용자가 정한 규정대로 물러나며 원군을 요청했습니다. 23 천인대에서 구원을 위해 백 명을 차출합니다.]

애니의 메시지가 정신없이 이어졌다. 그와 함께 떠올랐다가 사라지는 작은 창들의 모습에 제닌은 정신이 어지러울 지경이었다.

'후우! 내가 그래도 머리는 그리 나쁘지 않다고 생각했지만, 이건 정말……. 못 따라가겠군.'

제닌의 시야 아래쪽에는 수십 개의 작은 창들이 떠올라 있었으며, 각각 숫자와 그래프로 전투 상황을 보여주는 중이었다.

사실 이것도 상당히 단출해진 상태였다. 처음 병력을 움직일 때에는 시야 전체가 작은 창으로 뒤덮여 제대로 앞을 볼 수 없을 지경이었다.

도저히 따라가지 못한 제닌은 결국, 위험도가 낮은 지시는 애니에게 위임했다. 그런 후에야 겨우 시야를 확보할 수 있게 되었다.

[45 천인대가 '반트' 성에 도착했습니다. 포위망을 형성한 채 공성장비를 조립 중입니다.]

[52 천인대가 '다크문' 영지의 경계를 넘었습니다. 다수의 몬스터와 인간으로 구성된 천여 명의 병력을 확인, 천천히 퇴각하며 원군을 기다립니다. 50, 51, 53, 54 천인대의 병력 중 절반을 차출해 원군으로 보냅니다.]

많이 줄었음에도 끊임없이 이어지는 메시지에 제닌은 한숨을 푹 내쉬며 말했다.

"후우! 애니, 너무 복잡하니까 내 도움이 필요한 곳부터 말해주면 안 될까?"

그러자 폭포처럼 쏟아지던 메시지가 갑자기 뚝 끊어졌다.

'어?'

의문 어린 물음에 애니가 답했다.

[사용자의 도움이 필요한 곳은 없습니다.]

'위험한 곳도?'

[그렇습니다.]

아무리 그래도 9만에 달하는 병력을 쪼개 움직이는데 위험한 곳이 한 군데도 없을까?

'지금까지 피해는?'

[없습니다.]

'다친 사람도?'

[피부를 긁힌 정도의 상처를 다쳤다고 한다면 109명의 부상자가 발생했습니다.]

"허어……."

딱 부러지는 애니의 대답에 제닌은 힘 빠진 한숨을 내쉬었다.

'우리가 그 정도로 강하단 말인가?'

[병력의 강함보다는 정확한 분석과 시기적절한 지휘의 영향이 크다고 할 수 있습니다.]

결국, 자기 자랑이었다.

'그거 좀, 재수 없는데?'

하지만 애니의 능력만큼은 진짜였다.

'솔직히 인정할 수밖에 없군. 40레벨 최고의 소득이 애

니라는 것을 말이야.'

만약 애니가 없었다면 지금처럼 신속하게 작전을 수행할 수 없었을뿐더러 또한, 적지 않은 피해를 감수해야 했을 터였다.

[칭찬 감사합니다.]

크라인 왕국으로 출정하기 전, 제닌은 병력을 재편했다.

처음의 천인대는 모두 같은 병종으로 이루어져 있었다. 그러나 그렇게 하면 유기적인 대응이 어렵다는 애니의 조언을 받아들여 제닌은 각각의 병종이 일정 비율로 뒤섞어 다시 천인대를 만들었다.

게다가 각 천인대 별로 50명으로 이루어진 두 개의 정찰대를 구성했다.

이들 200개의 정찰대는 애니의 눈이라고 할 수 있었다.

부대지정은 일종의 '연결'이었는데, 아무리 애니의 능력이 뛰어나다고 해도 9만 병력 모두와 동시에 연결할 수는 없었다. 그래서 애니는 각 정찰대의 대장과 연결하여 정보를 수집했다. 또한, 이것을 취합하고 분석해 각 천인대장에게 상황에 맞는 지시를 내렸다.

이러한 유기적인 지휘체계로 지금껏 별다른 피해 없이 크라인 왕국을 점령해 나가고 있었다.

[사용자의 도움이 필요한 일이 있습니다.]

'뭔데?'

제닌은 반색하며 되물었다. 정신없이 떠오르던 메시지가 뚝 끊기자 어쩐지 무료함을 느끼던 참이었다.

애니는 대답 대신 지도창을 보여 주었다. 그곳에는 기존 크라인 왕국 영토를 나타내는 땅이 녹색으로 물들어가는 광경이 그려져 있었다.

[현재 크라인 공략 상황을 나타낸 지도입니다.]

'그건 아는데, 갑자기 지도는 왜?'

제닌의 물음에 애니는 녹색의 물결 한가운데에 듬성듬성 작은 원을 그렸다.

'어! 설마 이건······. 여기에 성을 지으라는 건가?'

[정확한 추측입니다.]

'하긴, 이점이 많겠군. 안정적인 보급기지로 이용할 수도 있고, 구출한 주민의 안전한 수송로를 확보할 수도 있을 테니까.'

[또한, 병력의 현지 보충도 가능해집니다.]

'흐음······. 구출한 주민 중에서 병사가 되고 싶다는 이들을 곧바로 훈련해서 투입하는 건가?'

제닌은 살짝 미간을 찌푸리며 되물었다. 생명의 위기에서 간신히 빠져나온 주민을 다시금 위험 속으로 몰아넣는다는 점이 마음에 걸렸기 때문이다.

[병력의 현지 보충에 대한 이점도 설명할까요?]

애니의 물음에 제닌은 고개를 내저었다.

굳이 설명하지 않아도 충분히 알았기 때문이다. 유지할 수 있다는 가정하에 병력은 일단 많을수록 좋았다. 게다가 애니를 통해 유기적인 운용까지 가능했으니 이것은 더욱 커다란 이점으로 다가왔다.

'생각보다 훨씬 빨리 크라인 왕국을 공략할 수도 있고, 나중에 안정화할 시간도 줄어들겠지.'

[안정화 시간의 단축은 성을 건설했을 때의 이점 중 하나입니다. 그리고 마지막으로 성을 건설하면 만약의 상황이 발생했을 때, 전선에서 가까운 곳을 최후의 보루로 삼아 버티며 이후의 방법을 모색할 수 있다는 이점이 있습니다.]

'건설하지 않을 이유가 없군.'

제닌은 고개를 끄덕였다.

그러면서도 어쩐지 마음 한 편이 불편했다. 아무래도 직접 나서지 못함에 대한 답답함이었다.

다른 이들을 위험으로 몰아넣으려면 최소한 지휘관이 앞장서야 한다는 게 제닌의 생각이었다.

물론 처음부터 그렇게 생각한 것은 아니었다. 하지만 전쟁을 통해 수많은 귀족과 지휘관들의 모습을 지켜보았고, 수십 번이나 다짐을 반복한 끝에 만들어진 지론이었다.

– 나는 절대로 저러지 말아야지.

그들은 병사를 그저 도구로 생각했고, 때에 따라 망설임 없이 희생을 요구했다. 병사들의 불편함과 굶주림은 그들이 알 바가 아니었고, 자신의 지위에 합당한 편의를 받기 위해서만 눈에 불을 켰다.

전투가 벌어지면 멀찌감치 물러나 몸을 사렸고, 조금이라도 불리하다 싶으면 가장 먼저 도망쳤다. 그러면서도 작은 전공이라도 생겼다 하면 어떻게든 그것을 자신의 것으로 만들기 위해 노력했다.

물론 모든 귀족이 그렇다는 것은 아니었지만, 최소한 제닌이 십인장 시절 겪어본 지휘관과 귀족은 그러했다.

[사용자의 마음은 이해하지만, 위험을 자초하는 것은 한 번이면 충분합니다. 베스란의 말이 백번 옳습니다.]

'알아. 그러니까 그렇게 강조하지 않아도 돼. 마음은 불편해도 멋대로 나설 생각은 없으니까.'

[후방에 물러나 있다고 다른 귀족들과 다를 바 없게 보인다는 생각은 하지 않으셔도 좋습니다. 적어도 아군 병사들은 그 어떤 귀족보다 사용자를 믿고 따르고 있습니다.]

애니의 부연 설명에 제닌은 피식 웃었다.

'그럼 적은? 적은 날 어떻게 생각하는데?'

[…… 악마. 아닐까요?]

'악마라……. 하긴…….'

제닌의 입가에 희미한 미소가 피어올랐다.

# IV

크라인 공략대는 차츰차츰 범위를 넓혀가고 있었으며, 그들의 진격로 가운데에는 하나, 둘 성이 건설되고 있었다.

모든 것이 순조로웠다.

크라인 왕국의 절반가량을 잠식하는 동안 별다른 어려움은 없었고, 커다란 전투 또한 없었다.

'어쩐지 좀 불안한데 말이야.'

제닌은 눈에 띄는 속도로 건설되는 성벽을 바라보며 걱정스러운 표정을 지었다. 너무 순조롭다는 것이 그에게는 더 큰 불안감으로 다가왔다.

[불안해할 필요는 없습니다. 시간이 지날수록 적은 힘을 잃을 수밖에 없습니다.]

'무엇 때문에?'

[적의 가장 큰 무기를 떠올려 보십시오.]

'그거야 미쳐 날뛰다가 몬스터로 변화하는… 아!'

제닌은 눈을 반짝였다.

'영토가 줄어들수록 마력핵을 얻기 어려워지겠군!'

평범한 사람을 몬스터로 변이시키는 비약은 마력핵을 가공해서 만들어진다. 마력핵을 제공하는 몬스터는 몬스터 홀을 통해 나타나고 이것은 크라인 왕국의 영토 전역에 퍼져 있었다.

모든 것을 연결하면 시간이 갈수록 적의 힘이 줄어든다는 결론이 나왔다.

'그래도 지금껏 큰 전투가 없었다는 것은 힘을 끌어모은다는 말이니 최후의 한 방은 대비해야겠군.'

[이미 그때를 대비해 네 가지 전략과 전술 열 개를 준비해 둔 상태입니다.]

'하하! 이것 참!'

그동안 자신을 보좌할 인재의 필요성을 절실하게 느끼던 제닌이었다. 그러나 막상 보좌관을 얻자 어쩐지 허전했다.

예전처럼 머리를 싸매고 방법을 고민할 일이 사라졌기 때문이다. 단순한 보좌관 역할을 하기에 애니는 너무 뛰어났다. 덕분에 제닌이 할 일이 없어질 정도였다.

허전함을 느끼던 제닌의 눈앞에 갑자기 지도창이 떠올랐다.

[사용자의 도움이 필요한 일이 생겼습니다.]

'정말? 뭔데?'

자신의 도움이 필요할 정도면 위험한 일이 분명하건만, 제닌은 오히려 반가운 얼굴이었다.

애니는 대답 대신 지도창을 확대해 보여주었다. 그곳에는 크라인 왕국 남부에서 북상하는 붉은 원이 그려져 있었다.

[나르안 성에서 남동쪽 70킬로미터 지점에서 정찰대가 일단의 병력을 발견했습니다. 기사와 이종족, 다수의 몬스터로 이루어진 병력이며 빠른 속도로 북상하는 중입니다. 정찰대장이 보낸 정보로 분석했을 때, 사용자가 코린트에서 맞싸웠던 것보다 규모가 큽니다.]

'나르안 성을 노리는 건가?'

[나르안 성이 지역의 요충지이기는 하지만 밀리고 있는 적이 반전을 노리고 공략할 정도로 중요한 곳은 아닙니다. 제 분석으로 적의 경로는 나르안 성 동쪽 20킬로미터 지점에 있는 르안 산을 향한 것으로 추측됩니다.]

'르안 산? 설마!'

애니의 보고에 제닌의 눈이 살짝 커졌다. 산이라는 말에 떠오르는 것이 있었기 때문이다.

[저 역시 사용자의 추측에 동의합니다. 르안 산에 적이 노릴만한 중요한 물건이나 인물이 있는 것으로 추정됩니다. 제 분석 또한 인물 쪽이 유력하다고 봅니다. 이미 88번 정찰대를 르안 산으로 파견한 상태입니다.]

'국왕! 국왕이 그곳에 숨어 있는 거야!'

[어떻게 하시겠습니까?]

이제 국왕에 대한 처우를 결정해야 할 시간이었다.

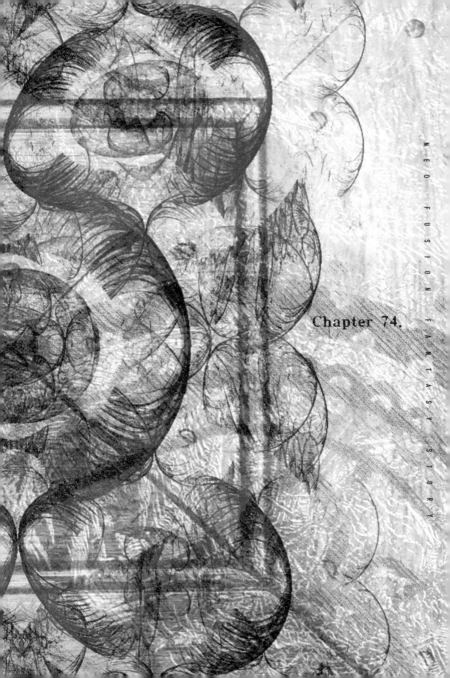

Chapter 74.

Chapter 74.

ROYAL ROADER

I

'안 돼! 하지 마! 제발!'

블랜트는 간절한 마음을 담아 소리쳤다. 그러나 그의 몸은 그의 간절한 외침을 외면한 채 멋대로 움직였다.

푸화아악!

시뻘건 핏물이 치솟아 올랐다. 목이 잘린 시체는 몇 초간 멀뚱히 서 있다가 풀썩 쓰러져 바들바들 떨었다. 핏물을 머금은 뽀얀 솜털이 선명하게 눈에 들어왔다. 이제 갓 성인식을 치른듯한 청년이었다.

블랜트는 눈을 감았다. 그러나 감지 못했다.

얇고 가벼운 눈꺼풀조차 그의 의지를 거스르고 눈앞에 그려진 참상을 적나라하게 보여주고 있었다.

쿠적! 크드득. 쩝. 쩝.

몬스터들은 시신에 달라붙어 만찬을 즐겼다. 한때 인간이었던 그들이 인간을 잡아먹는 모습에서 블랜트는 참을 수 없는 욕지기를 느꼈다.

그러나 그가 할 수 있는 것은 아무것도 없었다. 아니, 블랜트는 할 수 없었지만, 그의 몸은 아직 할 수 있는 일이 많았다.

"으아아앗! 죽어! 이 괴물 놈들아!"

녹색과 푸른색의 피칠갑을 한 기사가 고래고래 소리치며 몬스터의 몸을 베어냈다.

쿠웨에에엑!

몬스터의 단말마를 들은 블랜트의 발이 바닥을 박찼다.

타탓!

몸에 가해지는 압력과 함께 주변의 모습이 길게 늘어난 것처럼 보였다. 또한, 손아귀에 들린 검을 타고 보석처럼 빛나는 붉은 오러가 보였다.

번개처럼 쏘아진 블랜트의 몸은 어느새 기사의 지척에 다다른 상태였다.

"이익! 이 인간 같지도 않은 자식이!"

기사가 두꺼운 방패를 앞세운 채 블랜트의 경로를 막아섰다. 그와 동시에 붉은 섬광이 번쩍였다.

스겅.

섬뜩한 소리가 일었고, 방패의 중앙에 사선의 금이 나타나기 시작했다.

"이, 이, 이건……."

기사의 두 눈은 퉁방울처럼 튀어나왔고, 입에서는 피 거품이 일었다.

푸화아악!

쩍 갈라진 가슴에서 피 분수가 솟는 것을 끝으로 기사의 몸은 모로 넘어갔다. 그리고 아직 온기가 남아있는 기사의 시체로 달려든 몬스터들이 고개를 땅으로 박았다.

쿠적! 쿠적! 크드드득!

블랜트의 몸이 주변을 둘러보았다.

제법 커다란 규모를 가졌던 마을은 이미 폐허로 변해 있었다. 그리고 그곳에 살던 수백 명의 주민은 너저분한 흔적만 남긴 채 몬스터의 뱃속으로 사라져갔다.

'크흑!'

참혹한 모습에 눈물이 나오려 했다. 이번만큼은 의지가 통했는지, 투명한 눈물이 볼을 타고 흘러내렸다.

이 모든 것은 자신의 책임이었다.

산자락에 접한 마을에서 피어오르는 연기를 발견한 것도 그였고, 이곳으로 몬스터를 이끌고 온 것도 그였다. 또한, 마을의 유일한 기사를 해치운 것 역시 그였다.

정확히는 그가 아닌 그의 몸이 한 일이었지만, 그렇다고 그의 죄악이 사라지는 것은 아니었다.

그는 자신의 몸이 저지른 죄악을 모두 지켜보아야 했다. 피눈물을 흘리고 절규했으나, 몸은 절대로 멈추지 않았다. 이곳의 모든 생명이 사라질 때까지.

'크아아아아아!'

블랜트는 울부짖었다.

소리 없는 영혼의 절규였다.

"하하핫! 대단합니다! 역시 빌런 공이십니다!"

등 뒤에서 얇고 가느다란 목소리가 들려왔다. 익살스러운 말투에서는 명백한 조롱이 느껴졌다.

블랜트가 뒤를 돌아보았다. 어떠한 의지가 담긴 것이 아닌, 목소리에 따른 자연스러운 반응이었다.

'크루지에 후작!'

블랜트의 눈동자에 불길이 피어올랐다.

그와 함께 암중에서 귀족회의를 조종하던 인물이었다. 또한, 그가 검은 로브의 인물에게 포섭되기 전부터 활약하던 인물이기도 했다.

"아! 이제는 그런 이름으로 부르면 안 되겠지요? 흐음. 그럼 뭐라고 부르면 좋을까요? 마리오네트? 퍼핏?"

자신의 의지와는 상관없이 꼭두각시처럼 움직이는 블랜트는 조롱하는 말이었다.

"푸힛! 푸히히히!"

크루지에 후작은 말과 함께 고개를 젖히며 웃었다.

'네놈만큼은 반드시!'

지금껏 수십 번도 더 다짐한 생각이었다. 크루지에 후작은 무슨 수를 써서라도 반드시 제거해야 할 대상이었다.

귀족회의 측에 이종족과 흑마법사를 끌어들인 인물이 크루지에 후작이었다. 그리고 지금과 같은 학살을 주도한 인물 또한, 바로 그였기 때문이다.

하지만 그런 블랜트를 다시 한 번 절망하게 한 것은 그러한 다짐이 그저 다짐으로만 그칠 것 같다는 점이었다. 그동안 온갖 노력을 다했음에도 도무지 몸을 움직일 수 없었다.

"쯧! 아직도 눈빛이 고쳐지지 않았군요."

한참을 웃던 크루지에 후작이 웃음을 그치며 혀를 찼다.

블랜트는 초점 없는 눈을 한 채, 멀뚱히 서 있었다. 하지만 그럼에도 숨겨진 이면에서 타오르는 복수의 열기는 충분히 전해졌다.

"죽었던 것을 살려줘, 늙어 문드러진 몸을 젊게 해줘, 게다가 전에 없던 힘까지 얻게 해주었음에도 대체 뭐가 모자란다는 건지 원……. 빌런 공, 정말 인간의 욕심은 끝이 없지 않습니까?"

'난 결코 그런 것을 바란 적이 없단 말이다! 차라리 죽여라! 지옥에 떨어지더라도 반성하고 참회할 테니!'

크루지에 후작은 절규하는 블랜트의 영혼을 꿰뚫어보려는 듯 한참을 주시하다가 고개를 내저었다.

"역시, 반성의 빛이 보이지 않는군요. 그럼 어쩔 수 없이……."

딱!

크루지에 후작이 손가락을 튕겼다.

'아, 안 돼! 끄아아아아악!"

블랜트의 영혼이 또다시 절규했다. 폐허가 된 마을을 보며 했던 절규와는 이유가 달랐다. 바로 영혼을 후벼 파는 고통으로 말미암은 절규였다.

"그러게 왜 되지도 않는 반항을 하고 그러십니까? 결국, 그렇게 후회할 거면서."

선 채로 부들부들 떠는 블랜트를 바라보며 크루지에 후작은 히죽 웃었다. 이어 뱀처럼 사악한 그의 눈동자가 마을 뒤편의 산을 향해 움직였다.

"전하. 기대하셔도 좋습니다. 전하의 마지막은 전하가 그렇게 애지중지하던 빌런 공에게 맡길 테니까. 아! 너무 변해서 못 알아볼 수도 있으려나? 아무래도 죽이기 전에 설명은 꼭 해줘야겠군요."


II


"폐하. 드시지요."

국왕은 초췌한 얼굴로 자신의 눈앞에 내민 손을 바라보

았다. 나무를 대충 깎아 만든 접시 위에는 김이 모락모락 피어오르는 시커먼 물체가 놓여 있었다.

"이게 무엇인가?"

"운 좋게도, 놓아둔 덫에 토끼가 걸렸습니다."

접시 위의 시커먼 물체는 가죽도 벗기지 않고 통째로 구운 토끼 고기였다.

손질하는 법을 몰라서인지, 아니면 손질하면서 버리는 부분도 아까워서 그랬는지는 알 수 없었다. 다만, 후자 쪽에 더 마음이 가는 것은 주변의 모든 시선이 국왕의 눈앞에 놓인 토끼 고기에 온통 집중되어 있었기 때문이다.

꼴깍!

젊은 기사 하나의 침 삼키는 소리가 국왕의 귀에 유난히 크게 들려왔다.

갑작스러운 적의 공격을 피해 무사히 빠져나온 것은 국왕과 아스트 백작을 위시한 근위대가 전부였다.

국왕은 왕세자 시절부터 각종 업무에 치여 다른 쪽에 눈돌릴 틈이 없었고, 아스트 백작이나 근위기사 역시 밥만 먹고 수련하느라 다른 쪽에는 전혀 관심을 두지 못했다.

한 마디로 생존력이 전혀 없다는 의미였다.

그들에게는 동물을 사냥할 능력이 없었고, 먹을 수 있는 약초나 나물을 구분하는 법도 몰랐다.

게다가 시기는 겨울.

산속을 전전하며 그들이 얻은 먹을 것이라고는 지난가을에 떨어져 반쯤 썩어있는 견과류나 동면 중이던 뱀, 썩어있는 나무 둥치에서 발견한 애벌레 정도가 전부였다.

어설프게 만들어 놓은 덫에 걸린 토끼는 그들이 크라티아를 빠져나온 후 처음으로 접하는 제대로 된 음식이었다.

'하다못해 말 한 마리라도 있었으면 좋았건만……'

애지중지하던 애마라도 지금 상황에서는 망설임 없이 잡았을 터였다.

"자네나 들게. 아니면 기사들을 먹이게. 힘을 써야 할 것은 내가 아니라, 그들이니."

"폐하, 이거 아십니까? 그렇게 말씀하시며 벌써 사흘째 아무것도 안 드신 것을? 이번에는 저도 절대 물러서지 않을 겁니다. 폐하께서 드시지 않으면 이건 그냥 땅에 묻어버리렵니다."

"아스트 백작, 이건 명령이오!"

짐짓 노한 음성을 터뜨리는 국왕의 모습에 아스트 백작은 오히려 웃음을 머금었다.

"그럼 전 항명하렵니다. 주군을 굶겨 죽인 불충한 신하로 기록되느니, 차라리 이것을 억지로라도 폐하의 입에 쑤셔 넣고 자결한 신하로 남겠습니다."

대답하는 아스트 백작의 얼굴은 웃고 있었지만, 국왕은

그 안에 서린 단호한 결심을 느꼈다.

게다가 국왕은 한 번 뱉은 말을 지키는 아스트 백작의 성격을 잘 알았다. 만약 끝까지 거부하면 아까운 토끼 고기를 정말 파묻을 인간이었다.

"허어……."

국왕은 한숨을 내쉬며 토끼 고기를 받아 들었다.

"폐하, 이걸 사용하십시오."

아스트 백작이 작은 단검을 내밀었다.

그것을 받아든 국왕은 여전히 토끼에 고정된 기사들의 시선을 훑어 본 후, 토끼의 배를 갈랐다.

주르륵.

열기로 팽창한 수증기의 압력 때문인지 갈라진 틈으로 내장이 흘러나왔다.

평소라면 역겨운 광경에 욕지기를 느껴야 했으나, 국왕은 흘러내린 내장에서 오히려 향긋함을 느꼈다. 국왕은 망설임 없이 손을 뻗어 내장을 한 움큼 쥐었다.

"폐, 폐하!"

놀란 눈으로 바라보는 아스트 백작이 채 반응하기도 전에 국왕은 움켜쥔 내장을 곧바로 입에 집어넣었다.

물컹거리는 식감과 씁쓸한 맛은 결코 좋다고 볼 수는 없었다. 그럼에도 국왕은 그것을 맛있게 먹었다.

"호오! 이거 정말 맛있구려!"

국왕의 감탄사에 아스트 백작은 어쩐지 눈시울이 붉어졌다.

뭔가가 울컥하며 식도를 타고 솟구쳐 오르는 기분이었다.

"백작도 맛을 보구려."

아스트 백작은 다시 내밀어 진 접시를 받아 들었다. 그리고 단검을 들어 시커멓게 탄 가죽을 벗겨 냈다. 그리고 벗긴 가죽을 한 조각 잘라 입에 넣고 질겅질겅 씹었다.

"허헛! 이것도 아주 맛있습니다. 게다가 아주 오래 먹을 수도 있겠는데요? 간만에 이빨이 호강하는 것 같습니다!"

아스트 백작은 말과 함께 다음 서열의 근위기사에게 접시를 넘겼다. 근위기사는 고기를 발라낸 뼈를 씹으며 다음 기사에게 넘겼고, 그렇게 차례가 지날수록 토끼의 쓸모없는 부분은 점차 줄어갔다.

놀랍게도 토끼 한 마리는 수십 명의 기사가 모두 한 점씩 입에 넣고도 남아 다시 국왕의 앞에 돌아왔다.

이제는 살코기만 남은 토끼를 물기 맺힌 노안으로 바라보던 국왕이 혀를 찼다.

"참으로 불충한 신하들이로고……."

어쩔 수 없이 고기 한 점을 집어 입에 넣었다. 그렇게 다시 한 순배가 돌았다.

주린 배가 채워지지는 않았지만, 어쩐지 배가 부른 듯한 기분이 들었다. 산속의 모든 이들이 그러했다.

서로 바라보는 눈빛에 따스함이 깃들었고, 입가는 호선을 그리며 웃음을 만들어냈다. 암울하고 무거웠던 분위기가 한결 밝아진 듯한 느낌이었다.

"보기 좋구려. 그렇지 않소? 백작? 고작 토끼 한 마리로 이렇게 분위기가 좋아지다니 말이오."

"폐하, 그냥 토끼가 아니었습니다. 자신보다 다른 이를 배려하는 마음이었지요."

대답하는 아스트 백작 역시 푸근한 웃음을 머금고 있었다. 하지만 그러한 웃음은 얼마 지나지 않아 씻은 듯 사그라졌다.

크르르르.

어디선가 들려온 낮은 울음소리 때문이었다.

아스트 백작은 순간 얼음물에 빠진 듯한 기분이 들었다.

'이런 바보 같은! 기척을 놓치다니!'

주변은 이미 갖가지 기척들로 포위된 상황이었다.


Ⅲ


서걱!

"다, 당신은! 쿨럭!"

복부가 갈라진 근위기사 하나가 피를 토하며 쓰러졌다. 커다랗게 부릅뜬 눈은 믿어지지 않는 광경을 보는 듯했다.

서걱!

"대체 당신이 왜!"

다시 한 명의 근위기사가 칼을 맞았다. 그는 죽음을 향해 질주하는 고통보다도 궁금증이 더 큰 듯했다.

"비, 빌런 공이 왜 이런……."

풀썩.

'크흐흐흑! 크흑! 제발! 제발 그만두란 말이다!'

블랜트는 피를 토하는 심정으로 소리쳤다.

산에 오르기 전, 마을에 있던 기사를 베었을 때와는 비교할 수 없는 커다란 슬픔이 그의 영혼을 후벼 팠다.

블랜트는 자신의 집보다 왕궁에서 지내는 시간이 훨씬 더 많았다. 또한, 항상 국왕의 옆에 붙어 있었기에 호위를 서는 근위기사들과도 적잖은 친분을 쌓을 수밖에 없었다.

거의 가족과 같은 이들이었다. 더군다나 성혼하지 않은 블랜트였기에 더욱 그러했다.

그런 이들을 자신의 손으로 베는 블랜트의 마음은 저주스러울 정도로 아팠다.

주루룩.

한줄기 눈물이 흘러내렸다. 붉은 눈물, 혈루였다.

"블랜트, 자네가 어째서……. 어째서……."

국왕의 목소리에서는 힘이 전혀 느껴지지 않았다. 비록 젊어졌으나 국왕은 이미 그와 수십 년을 함께한 사이였다.

당연히 그의 젊었을 적 모습도 잘 알았다.

'폐하. 죄송합니다. 정말 죄송합니다. 이건 제가 의도한 일이 아닙니다.'

마음속으로 간절하게 외쳐 보았으나, 그것이 소리가 되어 입 밖으로 나가는 일은 없었다. 그저 두 눈에 흐르는 피눈물의 양만 더 많아질 따름이었다.

잠시 국왕을 눈에 담았던 블랜트의 시선이 마지막으로 국왕의 앞을 막아선 아스트 백작에게로 향했다.

'데런 도망쳐라. 너만큼은 제발…….'

블랜트가 다른 이들에게서 가족과 같은 정을 느낀다면 아스트 백작은 그의 하나뿐인 가족이라고 할 수 있었다.

"대부님! 대부님이 대체 왜!"

아스트 백작은 쥐어짜 내듯 소리쳤다.

차기 권력을 쥐게 될 블랜트였기에 그에게 줄을 대려는 자들은 많았다. 물론 혼인을 청해오는 가문 역시 많았다.

하지만 블랜트는 모든 청을 단호하게 거절했다.

이미 검은 로브가 수장으로 있는 보이지 않는 세력에 어쩔 수 없이 휘둘리고 있었기 때문이다. 그런 블랜트에게 또 다른 가족을 만드는 것은 자신의 약점을 늘이는 행위밖에 되지 않았다.

그러던 어느 날, 평소 친분이 있던 전대 아스트 백작이 블랜트를 초청했다. 안내를 받아 들어선 곳에는 작은 요람이 놓여 있었고, 그곳에는 그보다 더 작디작은 아기가 누워 있었다.

태어난 지 며칠 안 되는 아기였지만, 아기는 또랑또랑한 눈망울로 블랜트를 바라보며 손을 내밀었다. 블랜트는 저도 모르게 손을 내밀어 아기를 안아 들었다.

제 아들도 아니었건만, 작디작은 생명이 주는 기묘함과 신비로움에 블랜트는 그만 넋을 놓아 버렸다.

아기를 안아 든 채 감격에 젖은 얼굴을 하고 있던 블랜트를 전대 아스트 백작이 발견했고, 아들의 대부가 되어 달라고 요청했다. 이미 아기에게 정신을 빼앗긴 블랜트는 승낙할 수밖에 없었다.

블랜트는 아직도 그때 보았던 그 아기의 모습을 생생하게 기억했다.

설령 이곳의 모두를 자신의 손으로 해한다 해도, 대자인 아스트 백작만큼은 지키고 싶은 마음이었다.

서걱.

다시 한 명의 근위기사가 유명을 달리했다.

"으아아아아아! 대부님!"

아스트 백작은 벌겋게 물든 눈으로 블랜트를 향해 달려들었다.

우우우웅.

아스트 백작의 검에서 진한 푸른빛이 도는 아우라가 자

라났다. 이에 블랜트의 손에 들린 검에서도 보석처럼 빛나는 붉은 오러가 피어올랐다.

달려들던 아스트 백작의 눈동자에 경악의 감정이 어렸다.

인텐시브 오러.

검의 정점에 다다른 자만이 비로소 사용할 수 있는 파괴의 상징이었다.

'안 돼! 그러지 마! 제발! 제바아아알!'

블랜트의 절규 어린 외침이 무색하게, 붉은 오러를 머금은 그의 검은 대기를 갈랐다.

챙!

파삭!

한 차례의 부딪침으로 푸른 오러는 사그라졌다.

그리고 다시금 붉은 궤적이 그려지기 시작했다.

'안 돼에에에!'

블랜트는 모든 힘을 끌어모아 소리쳤다.

움찔!

붉은 궤적이 잠시 멈칫했다. 그 사이 아스트 백작은 황급히 뒤로 물러났다.

'되, 된다!'

비록 순간적인 움찔거림에 불과했으나, 블랜트에게는 세상 모두를 얻은 것만큼의 결과를 가져다주었다.

피눈물을 흘리던 눈동자에 살짝 빛이 돌아왔다.

'이대로만. 이대로만 하면!'

죽을 수 있다. 지금의 블랜트가 무엇보다 바라는 것은 바로 자신의 안식이었다.

슈욱.

다시금 붉은 궤적이 허공을 갈랐다. 아스트 백작은 훌쩍 뛰어 물러나며 그것을 피해냈다.

'대부님. 조금 전의 움찔거림, 그거 일부러 그런 겁니까?'

다른 사람은 몰라도 이곳의 기사 중 최고수인 아스트 백작은 그 순간의 부자연스러움을 느꼈다.

'혹시, 누군가의 협박 때문에 어쩔 수 없이 움직이고 계시는 겁니까?'

아스트 백작은 속으로 그 생각을 부정했다. 단순한 협박을 받아 했다고 하기에는 아까부터 눈에서 흘러내리는 피눈물이 마음에 걸렸다.

'설마! 몸이 멋대로 움직이는 겁니까? 혹시, 흑마법사의 마법 같은 것에 걸리신 겁니까?'

잠시 다른 생각을 하는 사이, 블랜트의 공격이 이어졌다.

쉬이이익!

공기가 찢어지는 소리를 들었을 때에는 붉은 오러가 맺힌 검이 이미 지척에 다다른 때였다.

'안 돼!'

다시금 블랜트의 몸이 움찔거렸다.

아스트 백작은 그 틈을 타 재빨리 몸을 뺐다.

'갑자기 젊어지신 것 자체가 말이 안 된다.'

일흔에 가까웠던 몸이 이, 삼십 대로 젊어지다니. 자연적으로는 일어나기 어려운 일이었다.

'또한, 갑자기 소드 룰러에 오른 실력.'

블랜트는 검술보다는 정치 쪽에 더 재능이 있었다. 한창때의 실력이 간신히 소드 하이어에 오를 정도였다. 그리고 시간이 흐를수록 블랜트의 실력은 점차 퇴보했다.

'마지막으로 두 번이나 계속된 움찔거림.'

아스트 백작은 결정적인 순간에 자신의 생명을 구해준 움찔거림을 다시 주목했다. 그리고 이러한 정보가 모여 한 가지 추측을 이끌어냈다.

'흑마법사의 마법에 조종당하고 있지만, 아직 영혼은 남아 자신의 몸을 움직이는 마법에 저항하고 있다!'

슈우욱.

몸을 아슬아슬하게 스쳐 가는 붉은 오러를 피해내며 아스트 백작은 블랜트의 눈을 직시했다.

"대부님, 라임 게임을 기억하십니까?"

라임 게임은 아스트 백작이 어렸을 적, 스무고개 게임을 변형시켜서 만든 그들만의 놀이였다. 물론 어린 아스트 백작에게 전체적인 놀이 자체를 변형시킬 능력은 없었고 그저 대답하는 방식을 눈의 깜빡임으로 대체했을 뿐이었다.

아스트 백작이 라임 게임이란 말을 꺼낸 것은 자신의 물음에 의사를 표현할 수 있다는 점이었다.

'한 번은 긍정, 두 번은 부정.'

블랜트는 아스트 백작과 놀이했던 때를 떠올렸다.

'아직 몸을 움직이기는 어렵지만, 눈꺼풀 정도는 가능하다!'

두 번이나 움직임을 막다 보니 어느 정도 요령이 생겨났다. 몸을 움직이는 것에 비하면 눈꺼풀 정도는 쉬웠다.

블랜트가 눈을 깜빡였고, 이것을 확인한 아스트 백작의 눈은 반짝였다.

쉬익! 쉬이익!

계속해서 자신의 몸을 노린 붉은 오러를 피해내며 아스트 백작은 질문을 고민했다.

'많은 것을 물을 수는 없어. 어디선가 대부님을 조종하는 자가 지켜보고 있을 수도 있으니.'

아스트 백작은 아슬아슬하게 공격을 피하며 생각하다, 겨우 하나를 떠올렸다.

"근처에 인형술사가 있습니까?"

블랜트는 여전히 검을 휘두르면서도 부릅뜬 눈을 한 번 깜빡였다.

# Ⅳ

"크핫! 피눈물을 흘리며 옛 동료를 베는 배신자라. 이 얼마나 멋진 광경인가!"

크루지에 후작은 발아래 공터에서 일어나는 참극을 바라보며 크게 웃었다. 피를 토하는 블랜트의 심정이나 죽어가는 타인의 고통을 즐기는 듯한 표정이었다.

"게다가 자신을 죽이려는 대부와 막아내는 대자라니! 정말 기가 막힌 각본이 아닌가!"

감탄하던 그가 아쉬운 듯 입맛을 다셨다.

"혼자 보기는 너무 아깝단 말이지. 이럴 줄 알았으면 같이 구경할 놈이라도 하나 데려오는 건데 말이야."

"그렇게 재밌냐?"

"으잉?"

갑자기 귓가에 들려온 목소리에 크루지에 후작은 놀란 눈으로 주변을 둘러보았다. 하지만 주변에는 몬스터와 이종족 뿐, 그에게 말을 건 사람은 없었다.

"이거 그렇게 재밌냐고! 이 개새끼야!"

분노에 찬 목소리와 함께 크루지에 후작은 하늘이 번쩍이는 듯한 기분이 들었다.

'위?'

그가 위를 바라본 순간, 한줄기 푸른 섬광이 그의 눈에 가득 들어찼다.

"시, 실……."

푸슉!

크루지에 후작이 방어 마법을 발동할 여유도 없이 푸른 섬광은 그의 미간을 관통했다.

"누구… 냐. 후회할……."

"닥쳐! 이 새끼야!"

서걱!

제닌은 입을 벙긋거리는 크루지에 후작의 목을 망설임 없이 날려 버렸다.

"빌어먹을! 내가 웬만하면 참으려고 하는데, 이런 놈들 때문에 욕을 끊을 수가 없다니까!

제닌은 바닥으로 쓰러진 크루지에 후작의 몸 위에 익스플로젼 스톤 하나를 던지더니 곧장 위로 뛰어올랐다.

방금 이곳에 온 탓에 자세히 살펴보지는 못했지만, 느낌상 상대는 흑마법사로 보였다.

그리고 그가 직접 목을 잘라낸 노신이 살아 움직이는 것으로 볼 때, 흑마법사들에게는 죽어도 다시 부활할 모종의 방법이 있을 수도 있었다. 이를 방지하기 위해서는 시체조차 찾을 수 없도록 산산조각내는 것이 최선이었다.

콰쾅!

거친 폭음과 함께 크루지에 후작의 몸은 가루가 되어 사라졌다. 그리고 그 폭음을 시작으로 사방에서 격렬한 폭발이 일어났다.

"와아아아아아!"

그 뒤를 이어 산이 흔들릴 정도의 함성이 터져 나왔다.

V

콰콰콰쾅!

"와아아아아아!"

사방에서 울려 퍼지는 격렬한 폭음과 이어지는 함성에 근위기사들은 황급히 국왕 주변을 감싸며 경계태세를 취했다.

그리고 바로 그때, 맹렬하게 아스트 백작을 공격하던 블랜트가 갑자기 동작을 멈췄다. 부들부들 몸을 떨던 손아귀에서 검이 빠져나갔다.

쨍그랑.

소리와 함께 초점 없던 블랜트의 눈동자에 빛이 돌아왔다.

"내, 내가……. 무슨 짓을! 크흑!"

그대로 바닥에 주저앉은 블랜트의 눈에서 다시금 피눈물이 흘러내렸다.

"대, 대부님!"

아스트 백작은 검을 내던지며 달려들었다.

"괜찮으십니까?"

안부를 물어오는 아스트 백작의 목소리에 블랜트는 또 한 번 울컥거리는 마음이 일었다. 어찌 된 영문인지 이유를 먼저 묻는 게 옳았건만, 그보다 안부를 먼저 물어온 까닭이었다.

"데런, 이 못난 녀석아! 적 앞에서 검을 던져 버리면 어쩌자는 게냐! 빈틈을 보였을 때, 목을 잘라 버려야지!"

"대부님이 어떻게 적입니까!"

"난 이미 씻을 수 없는 죄악을 저질렀다. 백번 죽어도 용서받지 못할 죄인이야!"

소리치는 블랜트의 앞에 흐릿한 그림자가 자라났다.

"그보다, 어찌 된 일인지, 이유를 좀 듣고 싶습니다만?"

갑자기 들려온 이질적인 목소리.

"누, 누구!"

화들짝 놀란 아스트 백작이 경계 태세를 취했으나, 허공에서 천천히 떨어져 내리는 제닌의 모습에 그는 이내 안도의 표정을 지었다.

"당신이었소? 우릴 구하러 온 것이오?"

"누군가의 유언이 있어서 말이죠. 그런데 그 유언을 남긴 누군가가 멀쩡하게 살아 있을 줄은 꿈에도 몰랐네요."

제닌은 의미심장한 눈빛으로 블랜트를 바라보았다.

"하아! 내가 모든 것을 설명하겠소."

블랜트는 긴 한숨을 내쉬더니 말을 시작했다.

처음 젊었을 적부터 시작된 그의 이야기는 모두를 놀라게 했다. 특히, 입을 떡 벌린 국왕의 표정으로 보아 그가 가장 큰 충격을 받은 듯싶었다. 그가 누구보다 믿었던 친구가 결국, 왕국의 멸망을 불러온 배신자였다는 말이었기 때문이다.

"그렇게 안식을 찾은 줄로 알았소. 그런데 그게 아니더구려. 어느 순간 정신을 차렸소. 목이 잘렸는데도 다시 살아나다니. 믿을 수 없었지. 하지만 그때, 폐하께서 내게 남긴 말씀이 떠올랐소. 왕실의 비보였소. 그것을 찾아 부수라는 명령이었소."

"비보! 블랜트! 그걸 찾은 겐가? 찾아서 부순 겐가?"

충격받은 얼굴로 넋이 나가 있던 국왕은 왕실의 비보라는 말에 번뜩 정신을 차렸다.

다급함이 담긴 국왕의 물음에 블랜트의 시선은 국왕에게로 향했다. 잠시 눈을 마주치던 그가 국왕을 향해 깊숙이 고개를 숙였다.

"죄송합니다. 폐하. 막 부수려는 순간, 몸이 제 말을 듣지 않았습니다. 그리고 그 후에는 누군가에게 조종되는 꼭두각시가 되어……. 크흑!"

블랜트는 끝내 말을 잇지 못했다. 그동안 자신이 저질렀던 온갖 악행이 떠올라서였다.

"그 왕실의 비보라는 것은 뭡니까?"

제닌은 국왕을 바라보며 물었다. 국왕은 세상을 잃은 듯한 얼굴이었다.

"허어……. 이럴 줄 알았으면 차라리 나만 알고 묻어둘 것을 그랬군. 이젠 모든 게 끝이로구나……."

국왕의 한탄에 제닌은 미간을 살짝 찌푸렸다. 궁금해하는 사람을 앞에 두고 더 큰 궁금증을 유발했기 때문이다.

"시간은 넉넉할 테니, 한탄은 나중에 하시고. 제대로 된 설명부터 빨리해보시죠?"

"감히! 폐하께 이 무슨 무례인가!"

근위기사 하나가 발끈해서 제닌을 노려보았으나, 국왕이 손을 들어 그를 막았다.

"수백 년, 어쩌면 수천 년이 될지도 모를 고대에 벌어진 일이라네. 인간은 번영했고, 지금 생각으로는 상상할 수 없을 정도로 발달한 문명을 가지고 있었지. 그런데 그런 문명을 한순간에 깡그리 무너뜨리는 일이 벌어졌네."

국왕은 잔잔한 어투로 이야기를 이어 나갔다.

지금껏 어느 역사서에도 기록되지 않은 비사를 듣는 이들의 얼굴은 놀라움으로 가득했다. 하지만 그중에서도 가장 놀란 얼굴을 한 것은 제닌이었다.

[오류! 오류! 오류…….]

시야 가득 붉은 글자가 들어찼다. 오로지 '오류'라는 단어로만 점철된 시야였다.

'애니? 뭐야? 갑자기 왜 그래?'

제닌이 애타게 불러 보았으나, 애니의 대답은 들려오지 않았다. 보이는 것이라고는 오로지 '오류'라는 글자뿐.

"그들이 비보를 사용하기 전에 막지 못한다면, 인간 세상에 남은 것은 그야말로 파멸뿐이라네."

글자로 가득했던 시야에 변화가 생긴 것은 국왕이 긴 설명을 마칠 때쯤이었다.

― 띠링!

[허가되지 않은 상위 정보를 획득했습니다. 임의로 정보 공개 레벨을 상향 조정합니다. 설명을 위해 사용자의 시청각 기관의 활용을 추천합니다. 허락하시겠습니까?]

'호오! 방금 들은 게 그렇게 중요한 정보였다는 말인가?'

위험한 냄새가 물씬 풍기기는 했으나, 일단은 듣는 게 좋을 것 같았다.

국왕의 설명대로라면 왕실의 비보는 인류의 멸망을 불러올 수도 있는 중요한 물건이고, 그와 그의 사람들 역시 인류에 포함되었기 때문이다.

'아! 그 전에 한 가지만 묻고.'

제닌은 고개를 돌려 국왕을 향해 물었다.

"그런 위험한 물건이라면 진작 파괴하는 것이 좋았을 텐데, 왜 그냥 놓아둔 겁니까?"

국왕은 씁쓸한 얼굴로 대답했다.

"물론 파괴도 해보았지. 하지만 그때뿐이었네."

"그때뿐이라니요?"

"몇 년 지나지 않아 그와 비슷한 기운을 지닌 다른 기물이 나타났기 때문이지. 그래서 결국 선조께서 선택하신 것은 그것을 아무도 찾지 못하는 곳에 숨기는 것이었네."

국왕의 설명에 제닌도 더는 할 말이 없었다.

'애니, 그 설명이란 것 오래 걸리나?'

제닌이 물음을 던진 직후였다.

"크억! 크아아아아악!"

죄인처럼 바닥에 무릎 꿇고 고개를 숙이고 있던 블랜트가 갑자기 비명을 내지르기 시작했다. 그와 동시에 그의 몸이 부들부들 떨리더니 기이한 뼛소리가 일어났다.

[모든 설명을 마치기까지 34분이 필요합니다.]

'그럼 조금 있다가 듣자고. 보다시피 지금 당장 처리해야 할 일이 있어서 말이야.'

"제, 제발! 날! 죽여주게! 크윽! 부탁이야! 누군가에게 조종당하며 같은 일을 반복할 수는 없어! 크아아아아악!"

블랜트는 고통으로 일그러진 얼굴로 사정했다.

'애니, 왜 저러는 거지?'

[사용자가 처치한 흑마법사는 하위 명령권자로 추측됩니다. 저 인물은 하위 명령권자가 죽음으로써 일시적인 자유를 찾았으나, 그보다 상위의 명령권자가 다시 명령을 저

인물의 육체를 통제하기 시작한 것 같습니다.]

'막거나 고칠 방법은? 없나?'

[지금으로서는 없습니다.]

'그런가……'

솔직히 소드 룰러라는 실력자를 이대로 포기하기에는 아까웠다. 그러나 언제 적으로 돌변할지 모르는 인물을 곁에 두는 위험을 자초할 필요 또한 없었다.

"후우……."

제닌은 한숨을 내쉬며 앞으로 나섰다.

"혹, 남길 말이 있습니까?"

"크윽! 죄, 죄인에게 무슨 할 말이 있겠소. 어서 하시오. 더는 버티기가 힘이 드오."

계속되는 블랜트의 부탁에 제닌은 고개를 끄덕이며 대검을 들었다.

"자, 잠깐! 잠깐만 기다려 주시오!"

아스트 백작이 황급히 앞으로 나섰다. 그 뒤를 이어 국왕이 한 발 앞으로 나섰다.

"블랜트 드 빌런은 마지막까지 국가와 주민을 위해 싸워 온 충신이오. 또한, 적지에 잠입해 행방불명된 비보에 대한 중요한 정보를 얻어낸 공로를 높이 사, 크라인 왕국의 국왕 카이오르 데렌 드 크라인의 이름으로 공작의 작위를 수여하는 바이오."

"폐하……. 신 같이 불충한 자에게 어찌 그런……."

두 노인의 눈에 눈물이 고였다.

'쳇! 그런다고 결과가 달라지는 것도 아니건만.'

쓸데없는 짓이라는 생각이 들었다. 게다가 다들 아는 것을 배신이라는 말을 숨기며 모든 것을 공으로 돌려 감싸는 모습이 그리 보기 좋지는 않았다.

그렇게 시간을 허비하느니 차라리 한시라도 빨리 고통을 덜어주는 편이 더 낫다는 게 제닌의 생각이었다.

하지만 두 노인은 물론 근위기사들까지 눈물이 그렁그렁한 눈으로 그 모습을 지켜보고 있었다.

"쯧!"

제닌은 마음에 들지 않는 듯 고개를 돌려버렸고, 이에 아스트 백작이 블랜트의 앞에 섰다.

"대부님. 부디 편히… 쉬십시오."

블랜트는 희미한 웃음을 지은 채, 지그시 눈을 감았다.

스르릉.

서늘한 소리와 함께 섬광이 번쩍였다.

서걱.

둥근 물체가 떠올랐다.

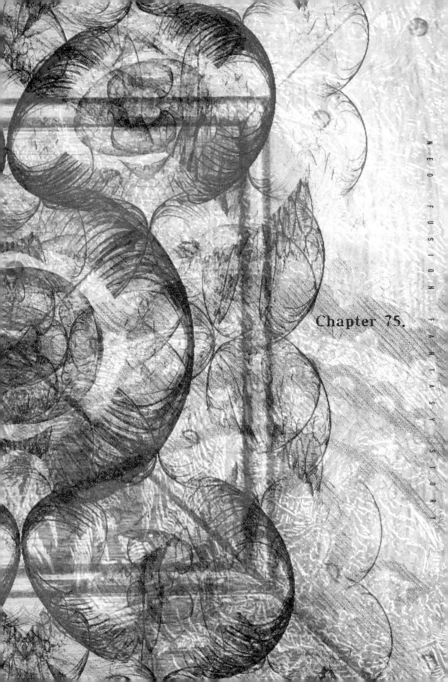

Chapter 75.

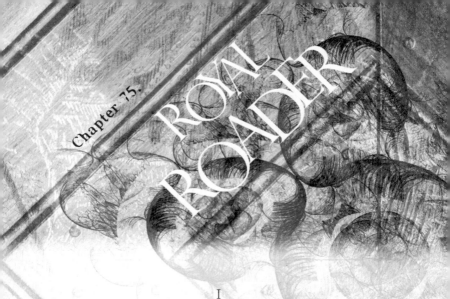

## ROYAL ROADER

I

우우우웅.

낮은 진동음과 함께 시야가 흐릿해졌다. 잠시 후 다시 밝아진 시야에 보인 것은 거대한 도시였다.

'허어! 이런 도시가!'

수백 미터는 족히 됨 직한 높은 건물들이 빽빽하게 들어 찬 도시의 위용에 제닌은 탄성을 터뜨렸다.

단순히 건물만 높은 게 아니었다.

도로에는 말 없는 철마차가 어마어마한 속도로 달리고 있었고, 사람을 태운 채 새처럼 하늘을 나는 기묘한 탈것도 있었다. 무엇보다 제닌을 놀라게 한 것은, 아주 높은 곳에 서 아래를 내려다보는 영상이었다.

'따, 땅이 둥글다니……'

영상 속 사람들은 자신들이 살아가는 땅을 가리켜 '지구'라고 불렀다.

또한, 손톱만 한 달이 실제로는 어마어마한 크기라는 것 역시 제닌에게는 놀라운 일이었다. 달은 지구 주변을 빙글 빙글 돌았는데, 그곳의 인간들은 그러한 달과 같은 것을 작게 만들어 지구 주변을 빙글빙글 돌게 하였다.

사람들의 옷차림은 특이했고, 특히나 여인들의 과감한 노출은 제닌의 시선을 사로잡았다.

'허어……'

거의 헐벗은 듯한 여인들이 몰려나와 알 수 없는 노래를 부르며 격렬한 춤을 추는 모습에 제닌은 한동안 눈을 뗄 수 없었다.

다소 특이하기는 했지만, 평화로웠던 세상이었다. 굶어 죽는 이들은 거의 없었고, 그 덕분에 인구는 현재의 수십 배에 달할 정도였다.

물론 그곳에도 못사는 나라는 있었고, 전쟁 또한 심심치 않게 발발했다. 그러나 전체적인 생활을 비교하자면 그곳 사람들은 현재의 사람들보다는 월등히 나은 삶을 살았다.

그러던 세상에 서서히 암운이 드리우기 시작했다.

하얀 가운을 입은 사람들이 무언가를 연구하는 모습이 보였고, 그런 끝에 무언가를 만들어냈다.

긴장된 얼굴 사이로 초읽기가 이루어졌고, 마침내 커다란 판에 떠오른 숫자가 '0'을 가리켰다.

사방에서 붉은 불빛이 뿜어졌고, '실패다!'라는 탄식이 곳곳에서 터져 나왔다. 그리고 일어난 대폭발.

이것을 시초로 대륙 곳곳에서 기이한 균열이 발생했고, 그곳으로부터 몬스터들이 몰려나왔다.

작은 쇳조각을 빠르게 쏘아내는 무기를 든 군대가 맞섰으나, 안타깝게도 몬스터에게는 통하지 않았다. 몬스터의 몸 주변을 두른 보호막 때문이었다. 또한, 군대는 익스플로젼 스톤과 비슷한 것도 사용했는데 이 역시 몬스터의 보호막을 뚫지는 못했다.

몬스터는 계속해서 밀려 나왔고, 인간들을 학살하며 영토를 넓혀갔다. 그렇게 몬스터의 영역이 된 곳에, 갑자기 거대한 버섯구름이 피어올랐다.

'허어! 저런 위력이······.'

순식간에 사방 수십 킬로미터를 휩쓸어 버리는 대폭발은 그야말로 어마어마하다고밖에 말할 수 없었다.

'몬스터들은 모두 물리친 건가?'

제닌은 일말의 기대를 하며 지켜보았으나, 안타깝게도 다시 나타난 장면은 그의 기대를 져버렸다.

'저건 뭐야? 악마? 마족인가?'

절반가량의 몬스터는 폭발에 휩쓸렸으나, 나머지 절반

가량은 무사했다. 무시무시한 아우라를 풍기는 몬스터가 광역 보호막을 펼쳐 폭발을 막아냈기 때문이다.

그 후로 대폭발은 수백 번이 넘게 일어났지만, 몬스터의 숫자는 오히려 늘어갔다. 시간이 갈수록 늘어나는 균열을 통해 계속해서 쏟아져 나왔기 때문이다.

계속되는 몬스터의 공세에 어느 순간 인간들은 대항할 힘을 잃고 뿔뿔이 흩어졌다.

그러자 몬스터들은 약탈자로 돌변했다. 인간들이 사용하던 갖가지 물건들은 물론, 건물까지 모조리 해체해 균열 너머로 옮겼다. 거대했던 도시가 순식간에 허허벌판으로 변했다.

몬스터의 약탈은 집요하게 이어졌고, 인간들이 이룩한 찬란했던 문명은 깨끗하게 사라졌다.

오지에 숨어 있던 극소수의 인간들을 제외한 모든 인류는 그렇게 멸망했다. 또한, 겨우겨우 살아남은 극소수마저도 몬스터가 두려워 밖으로 나서지 못한 채, 굶어 죽거나 병에 걸려 죽었다.

모두가 절망하고 있을 때, 기이한 힘을 각성한 자가 나타나기 시작했다.

'오러! 그리고 저건 마법인가?'

오러와 같은 기운을 발휘하는 자들과 허공에서 불덩이를 만들어 내는 자들이 나타나 몬스터들과 싸우기 시작했다.

한때는 몬스터를 밀어붙이며 선전하기도 했지만, 그러한 선전도 '마족'이나 '악마'라 불리는 무시무시한 아우라를 풍기는 몬스터의 등장으로 막을 내렸다.

인류는 다시 뿔뿔이 흩어져 숨어들었다. 그중에는 지하 깊숙한 곳으로 숨어 들어가 입구를 폭발시켜 완전한 고립을 선택한 이들도 있었다.

'어! 저곳은!'

제닌의 눈에 낯익은 모습이 들어왔다. 바로, 몬스터 산맥 지하에 있는 시설이었다.

하얀 가운을 입은 학자들이 열띤 토론을 벌이더니 바쁘게 뭔가를 연구하기 시작했다.

시간이 흘렀다.

소년이 노인이 되고, 그 손자가 다시 노인이 되었을 때, 마침내 탄성이 들려오며 하얀 가운을 입은 자들이 기쁨의 함성을 토해냈다.

그들이 만들어낸 것은 제닌의 눈에도 익숙한 물건이었다.

'펜던트!'

하지만 펜던트를 만든 지 얼마 되지 않아 고립되어 있던 인간들에게 위기가 찾아왔다. 비축해 두었던 물자가 거의 고갈되었기 때문이다.

처음 비축했던 물자는 그보다 훨씬 오랜 시간을 버틸 수 있었는데, 펜던트를 비롯해 몬스터들과의 싸움에서 도움이 될 수 있는 무기를 개발하느라 물자의 소모가 빨랐다.

시설 안의 사람들이 굶주림에 지쳐가자 그들은 토의를 시작했다. 굶어 죽기 전에 밖으로 나가자는 의견과 나가봤자 몬스터에게 처참하게 죽을 테니 차라리 굶어 죽는 게 낫다는 의견이 팽팽하게 부딪쳤다. 며칠에 걸친 격론 끝에 결론이 나왔다. 무너진 입구를 다시 뚫는다는 결정이었다.

시간은 점점 더 흘렀고, 그럴수록 사람들은 줄어들어만 갔다. 그리고 마지막 한 명이 남았을 때, 그는 통로를 뚫는 것을 포기했다. 안타깝게도 바깥까지 채 몇 미터 남지 않은 상태였지만, 마지막 남은 사람이 그것을 알 수는 없었다.

이미 기력을 너무 많이 소진한 마지막 사람은 죽기 전에 펜던트를 레일건의 탄자에 넣고 시설의 환기를 위한 작은 관을 통해 쏘아 올렸다.

누군가 발견해주기를 바란다는 생각이었다.

탄자는 돌멩이처럼 바닥을 굴러다니던 중, 누군가에게 우연히 발견되었다. 그리고 몬스터와의 교전에서 큰 충격을 받아 깨지면서 안에 있던 펜던트를 토해냈다.

겉모습만으로도 고급스러움과 기품이 느껴졌기에 그것을 주운 이는 펜던트를 보물처럼 소중하게 여겼고, 대를 이어 후손에게 전했다. 하지만 펜던트를 지니기만 하면 시작되는 불운에 소유자는 계속 바뀌어 갔다.

그렇게 시간은 계속 흘러갔다.

전 대륙에 퍼져 있던 균열은 사라졌고, 동굴에서 벗어난 인간들이 몬스터와 전투를 벌여가며 점차 영역을 넓혔다.

그렇게 다시 번성해 대륙 전역을 인간들의 영역으로 삼았을 때, 다시금 균열이 나타났다.

하지만 처음과 비교하면 규모가 작았고, 무시무시한 아우라를 풍기던 몬스터도 나타나지 않았다. 그럼에도 인류에게는 멸망을 생각할 정도로 커다란 위기였다.

그때, 한 영웅이 나타났다.

소드 룰러를 능가하는 검술에 대마법사급 마법, 또한 갖가지 신비한 이능을 사용하는 인물이었다.

'혹시 저 사람이……'

[예. 라플라스 가문의 시조입니다. 또한, 사용자의 선조이기도 합니다.]

인류는 많은 희생을 치렀지만, 결국 그의 지휘 아래 몬스터의 침공을 막아냈다.

라플라스 가문의 시조는 몬스터의 침공을 막아내고 정리하는 도중, 이번에 나타난 균열이 누군가의 계획으로 이루어진 것을 알아냈다. 그리고 흔적을 추적하는 도중 수상한 무리와 전투가 벌어졌고, 그들이 소중히 간직하고 있던 물건을 발견했다.

갖가지 기하학적인 문양이 새겨진 은빛 상자와 역시나 기하학적인 문양이 그려진 은빛 열쇠. 라플라스 가문의 시조는 이 물건들이 균열을 만들어낸 것으로 짐작했다.

　국왕에게 들었던 말대로 라플라스 가문의 시조는 그것
을 보는 즉시 파괴했지만, 그것은 몇 달 지나지 않아 어디
선가 다시 나타났다. 다시 한 번 파괴했으나, 역시나 같은
일이 반복될 뿐이었다.

　난감한 상황이 계속되자 각국의 수뇌부들이 의견을 모
았다. 그렇게 결정된 사안은 그 두 가지 물건을 멀리 떨어
뜨려 놓음과 동시에, 그와 관련된 기록을 모두 삭제하는 것
이었다.

　그와 더불어 균열이 나타나 세상에 커다란 피해를 주었
다는 사실조차 아예 기록에서 지워버렸다. 아는 사람이 적
을수록 비밀을 지켜내기가 쉬웠기 때문이다.

　비록 당시의 사람들은 기억하겠지만, 기록이 남아 있지
않으면 세월이 지나면서 사람들의 뇌리에서 잊힐 터였다.

　그렇게 조처한 후, 열쇠는 라플라스 가문이 상자는 대륙
반대편 크라인 제국이 맡아 보관하기로 했다. 그 당시만 해
도 크라인 제국은 대륙 서부를 호령하던 강대국이었다.

　그다음에는 별다른 일이 없었다. 그저 라플라스 가문에
서서히 불행이 닥치기 시작했고, 반기를 든 방계들에게 쫓
겨나 대륙 곳곳을 떠도는 내용이었다.

　'그러니까 여기서 중요한 것은, 이종족들이 균열을 만들
어내기 전에 내가 넥스트라 제국으로 가서 열쇠를 손에 넣

어야 한다는 말인가?'

[그렇습니다. 정확히는 열쇠를 파괴하는 편이 좋습니다.]

'그런데 그 균열이라는 거, 이미 나타난 것 아닌가? 아무래도 몬스터 홀하고 비슷한 것 같은데.'

[몬스터 홀은 균열의 다운그레이드 버전이라고 생각하시면 됩니다.]

'뭐라고?'

제닌은 눈을 크게 뜨며 되물었다.

애니의 대답 속에는 몬스터 홀에 대해 잘 알고 있다는 뉘앙스가 묻어 있었기 때문이다.

'그렇다는 것은 설마……'

제닌은 가늘어진 눈초리로 허공의 메시지를 쏘아 보았다.

[맞습니다. 본격적인 균열의 생성을 앞두고 인류에게 대비할 시간과 맞서 싸울 방법을 제시하기 위함이었습니다.]

"이런 망할! 그것 때문에 사람들이 얼마나 괴로워하고 또, 얼마나 죽어갔는지 알아?"

버럭 내지른 소리에 애니는 한동안 대답이 없었다.

[죄송합니다. 하지만 더 큰 피해를 막기 위해서는 어쩔 수 없는 일이었습니다. 또한, 사용자의 성장을 위해서도 꼭 필요한 일이었습니다.]

'그걸 왜 네가 판단 하냐고! 한번 물어라도 보든가!'

[죄송합니다. 당시에는 제게 판단할만한 자아가 없었습니다. 그저 저를 제작한 사람이 만들어 놓은 명령대로 시행했을 따름입니다. 다시 한 번 사죄드립니다.]

제닌은 주먹을 움켜쥐며 허공을 노려보다가 긴 한숨을 내쉬었다. 아무리 화를 내봤자 소용없다는 것을 잘 알았다. 이미 일어난 일이었고, 또 저렇게 사과하는 데 계속 화를 내기도 마음이 편치 않았다.

"후우……."

한숨을 통해 마음을 가라앉힌 제닌이 다시 말을 걸었다.

'그 균열이 생성된다는 것은 확실하고?'

균열이 생성된다는 것은 결국, 적의 계획이 성공한다는 말이었다.

[제가 만들어진 이유이기도 하고, 깨어난 이유이기도 합니다.]

'그렇다는 말은, 내가 넥스트라 제국으로 가도 의미가 없다는 말이잖아?'

[그래서 파괴하는 편이 낫다고 말씀드린 것입니다.]

애니가 보여준 영상을 따르면, 균열을 일으키는 물건은 파괴해도 몇 달 지나지 않아 다시 나타났다.

'시간이라도 벌자는 건가?'

[균열에서 나타나는 '마족'이나 '악마'를 막기 위해서는 무엇보다 사용자가 강해져야 합니다. 또한, 이를 위해서는

더 넓은 영토와 많은 인구를 보유할 필요가 있습니다. 제 계산에 따르면, 몇 달의 시간이면 사용자가 대륙의 절반 정도를 공략할 수 있습니다.]

'그런데 말이야. 다른 건 대충 이해해도 한 가지는 확실한 것 같아. 네가 인간을 너무 모른다는 것을.'

[저는 수많은 인간의 정보와 자료를 가지고 있습니다. 인간에 대한 분석은 완벽합니다.]

'그게 바로 문제라는 거야. 인간인 나도 인간을 잘 모르겠거든? 그런데 어떻게 완벽하게 이해한다고 확신하지?'

[지금까지 수집한 수많은 자료를 통한 분석은 90% 이상의 신뢰도를 가지고 있습니다.]

어쩐지 말이 통하지 않는 기분이 들었다.

'후우! 중요한 건 말이야. 멀리서 다가오는 큰 위기보다 눈앞에 닥친 탐욕에 더 끌리는 게 인간이라는 거야. 그 말은 다시 말해, 자신의 탐욕을 위해 위기를 이용할 사람이 나올 수도 있다는 말이겠지.'

[이해할 수 없습니다. 위기가 닥칠수록 더욱 한데 뭉쳐 싸워야 하는 게 당연합니다.]

'만약 권력자들에게 누군가가 이런 제안을 했다면 어떨까? 인류라 멸망할 위기가 닥쳐도, 그들의 부탁을 들어주면 그와 주변 사람의 목숨을 살려준다는 제안 말이야.'

[당연히 거절해야 합니다. 또한, 애초부터 악한 마음을

품은 제안을 한 사람이 약속을 지킨다는 보장도 없습니다.]

애니의 대답에 제닌은 피식 웃었다.

'그 당연한 것을 거절하지 못하는 게 인간이란 말이야.'

[이해할 수… 없습니다.]

애니의 대답에 점차 자신감이 사라져가고 있었다.

'걱정이군. 이건, 명분으로 삼기에 너무 좋잖아?'

균열은 이미 한 차례 인간 세상을 멸망시켰고, 다른 한 번은 대륙 전체에 커다란 피해를 주었다.

비록 역사서에 기록되지는 않은 비사였으나, 각국의 지배층들은 그 사실을 잘 알았다. 균열의 조짐이 보인다는 것은 그들이 분란을 멈추고 뭉칠 기회를 제공하는 셈이었다.

이것만으로도 대륙을 공략할 제닌에게는 달갑지 않은 소식이었다.

'게다가 더 걸리는 것은, 거기에 이종족들이 개입해 수작을 부릴 수도 있다는 점이야.'

몬스터 홀을 세상을 멸망시킬 균열이라고 한다면?

인간 세상의 멸망을 막기 위해 그것이 더 퍼지기 전에 제거해야 한다고 한다면?

또한, 그것을 만들어낸 원흉으로 몰아간다면?

'어라?'

생각을 더해갈수록 제닌은 등줄기가 섬뜩해 왔다.

– 마족이 나타났다!

– 서쪽 반도의 국가에서 인간 세상을 멸망시킬 마왕을 소환했다!

– 고대에 세상을 멸망시킨 균열이 다시 나타났다! 그 지역을 초토화하지 않으면 인류에게 남은 것은 멸망뿐이다!

– 인간들이여 뭉쳐라! 세상을 위하여!

어디선가 나타난 소문은 들불처럼 번져 순식간에 대륙을 떠들썩하게 했다.

각국이 병력을 모으기 시작했다.

인류를 멸망시키려는 서부를 정벌해 인류를 구원한다는 명분을 가진 군대였다.

그리고 그 중심에는 넥스트라 제국이 있었다. 더 정확히 말하자면 오랜 옛날 인류를 구원했던 영웅의 후손, 라플라스 가문이었다.

Ⅲ

크라인 왕국 공략은 애니가 자신했던 대로 순조롭게 진행되었다.

사실 귀족회의와 이종족 측은 이미 제닌에 의해 두 차례나 대규모 병력을 잃은 상황이었다. 한 번은 코린트에서 한 번은 국왕을 찾아 제거하려는 과정에서였다.

그들의 영역은 점차 줄어들었고, 자연스럽게 그들이 만들어낼 수 있는 몬스터의 숫자도 줄어들었다.

전세가 불리해지자 귀족회의 측은 남은 병력을 한데 끌어모아 최후의 결전을 벌였다. 그러나 그조차 애니의 전략에 휘말려 무산되었고, 그러자 그들에게 남은 것이라고는 파멸뿐이었다.

[83, 87, 98번 천인대가 해안가에 도착했습니다.]

– 빠밤! 빠바바밤!

메시지와 함께 요란한 팡파르가 울려 퍼졌다.

[축하합니다! 크라인 왕국 공략이 완료되었습니다.]

메시지와 함께 허공을 수놓는 꽃잎들의 모습에 제닌은 괜스레 민망한 기분이 들었다.

'자기가 다 해놓고서는.'

솔직히 이번 크라인 왕국 공략은 대부분 애니가 진행했다. 제닌이 한 일이라고는 위기에 처해 있던 국왕을 구원한 것뿐이었다.

'구경은 잘하고 있으려나 모르겠네.'

국왕을 구원한 제닌은 한 가지를 제안했다. 바로 자신의 영토를 돌아보며 사람들의 생활상을 살펴보게 한 것이었다.

– 전부 둘러본 다음, 백성을 저보다 더 잘 살게 해줄 수

있다는 확신이 든다면, 구체적인 계획을 세워 말씀해 주시죠. 타당하다는 생각이 든다면 옛 크라인 왕국의 영토를 돌려 드리겠습니다.

제닌의 제안에 국왕과 아스트 백작은 얼굴을 굳혔다. 분위기 파악을 제대로 못 하는 일부 근위기사들만 희색을 띠었을 따름이었다.

사실 제닌의 제안은 그가 점령한 영토를 넘겨줄 생각이 없다는 말을 완곡하게 표현한 것뿐이었다.

국왕과 아스트 백작은 이미 라테스에 대한 정보를 조금이나마 알고 있었다. 특히, 그곳의 주민이 웬만한 하급 귀족이 부럽지 않을 정도로 풍요롭고 걱정 없는 생활을 누린다는 소식에 고개를 갸우뚱했을 정도였다.

– 그 후로도 남아있고 싶으시다면, 크라티아를 재건해 드리겠습니다. 아마 이전의 생활이 아쉽지 않을 정도는 될 겁니다.

제닌의 뒷말을 듣고 나서야 국왕과 아스트 백작의 얼굴이 풀어졌다. 최소한 왕국의 명맥은 유지할 수 있게 해준다는 말이었다.

"후우…… 그래도 이제 내부 정리는 끝난 건가?"

한숨을 내쉬며 내뱉은 제닌의 말에 애니가 답했다.

[이제 첫걸음을 뗐을 뿐입니다. 아직 갈 길이 멉니다.]

"그래. 멀지! 누구 덕분에 아주! 엄청! 더 멀어졌어!"

제닌은 잔뜩 꼬인 목소리로 말했다. 잠시 좋았던 기분이 훅 가라앉는 기분이었다.

최근 들어온 정보에 따르면 대륙 전역에 흉흉한 소문이 퍼졌다. 인류를 멸망시킬 균열이 발생했다는 소문이었다.

문제는 그 원흉으로 제닌이 지목되고 있다는 점과 그의 영토를 토벌하기 위한 병력이 만들어지고 있다는 점이었다.

'빌어먹을! 직감이 꼭 좋은 건 아니란 말이지.'

어쩐지 섬뜩한 느낌이 들더라니, 역시나 일이 터졌다. 그것도 제닌이 가장 바라지 않는 방향이었다.

[죄송합니다.]

원인을 제공한 애니였기에 사과 밖에는 딱히 할 말이 없었다. 하지만 제닌이 탓하는 것은 그녀가 단순히 몬스터 홀을 발생시켰기 때문이 아니었다.

'미리 그런 게 있다고 말했으면 얼마나 좋아? 그랬으면 이곳과 가까운 쪽에 그걸 만드는 바보짓은 절대로 안 했을 텐데 말이야. 아주 멀리 만들면 만들었지. 그랬으면 지금쯤 이걸 어떻게 이용할까를 놓고 고민하고 있을걸?'

제닌이 아쉬워하는 것은 요긴하게 사용할 수 있는 카드를 적의 손에 쥐여준 점이었다. 이점이 약점이 되었으니, 제닌이 느끼는 손해는 두 배 이상이었다.

또한, 그 카드를 원수라고 할 수 있는 라플라스 가문이

쥐고 있다는 점도 마음에 들지 않았다.

[죄송합니다.]

'됐고, 잘못한 줄 알았으면 스킬이나 아주 **빵빵**한 걸로 하나 주던가.'

[규정상 그럴 수 없습니다. 죄송합니다.]

'안 돼? 그럼, 경험치나 몽땅 주던지. 아예 50레벨 만들어 버리면 좋잖아?'

[죄송합니다. 그것 역시 규정에 어긋납니다.]

'할 줄 아는 말이 죄송합니다. 밖에 없지?'

[죄송합니다.]

"쩝! 계속 그러니까 내만 못된 놈 된 것 같잖아?"

제닌은 입맛을 다시며 고개를 저었다.

어쨌든 과거는 과거, 탓해봤자 소용없었다. 더불어 애니를 더 압박했다가는 이제는 확실한 도움이 되고 있는 그녀가 더는 돕지 않을 수도 있었다.

탓. 탓. 탓. 탓.

밖에서 복도를 지나는 발소리가 들려왔다.

가벼우면서도 보폭이 넓은 발소리는 그 주인이 엘프라는 것을 말해 주었다.

'크리시나인가? 아! 그러고 보니 세계수를 심어 준다는 것을 깜빡했군.'

크리시나를 생각하자 문득 잊고 있던 약속이 떠올랐다.

[세계수는 되도록 거점과 붙어서 심는 편이 좋습니다. 거점과 마력을 연동하면 세계수를 중심으로 펼친 보호막이 훨씬 강력한 힘을 발휘할 수 있습니다.]

'호오! 오래간만에 도움되는 말을 하는데?'

제닌은 눈을 반짝였다. 소중한 사람의 안전을 더욱 확고히 할 방법이었기 때문이다.

'라테스가 좋겠군. 그런데 세계수 씨앗을 심으면 얼마만에 성장하지?'

[최소한의 기능을 발휘하는 데에는 일주일. 완전한 성장까지는 한 달의 시간이 필요합니다.]

'그 말은 엘프들의 수명을 연장하려면 일주일이 필요하고, 제대로 된 보호막을 가동하려면 한 달이 걸린다는 말인가?'

[그렇습니다.]

'이럴 줄 알았으면 진즉 심을 걸 그랬군.'

제닌이 턱을 만지작거리며 아쉬워할 때, 문을 두드리는 소리가 들려왔다.

"제닌님, 크리시나입니다."

"들어 와."

허락에 문이 열리며 크리시나가 조심스럽게 방 안으로 발을 디뎠다.

"무슨 일이지?"

"이종족들이 지하에서 빠져나갈 것 같습니다."

대수롭지 않은 물음에 돌아온 것은 의외의 정보였다.

"응? 뭐라고?"

제닌은 눈을 크게 뜨며 되물을 수밖에 없었다.

"오늘 아침부터 짐을 꾸리기 시작했고, 일부가 밖으로 빠져나가는 것을 확인하고 오는 길입니다."

"그렇단 말이지……."

제닌은 말끝을 흐리며 생각에 잠겼다가 고개를 들어 올리며 진한 미소를 지었다.

"왜, 왜 그런 눈으로 저, 저를……."

크리시나가 흠칫 놀라며 뒤로 물러섰다.

그녀는 강자였다. 그것도 소드 룰러에 달하는 절대적인 힘을 갖춘 강자였다.

그런데 이상하게 제닌 앞에서만큼은 한없이 작아졌다.

물론 제닌이 '엘프의 맹세'를 통해 그녀의 생사여탈권을 쥐고 있다는 점도 있었다. 하지만 그녀의 두려움은 단순히 그것 때문만은 아니었다.

그보다 더 근원적인 것. 마치 맹수를 눈앞에 둔 초식동물이 느끼는 두려움과 비슷했다.

'응? 얘는 또 왜 이래?'

제닌은 의문을 담은 눈으로 크리시나를 바라보았다.

양팔을 교차해 가슴 앞을 가린 모습이 마치 자신의 몸을 탐하는 강도를 앞에 둔 듯했다.

'훗! 기껏 좋은 정보를 물어 와 놓고 왜 이래? 놀려주고 싶게 말이야.'

제닌은 한층 더 진한 미소를 지으며 몸을 일으켰다. 그리고 크리시나를 향해 한 발을 성큼 내디뎠다.

"다, 다가오지……."

종종걸음으로 물러나던 크리시나는 어느 순간 물러나기를 멈췄다.

'거부해서는 안 돼. 이 인간에게는 마을의 모든 엘프들의 생명이 달려있어. 이 자의 기분을 거슬리게 하면… 안 돼.'

크리시나는 질끈 눈을 감은 채 고개를 옆으로 돌렸다.

후욱. 후욱.

제닌의 뜨거운 숨결이 하얗고 가녀린 그녀의 볼에 와 닿았다. 크리시나의 가늘고 긴 속눈썹이 파르르 떨려 왔다.

'참아야 해.'

말아쥔 주먹을 시작으로 크리시나의 온몸이 부들부들 떨리기 시작했다.

하아.

볼을 타고 올라와 귓가에 뿜어지는 숨결에 크리시나는 목을 바짝 움츠렸다.

"읏!"

입에서 저도 모르게 짧은 신음이 터져 나왔다.

몸 한쪽이 간질간질하면서 소름이 돋아났다. 이상한 것

은 싫다는 생각을 하면서도 마음 한구석에 어딘지 모를 기대감이 피어난다는 점이었다.

"훗! 라테스에서 보지."

목소리와 함께 귓가에 와 닿던 숨결은 씻은 듯 사라졌다.

"예?"

크리시나는 눈을 둥그렇게 뜨며 되물었다. 하지만 방 안 어디에서도 제닌의 모습을 찾아볼 수 없었다. 그녀는 아무도 없는 빈방을 두리번거리며 한동안 어리둥절하게 서 있었다.


Ⅳ


"허허⋯⋯. 이보게. 이게 정말 평민들이 사는 모습이란 말인가?"

밝은 웃음을 머금고 살아가는 주민의 모습을 바라보며 국왕은 허탈한 웃음을 머금었다.

이미 정보로 익히 들어 알고 있는 사실이었지만, 종이에 적힌 글을 읽을 때와 직접 보는 것에는 현격한 차이가 있었다.

국왕 일행은 허름한 로브를 뒤집어써 신분을 감춘 채, 도시 내부를 꼼꼼히 살펴보는 중이었다.

"폐하. 아무래도 정보부의 수장을 문책해야 할 듯싶사옵
니다."

아스트 백작의 아룀에 국왕은 헛웃음을 지었다.

"헛! 사실을 축소해서 보고했다는 이유인가?"

"그렇사옵니다."

국왕은 손을 들어 공손히 고개 숙인 아스트 백작의 어깨
를 두드렸다. 그의 말투에서 어떻게든 국왕의 상심한 마음
을 위로하려는 의도가 느껴졌기 때문이다.

"너무 애쓰지 말게. 이제는 차라리 홀가분한 기분이 드
니 말일세."

"폐하. 정말, 포기하실 생각이십니까?"

"솔직히 대답해 보게. 만약 자네가 저들이라면, 예전 크
라티아와 같은 곳에 살고 싶겠나? 아니면 이곳에서 살고
싶겠나?"

국왕의 물음에 아스트 백작은 선뜻 답하지 못했다. 솔직
히 대답하라는 국왕의 명에 차마 거짓을 고할 수 없었기 때
문이다.

그렇다고 솔직히 대답하기도 마음에 걸렸다. 이는 그간
국왕의 치세를 부정하는 일이었기 때문이다.

"쯧! 자넨 너무 솔직한 게 탈이란 말이야. 블랜트였다면
거짓이라도 기분 좋은 말을……."

말하던 국왕의 얼굴이 굳어졌다. 그의 말을 듣던 아스트

백작의 얼굴 역시 굳어졌다.

잠시 침묵이 흘렀고, 그런 무거운 침묵을 깬 것은 국왕의 목소리였다.

"이보게 아스트. 저들이 왜 저렇게 웃는 것 같나?"

아스트 백작의 시선은 국왕의 손가락을 따라 움직였다.

거리를 뛰노는 아이들의 얼굴에는 천진한 웃음이 가득했고, 밀밭을 추수하는 농부들의 얼굴에도 함박웃음이 가득했다. 갓 구워낸 빵을 바구니에 담아 걸어가는 아낙의 얼굴에도, 망치를 든 인부의 얼굴에도, 창을 들고 순찰하는 경비병의 얼굴에도 하나같이 웃음이 자리했다.

'그야, 걱정이 없기 때문이지 않겠습니까?'

떠오른 것은 있었으나 아스트 백작은 이번에도 선뜻 대답하지 않았다. 국왕에게 말을 양보하기 위함이었다.

"허헛! 뭘 그리 머뭇거리나? 바로 그게 문제란 말일세. 말한마디 하는 것조차 다른 사람의 반응을 생각해 고민하는 것. 그리고 행동 하나에도, 누군가를 만나는 것에도 정치적인 이해득실을 따져야 하는 삶이 과연 행복한 삶이겠는가? 난 아니라고 보네. 죽을 때가 다 돼서야 깨달은 게지."

"폐하. 어찌 그런 말씀을……."

"난 걱정 없이 살아가는 저들이 그 어떤 귀족보다, 그리고 그 어떤 왕족보다 더 행복하다고 보네. 나는 그런 저들이 부럽네."

"하오나 저들은 지도자의 올바른 지도가 없으면 금세 행복을 잃어버리는 자들이옵니다."

"나는 저들을 행복하게 할 능력이 없었네. 굶주림에 죽어가고, 매 맞아 죽어가고, 억울함에 죽어가는 것을 알면서도 알량한 왕좌를 붙들고 놓지 않았지."

"아니 옵니다. 폐하께서는 훌륭한……."

국왕은 손을 내밀어 아스트 백작의 말을 막았다.

이미 확실한 결과를 눈으로 확인한 상황에서 그런 말을 듣는 것은 오히려 좋지 않았다.

"가세. 크라티아로. 아무리 그래도 죽기 전에 내 백성도 저렇게 한 번 웃게 해줘야 하지 않겠나?"

빙긋 웃으며 묻는 국왕의 말에 아스트 백작은 주먹을 들어 자신의 가슴을 두드렸다.

"신 아스트. 충심을 다해 보필하겠나이다."

근위기사들 역시 가슴에 주먹을 올린 채 국왕을 향해 무릎 꿇었다.

"충!"

주변 사람들이 놀란 눈으로 그런 그들을 바라보았다.

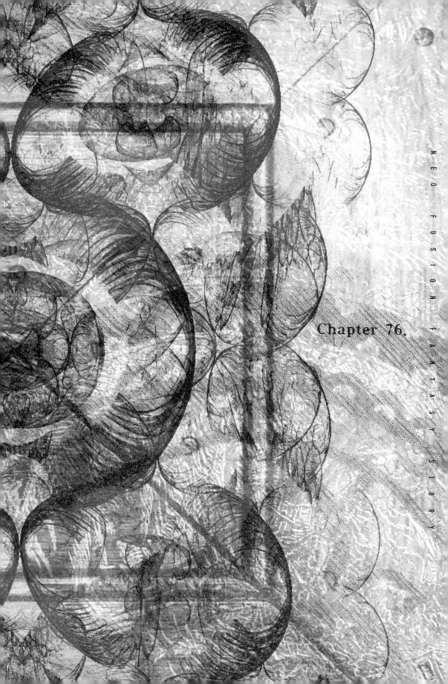

Chapter 76.

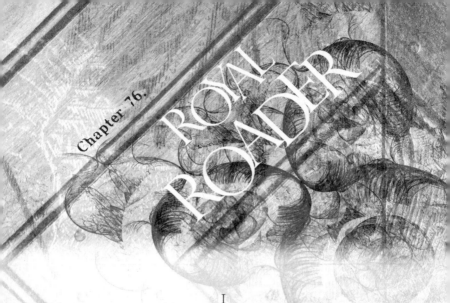

Chapter 76.

ROYAL
ROADER

I

"제닌 드 라테스라고 했던가?"

산꼭대기에 떠오른 검은 로브의 시선이 산 아래를 향했다. 까마득한 곳에 언뜻 요새가 보였다.

"놈이 한 짓을 봐서는 당장 씹어 먹어도 모자라겠지만……."

그는 이를 부득 갈다가 품 안을 더듬었다. 반질반질한 표면에 새겨진 오돌토돌한 문양이 손끝에 느껴졌다.

"나중의 즐거움으로 남겨 둬도 되려나?"

깡마른 입가에 진득한 미소가 맺혔다.

"하긴, 그러기 전에 앞으로 시작될 토벌에서 과연 살아남을 수 있을지를 지켜보는 것도 재미있겠군."

검은 로브가 그렇게 중얼거리고 있을 때, 그의 뒤쪽으로 기척 하나가 조심스럽게 다가왔다.

"마스터. 모든 준비를 마쳤습니다."

"출발하도록 하지."

검은 로브의 수장은 지면에서 1미터 가량 떠오른 채, 미끄러지듯 산을 내려가기 시작했고 수백은 됨직한 검은 로브들이 그의 뒤를 따랐다.

이어 땅딸막한 드워프를 비롯해 다크 엘프와 켄타우로스 등, 이종족들의 행렬이 하산을 시작했다.

행렬이 산의 중턱쯤 내려왔을 때였다.

쿠쿠쿵!

둔중한 폭음과 함께 산이 들썩였다.

"뭐지?"

"지진인가?"

고개를 돌려 산 위를 바라보던 이종족들은 대수롭지 않다는 듯 다시 고개를 돌렸다. 다만, 드워프들만은 유심히 먼지가 피어오르는 곳을 살폈다.

"이보게, 파이어스톤. 저기 선조의 유적이 있던 곳 아닌가?"

"그런 것 같은데……. 아무래도 세월의 힘을 이기지 못하고 무너진 듯 하이. 수천 년이나 흘렀으니……."

"에끼! 이 사람아! 아무리 오래됐을지언정, 선조들께서

심혈을 기울여 완성한 유적일세. 수천 년이 아니라 수만 년
도 버틸 수 있는 곳이야!"

"그럼, 누가 무너뜨리기라도 했단 말인가?"

두 드워프의 시선이 마주쳤다. 약간의 놀라움이 담긴 시
선이었다.

쿠르르. 쿠르르르.

지면이 울부짖기 시작했다.

두 드워프의 시선이 다시금 산 위를 향했다. 그리고 빠
르게 다가오는 먼지 구름을 발견했다.

'산사태!'

바닥에서 느껴지는 진동과 다가오는 먼지 구름을 바라
보며 두 드워프의 머릿속에 동시에 떠오른 단어. 그 직후,
두 드워프의 입에서 같은 말이 튀어나왔다.

"피해!"

"모두 피해!"

목소리를 들음과 동시에 드워프들은 짧은 팔다리를 열
심히 놀려 가며 양옆으로 피했고, 한발 늦게 산 위를 살핀
다른 이종족들이 분분히 흩어졌다.

콰르르르르르!

크고 작은 바위와 돌이 이종족의 행렬이 지나던 길을 휩
쓸고 지나갔다. 다행히 피해는 거의 없었지만, 거대한 짐승
이 할퀴고 지나간 듯한 산사태의 흔적은 이종족들의 가슴

을 쓸어내리게 했다.

다만, 토사에 파묻힌 마차와 수레를 생각하면 그리 다행인 상황만도 아니었다.

'무슨 메뚜기 떼도 아니고. 뭐, 저리 잘 피해?'

우거진 나뭇가지 사이로 아래를 내려다보던 제닌은 혀를 찼다.

솔직히 말해 처음부터 산사태를 노렸던 것은 아니었다. 산사태는 단지 이종족들이 머물었던 동굴을 폭파하는 과정에서 파생된 부산물에 불과했다.

하지만 파도처럼 쏟아져 내려가는 돌과 바위를 바라보며 약간의 기대감이 자라난 것은 제닌도 부정할 수 없었다. 원래 의도치 않았던 곳에서 얻어지는 이익이 더 달콤한 법 아니겠는가!

[피해는 없습니다.]

'굳이 설명 안 해도 알거든?'

제닌은 손을 휘둘러 눈앞에 떠오른 메시지를 흐트러뜨리며 산 아래의 이종족들을 살펴보았다.

"동굴이 무너진 건가?"

"드워프가 자랑하는 건축술도 결국 세월에는 이기지 못한 거겠지."

주변의 수군거림에 드워프들의 얼굴은 붉게 달아올랐다.

"무슨 말도 안 되는 소릴! 이건 인위적인 게야! 누군가

동굴을 폭파해 산사태를 일으킨 게 분명해!"

"맞아! 선조님들의 완벽한 건축술이 고작 세월 따위에 무너질 리 없다고!"

수군거리며 깔보는 듯한 이종족과 발끈해 소리치는 드워프. 두 세력 사이에 대립각이 세워졌다.

이에 검은 로브의 수장이 두 세력 사이에 끼어들었다.

"그만들 하시구려."

모두의 시선이 검은 로브의 수장에게로 모였다.

하지만 검은 로브 수장의 시선은 산 위에 고정되어 있었다. 정확히 말하자면 그의 시선은 정확히 나뭇가지 사이에 숨은 제닌을 향하고 있었다.

"고작 괘씸한 날벌레 한 마리 때문에 여러분이 그리 열을 낼 필요는 없지 않겠소?"

검은 로브 수장은 히죽 웃더니 장난처럼 손을 휘둘렀다. 그러자 그의 손끝에서 피어오른 검은 구체가 산 위로 날아올랐다.

'날벌레? 저 자식이!'

청력을 돋워 이종족들의 말을 엿듣던 제닌은 얼굴을 구겼다. 마음 같아서는 달려나가 한마디 하고 싶었지만, 곧이어 날아든 검은 구체를 확인하고는 생각을 접었다.

'썩을! 이게 다짜고짜 죽이려 드네.'

검은 구체는 척 보기에도 심상치 않은 기운이 느껴졌다.

[고도로 농축된 에너지 구체입니다. 위험합니다.]

'나도 안다고!'

제닌은 지체 없이 뒤로 몸을 날렸다. 그의 등 뒤에는 지하를 향해 사선으로 뚫린 땅굴이 입을 벌리고 있었다.

제닌은 보이지 않는 손을 활용해 경사로를 날아 내려가기 시작했다.

콰쾅!

하강하는 도중 고막을 찢는 폭음과 함께 땅이 들썩였다.

'쩝! 미리 굴을 파놔서 망정이지, 안 그랬으면 골치 아파질 뻔했군.'

[분석한 결과 공격을 허용했다면 사용자의 생명을 장담할 수 없을 정도로 강력한 에너지였습니다.]

제닌은 고개를 끄덕였다. 그가 느끼기에도 검은 구체는 무시무시한 기운을 품고 있었다.

'흐음! 그런 강력한 마법을 준비 동작도 없이 곧바로 날리다니. 역시 56레벨이라는 건가?'

[어디까지나 상대가 보유한 에너지를 토대로 추정할 레벨일 뿐입니다. 사용자가 50레벨에 다다르면 정면 승부가 가능할 걸로 예상됩니다.]

애니의 메시지에 제닌은 슬쩍 레벨을 확인해 보았다.

[레벨 : 43(213112/216693)]

'그나저나 이거 갈수록 레벨 올리기 어려워지는 것 같은

데? 대체 50까지 올리려면 경험치를 얼마나 쌓아야 하는 거야?'

40레벨에 올랐을 때의 경험치가 12만 정도였다. 그런데 무려 9만의 경험치를 더 쌓았음에도 올라간 레벨은 고작 3에 불과했다. 아무래도 레벨이 오를수록 요구하는 경험치의 양도 늘어나는 것 같았다.

[사용자가 50레벨에 도달하기 위한 경험치는 대략 50만 정도로 추정하고 있습니다.]

'허! 50만?'

제닌은 기가 막힌다는 표정을 지었다. 지금까지 그가 쌓은 경험치의 두 배가 넘는 양이었기 때문이다.

사실 9만의 경험치를 얻은 것은 일시적인 현상이었다. 크라인 왕국을 공략하는 과정에서 무사히 구출한 주민들을 통해 얻은 것이 대부분이었기 때문이다.

그랬기에 다시 그만큼의 경험치를 얻기는 어려워 보였다.

'어쩔 수 없이 다른 나라를 공략해야 한다는 뜻이겠지.'

몬스터를 죽이거나 적과의 전투를 통해서도 경험치를 얻을 수는 있었지만, 감동한 사람이 주는 것과 비교하면 확연히 적었다. 따라서 대량의 경험치를 얻기 위해서는 폭압과 수탈에 시달리는 사람들을 구원하는 쪽이 훨씬 좋았다.

[그보다 속도를 높이는 것을 추천합니다.]

'응?'

제닌의 물음에 대한 답은 양옆의 벽이 대신해주었다.

드드드드드.

지진이라도 난 듯 흔들리는 벽을 바라보며 제닌은 한껏
얼굴을 구겼다.

'썩을! 폭사 다음에는 생매장이냐?'

제닌은 정신을 집중해 보이지 않는 손에 힘을 더했다.
그의 몸은 경사면과 수평을 그리며 쏜살같이 날아갔다.

콰르르르르르!

그와 동시에 위쪽에서부터 무너져 내린 토사가 휩쓸려
내려왔다.

토사의 파도와 사람의 쫓고 쫓기는 추격전.

다행히 승자는 제닌이었다. 땅굴을 만들 때 완만한 'V'
로 파 놓은 것이 승리의 열쇠였다.

'후우! 큰일 날 뻔했네!'

제닌은 오르막이 시작되면서 점차 속도를 줄여가다가
완전히 멈춘 토사를 바라보며 한숨을 내쉬었다.

사실 인간을 초월한 제닌의 능력을 생각해 보면 토사에
파묻힌다고 반드시 죽는 것은 아니었다. 하지만 성난 파도
처럼 달려드는 토사의 모습에는 보는 이로 하여금 두려움
을 느끼게끔 하는 무언가가 있었다.

'그나저나, 이걸 어떻게 갚아 줘야 잘했다고 소문이 날
까?'

자고로 오는 것이 있으면 가는 것도 있어야 하는 법.

어스름한 땅굴 속에서 제닌의 눈은 서늘하게 빛났다.


Ⅱ


"흐음……. 죽었나?"

산 위에서 느껴지던 기척이 사라졌다.

"난 또, 자신만만하게 일을 벌였기에 믿는 구석이 있는 놈인 줄 알았건만, 역시 벌레에 불과했나?"

검은 로브 수장은 피식 웃었다.

"쯧! 즐거운 유희를 놓쳤군. 산 채로 잡아 왔으면 아주 즐거웠을 텐데 말이야."

혀를 차던 검은 로브의 수장은 분에 차 씩씩거리는 드워프를 향해 입을 열었다.

"소중한 선조의 유적이 파괴된 것은 유감이오. 하지만 괘씸한 벌레는 사라졌으니 그만 화를 푸시는 게 어떻겠소?"

이어 그는 반대편에서 드워프와 눈싸움을 벌이는 다른 이종족들에게도 말했다.

"다른 분들도 쓸데없는 일에 감정을 낭비하는 것은 그리 보기 좋지 않아 보이는구려. 그러니 이쯤들 하시오."

"흥! 우리 선조들의 기술은 완벽하다고."

드워프들은 투덜거리며 토사에 파묻힌 마차와 수레들을 끌어내기 위해 움직였고, 나머지 이종족들은 먼 곳을 바라보며 딴청을 피웠다.

"저것들은 손이 없나, 발이 없나. 일이 생겼으면 좀 도와줄 것이지."

삽을 꺼내 토사를 치우던 드워프 하나가 투덜거렸다. 그러자 그의 옆에 있던 드워프가 빙그레 웃으며 대꾸했다.

"그냥 두게. 저들은 안 먹어도 살고, 맨바닥에서 자는 걸 즐기는 모양이니."

마차와 수레에는 식량과 천막을 포함한 각종 물품이 실려 있었다. 도와주지 않으면 식사는 물론 잠자리도 제공하지 않겠다는 의미였다.

"하하하! 그렇지! 다들 능력이 좋으니까 굳이 우리 도움 없이도 알아서 잘들 하겠지."

껄껄 웃는 드워프의 목소리에 먼 곳을 바라보던 이종족들이 하나, 둘 그들에게로 시선을 돌렸다. 그리고 마지못한 얼굴로 다가와 드워프들을 돕기 시작했다.

Ⅲ

"흐음……. 어떤 게 좋을까?"

제닌은 턱을 만지작거리며 곰곰이 생각했다. 그의 앞에

는 깎아지른 절벽이 있었는데, 제닌의 시선은 절벽 아래 굴러다니는 바윗덩이에 꽂혀 있었다.

'이건 너무 작은 것 같고, 이건 좀 무르려나?'

제닌은 사람 몸통만 한 바위를 이리저리 살펴보고, 간혹 중지를 세워 두드려보기도 했다. 힘이 좀 과했는지 부서지거나 금이 가는 바위가 속출했다.

비록 얼굴은 미소 짓고 있었으나, 그의 속마음을 부글부글 끓고 있었다.

[사용자의 감정이 격해졌습니다. 심호흡하고 마음을 가라앉힐 것을 추천합니다.]

'훗! 이건 너무 좋아서 그러는 거야. 좋은 선물을 받으면 기분 좋은 게 당연하잖아?'

[그리 좋은 선물은 아닌 것 같았습니다만.]

'아무튼, 더 좋은 선물로 보답하지 않으면 오늘 밤 이불이 남아나지 않을 것 같단 말이야.'

[사용자가 말하는 선물이 반어법으로 쓰인 것은 이해할 수 있습니다. 하지만 밤에 이불이 남아나지 않는다는 말은 이해할 수 없습니다.]

애니의 답변에 제닌은 피식 웃었다.

'사람은 말이야 자려고 누워 이불을 덮으면, 대부분 그날 있었던 일을 떠올리거든. 그런데 그 중 부끄럽거나 성질나는 일이 있으면 보통 이불에 대고 발차기를 하기 마련이지.'

[잠을 자본 적이 없어 잘 모르겠지만, 인간에게 그런 습성이 있다는 것은 기억해 두겠습니다.]

'그러든지. 어쨌든 선물을 골라야 하니 메시지는 이제 좀 그만 보여주라고.'

제닌이 손을 저어 눈앞에 떠오른 메시지를 흩어버릴 때였다.

"아빠아!"

머리 위에서 맑고 또랑또랑한 목소리가 들려왔다.

'응?'

고개를 들어 살펴보니 절벽 위에서부터 시작된 작은 점이 점차 커지고 있었다. 시력을 집중하자 양팔을 활짝 벌린 채 떨어져 내리는 마리의 모습이 보였다.

'이 녀석이 위험하게!'

아득한 높이에서 자유낙하하고 있음에도 마리의 얼굴에 서린 미소는 마냥 천진했다. 아래에 있는 제닌이 받아줄 것을 확신한 듯 보였다.

'평범한 사람 같았으면 받으려다 죽는다고!'

제닌은 황급히 마리가 떨어지는 곳으로 달려가며 팔을 뻗었다. 그러다가 문득 멈춰 서더니 피식 웃었다.

'직접 받을 이유가 없잖아?'

제닌은 하늘을 바라보며 [보이지 않는 손]을 발동했다. 그러자 떨어져 내리는 마리의 속도가 점차 줄더니 제닌의 머리 위쯤에서 완전히 멈췄다.

"헤헤! 아빠! 안아줘요!"

마리는 헤실헤실 웃으며 양팔을 뻗었다.

제닌은 한숨을 폭 내쉬며 마리를 안아 들었다.

"히히! 아빠 냄새! 좋아!"

마리는 제닌의 품에 안겨 얼굴을 비벼댔다.

'하긴……. 이런저런 일들이 계속되는 덕분에 한동안 못 봤으니.'

그럴 만도 했다. 오랫동안 떨어져 있어서 그런지 마리는 틈만 나면 제닌의 품에 안겨왔다.

'그래도 위험한 짓을 하는 건 좀 말려야겠는데.'

아무래도 관심을 받고 싶어서 그러는 것 같은데, 방법이 너무 과격했다. 만약 평범한 사람이었다면, 벌써 몇 번은 생명의 위기를 겪었을 터였다.

제닌이 막 입을 열려는 찰나, 마리가 물었다.

"근데 아빠. 지금 뭐 해요?"

초롱초롱한 눈동자에 궁금함이 가득 담겨 있었다.

'쩝! 뭐, 다음에 하지 뭐.'

제닌은 입맛을 다시며 생각을 접었다.

하지만 그 '다음'이라는 말이 이미 몇 번이나 반복됐다는 것을 그는 미처 깨닫지 못했다.

"선물 고르는 중이야."

"선물? 마리도 고를래! 그런데 누구한테 줄 거야?"

"나쁜 사람."

마리가 고개를 갸웃하며 되물었다.

"응? 나쁜 사람한테 선물을 왜 줘? 나쁜 사람은 혼내줘야지!"

"그러니까 여기에서 맞으면 제일 아플 것 같은 걸로 마리가 골라봐."

"우음……."

마리는 손가락을 입에 넣고 생각하는 표정을 짓더니 이내 눈을 반짝였다.

"아! 알았어! 이거! 이거! 이것도! 그리고 이거!"

마리가 손가락을 들어 바위를 가리키기 시작했다. 하나같이 각지고 뾰족한 것들이었다.

'우리 마리가 이젠 말도 잘 알아듣는단 말이야.'

제닌은 마리가 손가락으로 가리키는 바위들을 하나하나 인벤토리에 집어넣으며 흐뭇한 미소를 지었다.

IV

툭.

칠흑 같은 밤하늘을 가르며 한 방울 빗물이 떨어졌다.

제닌의 정수리에 떨어진 그것은 목적지에 도착하지 못

한 것이 분한 듯, 친구들을 불러오기 시작했다.

쏴아아아아!

아직은 추운 날씨였지만 봄이 다가오는 것을 알리는 비였다. 그리고 그것은 제닌을 미소 짓게 했다.

'훗! 날씨까지 도와주는군.'

제닌은 까마득한 상공에 떠 있는 상태였다. 아래를 내려다보니 흐릿한 불빛들이 듬성듬성 흩어져 있었다.

"자! 그럼 선물을 하나씩 안겨줘 보실까?"

제닌의 입가에 겨울비처럼 차가운 미소가 스쳤다.

'애니, 아까 넣어둔 것들 모두 꺼내줘.'

애니에게 요청하자 사람 몸통만 한 바위들이 무수히 많이 나타나기 시작했다.

하나같이 각지고 삐쭉삐쭉한 모양새였고, 거기에 공방에서 발명한 신물질까지 발랐다. 그러자 웬만한 사람이 망치로 내리쳐도 부서지지 않을 정도의 강도를 갖추었다.

바위들은 곧바로 떨어지지 않고 허공에 둥둥 떠 있었다. 제닌이 염력으로 붙들고 있었기 때문이다. 하지만 숫자가 늘어날수록 제닌의 얼굴은 점차 구겨졌다.

'자, 잠깐! 그만! 애니! 스톱!'

제닌의 요청에 바위의 숫자는 더 늘어나지 않았다.

'이거 왜 이렇게 무거워? 아까 시험해 봤을 때는 거뜬했는데.'

지상에서 염력을 발휘해 바위를 들어 올렸을 때에는 지금보다 두 배가량을 더 들어도 거뜬히 버틸 수 있었다. 하지만 이상하게도 지금은 그 절반도 제대로 감당할 수 없었다.

　[염력을 발휘하는 중심은 어디까지나 사용자입니다. 지상에서 시험했을 때는 사용자가 발로 지면을 디디고 있었기 때문에 안정적이었지만, 지금은 그 모든 힘을 염력으로 감당해야 합니다. 저는 분명 무리라고 말씀드렸습니다. 그것을 무시한 것은 사용자입니다.]

　'끄응……'

　차분한 애니의 설명에 제닌은 문득 부끄러워졌다. 안된다고 말리는데도 굳이 우긴 것은 제닌 자신이었기 때문이다.

　[저는 사용자를 무시했던 것이 아닙니다. 어디까지나 정확한 데이터를 통한 분석으로 말씀드린 것입니다.]

　'아! 그것 때문인가? 그래, 소리 지른 건 미안.'

　지상에서 사소한 말다툼이 있었는데, 애니는 그것이 마음에 맺혔던 모양이다.

　[사과를 받아들입니다. 하지만 비록 실체는 없는 저이지만, 저도 감정이 있고, 상처를 받는다는 것을 사용자도 유념해 주셨으면 합니다.]

　'알았어. 아무튼, 일단 이것부터 처리하자고.'

어쩐지 애니가 갈수록 사람 같아진다는 생각이 제닌의 머리를 스쳐 갔다.

제닌은 발아래 뭉쳐 있는 바위를 넓게 퍼뜨리고 높이는 균등하게 맞췄다. 모든 지역을 동시에 타격하기 위함이었다.

아래에 있는 이종족들은 실력이 좋았다. 잔챙이라 할 수 있는 이들은 대부분 제닌이 제거했기 때문에 떨어지는 바위 사이에 시차가 생기면 그들이 피해버릴 공산이 컸다.

'자! 가라고! 가서 뭉개버려!'

제닌은 바위를 붙잡고 있던 염력을 풀어 버렸다.

수백 개에 달하는 바위가 일제히 떨어져 내리기 시작했다.

후우우우웅.

둔중한 소음이 일어났지만, 빗소리에 가려 들리지 않았다.

'그리고 요건 덤이지.'

제닌의 몸 주변에서 길쭉한 원통형 물체가 흩뿌려졌다.

익스플로젼 스톤이었다.

익스플로젼 스톤은 마치 음식 위에 뿌려진 토핑처럼 떨어지는 바위의 위를 장식했다.

하지만 뚜껑을 돌려 활성화 시켜 두지는 않았다. 지상까지의 거리가 수천 미터에 달했기 때문이다. 활성화를 시켜 둔다면 바위가 지상에 도달하기도 전에 폭발할 터였다.

제닌은 떨어지는 바위와 익스플로젼 스톤이 중간쯤 내려갔을 때, 다른 것과는 조금 다른 익스플로젼 스톤을 꺼내들었다. 가트에게 말해 발동하기까지의 시간을 수십 초 가량 늘인 물건이었다.

제닌은 그것의 뚜껑을 돌린 후, 힘차게 아래로 내던졌다.

'자! 이제 결과를 기다릴 시간인가?'

어둠 속으로 사라져가는 익스플로젼 스톤을 바라보는 제닌의 얼굴에는 흥미로운 미소가 가득했다.

두두둥. 두두두둥.

바윗덩이가 지면을 두드리는 소리는 마치 북소리와 같았다. 워낙 멀리 떨어진 탓이었다.

북소리가 울려 퍼진 직후, 번쩍이는 섬광이 셀 수 없이 일어났다. 그리고 잠시 후, 제닌의 귓가에 요란한 폭음이 쉴 새 없이 울려 퍼졌다.

섬광 사이로 비친 지상의 풍경은 지옥을 방불케 했다.

'후후후! 여기서 이렇게 웃으면 어쩐지 내가 악당이 된 듯한 느낌이지만.'

절로 웃음이 흘러나올 정도로 결과는 만족스러웠다.

'그럼 왕실의 비보라는 것을 부수러 가 볼까?'

드워프의 유적을 파괴한 것부터 지금에 이르기까지 제닌의 모든 계획은 이것 하나를 위함이었다.

여기서 왕실의 비보를 파괴한다면 굳이 넥스트라 제국까지 먼 길을 떠나지 않아도 되기 때문이다.

그리고 왕실의 비보를 파괴해서 얻은 몇 달의 시간은 제닌이 힘을 기르는 데 요긴하게 쓰일 것이다.

제닌은 지상을 주시하며 서서히 고도를 낮췄다.

그러자 이리 뛰고 저리 뛰는 작은 그림자들의 모습이 눈에 들어왔다.

'어라? 생각보다 피해가……'

예상했던 것보다 움직이는 그림자의 숫자가 많았다.

그뿐만이 아니었다. 아래를 내려다보던 제닌은 어느 순간 등줄기가 오싹한 느낌을 받았다. 그와 동시에 무시무시한 기운이 위로 솟구쳐 오르는 것을 느꼈다.

슈우우욱.

비와 어둠 속에 몸을 숨긴 검은 구체였다. 그리고 그것은 정확히 제닌이 있는 곳을 향하는 중이었다.

'이런 썩을! 그걸 막았단 말이야?'

아무래도 검은 로브의 수장이 힘을 쓴 것 같았다.

[피하십시오!]

눈앞을 스쳐 간 붉은색 경고 메시지에 제닌은 황급히 방향을 틀어 거리를 벌리기 시작했다. 하지만 검은 구체 역시 방향을 틀어 제닌이 피하는 곳으로 날아왔다.

'이런 제길! 무슨 마법이 방향을 바꿔?'

제닌은 욕설을 내뱉으며 대검을 뽑아들었다. 그리고 마력을 불어넣자 보석처럼 영롱한 인텐시브 아우라가 대검을 감싸며 피어올랐다.

제닌이 막 대검을 휘두르려는 찰나, 다시 한 번 애니의 메시지가 그의 눈앞을 스쳐 갔다.

[공격하면 안 됩니다. 그대로 터질 확률이 높습니다.]

'그런 건 좀 일찍 알려 달라고!'

제닌은 인벤토리에 대검을 집어넣으며 남은 바윗덩이들을 있는 대로 꺼냈다. 그리고 염력을 발휘해 최대한 속도를 높임과 동시에 검은 구체를 향해 바윗덩이들을 집어 던지기 시작했다. 다가오기 전에 폭발시킬 생각이었다.

하지만 이 역시 쉽지는 않았다.

퉁! 투퉁! 투투퉁!

검은 구체는 날아드는 바윗덩이를 모조리 튕겨내며 꿋꿋이 날아왔다. 돌진하는 거대멧돼지를 연상시키는 모습이었다.

'무슨 마법이 뭐 이리 단단해?'

감탄하고 있을 시간은 없었다. 그러는 사이에도 검은 구체는 묵묵히 제닌과의 거리를 좁히는 중이었다.

제닌은 바윗덩이를 모두 검은 구체를 향해 날려 버리고, 이번에는 익스플로젼 스톤을 꺼내 들었다.

'어디 이번에도 버티나 보자고!'

뚜껑을 돌려 발동시킨 익스플로젼 스톤을 선두로 수십 개의 익스플로젼 스톤이 검은 구체를 향해 쏘아졌다.

콰쾅! 콰콰콰콰쾅!

어마어마한 폭발이 연쇄적으로 일어났다.

섬광과 연기가 시야를 가렸으나, 제닌의 얼굴은 여전히 굳은 채였다.

'이것도 안 통한단 말이야?'

더는 수가 없었다.

정신력을 집중해 염력을 최대로 발휘했다. 속도를 높여 검은 구체의 추격을 따돌리기 위함이었다.

[조심하십시오!]

다시금 눈앞을 스쳐 가는 애니의 메시지.

'또 뭐가!'

신경질적으로 소리치려는 찰나, 제닌은 순간 끈적끈적한 무언가가 자신의 몸을 휘감아 옴을 느꼈다.

그와 동시에 몸이 무거워졌다. 마치 보이지 않는 거인의 손이 몸을 짓누르는 느낌이었다.

'이건! 마나 역장!'

예전에 한 번 겪어본 적이 있었다. 크라인 왕국을 공략할 당시 흑마법사들이 사용하던 기술이었다.

하지만 그때와는 조금 달랐다.

전에 당한 것과는 비교할 수 없을 정도의 위력이었다.

예전에는 어떻게든 몸을 움직일 수는 있었건만, 지금은 손가락 하나 옴짝달싹하기 어려웠다.

그러는 사이, 검은 구체가 눈앞으로 달려들었다.

"이런 젠장! 어떡하라고!"

제닌의 입에서 비명 같은 외침이 터져 나왔다.

'이럴 줄 알았으면 진작 귀환 주문서를 찢을 것을!'

하지만 지금 사용하기에는 너무 늦었다.

온몸이 자유롭지 못한 상황에서 귀환 주문서를 인벤토리에서 꺼내는 것도 어려웠고, 그것을 찢는 것은 더욱 어려웠다.

게다가 설령 사용한다 해도 귀환 주문서를 찢는 순간 곧바로 몸이 이동하는 것은 아니었다. 주문서로부터 빛이 뿜어져 나오고 그것이 몸을 감싸기까지는 몇 초 정도가 걸렸다.

평소라면 아무렇지도 않게 생각했던 귀환 주문서의 단점이 드러나는 순간이었다.

'이런… 제길……'

제닌의 눈동자에 암울한 빛이 떠올랐다.

그리고 그 순간.

쿠아아앙!

검은 구체가 폭발하며 모든 것을 집어삼켰다.

# V

"앗!"

에이린은 뾰족한 소리를 내질렀다.

쨍그랑!

바닥에 떨어진 찻잔이 산산이 부서졌다.

"이게 왜 떨어지지?"

에이린은 자신의 손가락을 바라보며 고개를 갸우뚱했다. 그녀의 손가락에는 찻잔의 손잡이 부분만 남아 있었다. 멀쩡하던 손잡이가 갑자기 뚝 부러진 것이다.

어리둥절하던 그녀가 갑작스레 어깨를 감싸더니 바닥에 주저앉아 부들부들 떨었다.

"어……. 이거 왜, 왜 이러지?"

오싹한 느낌이 등줄기를 타고 흘러내렸다.

갑자기 자라나기 시작한 불길함은 그녀의 머릿속에 누군가의 모습을 그려냈다.

"오라버니……."

힘없는 중얼거림이 흘러나왔다. 그와 함께 그녀의 눈에 맑은 눈물이 맺히기 시작했다.

그녀의 직감은 어렸을 적부터 잘 들어맞았다. 그리고 그러한 그녀의 직감이 제닌에게 무슨 일이 생겼다는 것을 그녀에게 말해주고 있었다.

물론 무척이나 좋지 않은 쪽이었다.

에이린이 바닥에 주저앉아 하염없이 울고 있을 때, 문이 열리며 페트로와 아리안이 안으로 들어섰다.

"에이린! 무슨 일이냐?"

"에이린? 왜 그러니?"

불안감에 마냥 떨고 있던 에이린에게 의지할 만한 사람의 등장은 무엇보다 반가운 일이었다.

"응? 왜 그러는지 엄마한테 말해보렴."

아리안은 걱정스러운 어투로 말하며 다가왔다.

바닥에 떨어져 산산 조각난 찻잔과 부들부들 떨고 있는 딸의 모양새에서 무언가를 느낀 탓이었다.

"우아아앙! 엄마! 오라버니가! 오라버니가!"

엉엉 울며 아리안에게 달려든 에이린은 그녀의 품 안에 얼굴을 묻고 계속 흐느꼈다.

아리안은 그런 에이린의 등을 쓸어내리며 달래 주었다. 하지만 아리안의 표정 역시 그리 밝지만은 않았다. 그녀 역시 에이린의 직감이 잘 들어맞았다는 것을 알았기 때문이다.

아리안은 마음속으로 제닌을 그리며 조용히 두 눈을 감았다.

'무슨 일인지는 모르겠지만, 부디 몸조심하렴. 엄마는 다른 것보다 네가 무사한 게 가장 중요하니까.'

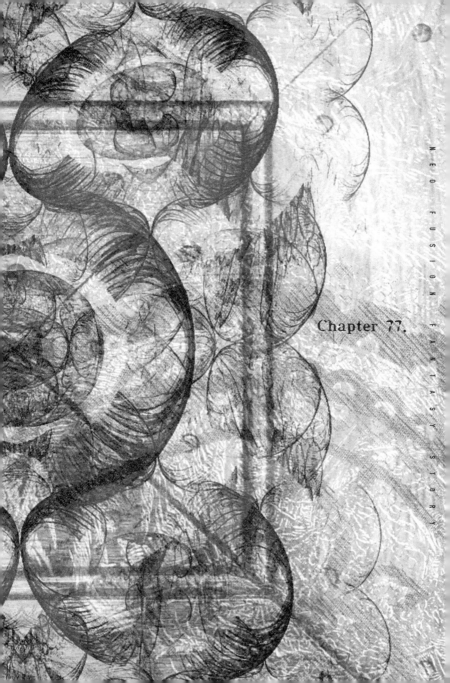

Chapter 77.

Chapter 77.

I

"커헙! 허업! 쿨럭!"

제닌은 힘겹게 숨을 몰아쉬며 마른기침을 토해냈다. 그는 새우처럼 몸을 웅크린 채로 바닥에 널브러져 있었다.

얼굴은 하얗게 탈색되었고, 몸에는 손가락 움직일 힘조차 남아 있지 않았다. 극도의 탈력감이 원인이었다.

제닌은 한참이나 거친 호흡과 마른기침을 병행한 뒤에야 비로소 본래의 호흡을 되찾았다.

"하아, 하아, 후우……."

호흡이 돌아오자마자 그가 한 행동은 주먹을 말아쥐며 누군가를 욕하는 일이었다.

"이런 빌어먹을 자식! 내 힘도 제법 사기라고 생각했지만, 그 자식은 나보다 훨씬 더 사기잖아! 무슨 인간이 그렇게 강해? 이건 소드 룰러가 아니라, 그 할아버지가 와도 못 이기게 생겼잖아?"

이제는 검은 로브 수장의 모습을 떠올리는 것만으로도 몸이 움츠러들 정도였다. 그만큼 그는 강력했다.

많은 것을 보여준 것도 아니었다. 하지만 그 하나만으로도 제닌은 공포를 느낄 정도였다.

거대한 폭발을 일으키는 검은 구체.

만약 제닌이 그 자리에 남아 있었다면 그는 흔적조차 남기지 못한 채 사라졌을 터였다.

검은 구체가 폭발하기 직전, 머릿속이 하얗게 변하는 순간 [기습]을 떠올렸던 것은 기적에 가까운 일이었다.

그 즉시 제닌은 모든 염원을 담은 간절함으로 멀리 떨어진 산의 그림자를 향해 [기습]을 시도했다.

시야가 이지러지는 것 같다는 기분이 든 순간, 어마어마한 폭발이 그가 있던 자리를 휩쓸었다.

그야말로 간발의 차이였다.

[인간이 아니었습니다.]

'응? 무슨 말이야?'

갑작스러운 애니의 메시지에 제닌은 퍼뜩 고개를 들며 되물었다.

[그자에게서는 생기가 전혀 감지되지 않았습니다.]

'생기가 없어? 그렇다면 설마!'

제닌의 머릿속에 문득 한 존재에 대한 생각이 떠올랐다. 그리고 애니의 메시지가 그 생각에 확신을 더했다.

[분석 결과 검은 로브 수장은 리치로 추정됩니다.]

"허어……. 리치라니. 그거 이야기 속에나 나오는 것 아니었어?"

리치는 수명이 다해가는 고위 흑마법사가 자신의 몸에 모종의 마법을 걸어 변화한 언데드 몬스터였다. 또한, 몬스터답지 않게 이성이 있었으며, 어마어마한 위력의 마법을 사용하는 걸로 알려졌다.

특히, 그들은 자신의 생명을 라이프 베슬이라는 것에 담아 두는데 그것이 깨지지 않는 한 영원히 살아간다는 불사의 존재였다.

이런 리치는 이야기 속에 악역으로 자주 등장하는 존재이기는 했지만, 최근 수백 년 동안 한 번도 실제로 목격된 사례는 없었다. 그랬기에 그저 이야기 속에나 등장하는 걸로 알려졌을 따름이었다.

"하긴, 스켈레톤도 있고, 쉐도우 마스터도 있고. 인간을 몬스터로 만드는 비약도 있는 마당에 리치가 대수랴!"

예전 같았으면 쉽사리 믿으려 들지 않았겠지만, 제닌은 이미 그보다도 더 믿기지 않는 일들도 겪어 보았다. 거기에 리치 하나 추가한다고 크게 달라질 것은 없었다.

[최소한 수백 년 이상 살아온 것으로 추정됩니다.]

"어쩐지, 이상할 정도로 강하더라니, 이유가 있었네. 있었어!"

제닌은 격하게 고개를 끄덕이며 공감했다.

시간. 그것도 엄청나게 긴 시간을 살아왔다는 것은 무엇보다 큰 무기가 될 수 있었다.

수백 년간 검을 들고 수련을 한 사람이 있다면 어떨까?

설령 재능이 평범한 사람이라도 수백 년간의 수련은 그를 검의 대가로 이끌어줄 것이다.

평범한 사람도 그러할진대, 생전에 고위급 흑마법사였던 리치라면 얼마나 더 무시무시해질까?

바로 조금 전 제닌은 그것을 경험했다. 그야말로 압도적인 강함이라고 밖에 말할 수 없었다.

'이거 계획을 바꿔야 하나?'

사실 리치를 처음 봤을 때에는 그리 강해 보이지는 않았다. 시설의 격벽과 레일건에 밀려 물러나는 모습에서는 강자다움이 전혀 느껴지지 않았다.

또한, 제닌이 계획한 함정에 당해 울분을 토하는 모습은 우스워 보이기까지 했다.

그래서 이종족들이 드워프의 유적을 빠져나갔다는 소식을 접하고는 곧바로 계획을 세웠다.

유적의 붕괴에 이은 산사태는 일종의 인사.

거기에서도 한 차례 리치의 마법을 겪어보기는 했으나, 마음에 와 닿지는 않았다. 제닌이 직접 폭발에 휩쓸린 것도 아니었고, 흙으로 이루어진 토굴은 언제든 무너질 수 있다고 생각했기 때문이다.

하지만 조금 전 죽을뻔한 경험은 상대에 대한 인식을 변화시키는 계기가 되었다. 몸을 움직이지도 못한 채, 다가오는 죽음을 지켜봐야 했던 상황은 다시 떠올려봐도 식은땀이 날 정도였다.

[리치를 상대하는 것은 포기하고, 상대보다 빨리 넥스트라 제국으로 넘어가는 것을 추천합니다.]

애니의 메시지가 눈앞에 떠올랐다.

지극히 합리적인 말이었지만, 이상하게 거슬리는 것은 또 왜일까?

특히 '포기'라는 단어가 유독 마음에 들지 않았다.

'애니 너, 지금 일부러 도발하는 거지? 가서 싸우다 죽으라고?'

[아닙니다. 저는 어디까지나 사용자를 보좌하기 위한 객관적인 정보를 전해드릴 뿐입니다.]

어디까지나 글자일 뿐이지만, 정색한 말투가 느껴졌다.

'훗! 아직 농담을 구분할 줄은 모르나 봐?'

피식 웃는 제닌의 물음에 애니는 대꾸가 없었다.

'그나저나 리치라… 이걸 어떻게 요리하지?'

그저 당하기만 하고 물러날 수는 없었다. 최소한 자신이 당한 것보다 두 배 이상은 되갚아줘야 계산이 맞았다.

II

– 그워어어!

– 키륵! 키르르르!

크고 작은 몬스터들은 저마다 기성을 내지르며 불안한 마음을 표출했다.

신기한 것은 트롤이나 오우거 같은 상위 포식자가 고블린이나 코볼트 같은 피식자와 같은 자리에 있음에도 덤벼들지 않는 점이었다.

물론 그럴만한 이유는 있었다.

"야! 거기 너! 침 흘리지 말라고! 그건 먹는 것 아니라니까! 아! 정말!"

오우거의 발아래에서 뾰족한 목소리가 들려왔다. 오우거의 무릎 높이에도 미치지 못하는 작은 소녀였다.

목소리가 들린 순간 오우거는 어깨를 움찔거렸다. 작다고 무시하기엔 어젯밤 소녀와 몸으로 나눈 대화가 아직도 선명하게 뇌리에 남아 있었기 때문이다.

도대체 저 조그마한 몸에서 어떻게 그런 힘이 나오는지,

오우거는 도무지 이해할 수 없었다. 그저 생각나는 것은, 온몸이 만신창이가 되도록 얻어맞았던 기억뿐이었다.

끔찍한 기억이었지만, 오우거에게는 그것과 비슷할 정도로 절실한 문제가 있었다.

바로 식욕이었다.

오우거는 잠시 마리의 눈치를 살피더니 팔 하나를 슬그머니 바닥으로 내렸다. 목표가 된 것은 고블린 주제에 감히 최강의 몬스터인 자신의 발치에 그림자를 드리운 괘씸한 놈이었다.

물론 어젯밤의 일을 계기로 '최강'이라는 칭호는 떼버려야 했으나, 어쨌든 괘씸한 것은 괘씸한 것. 그 죄를 물어 고블린은 자신의 굶주림을 면케 해줄 간식거리로 삼을 작정이었다.

머리 위로 그림자가 드리워지자 고블린의 고개가 위로 올라갔다. 그리고 자신을 향해 내려오는 오우거의 거대한 손바닥을 바라보며 비명을 내질렀다.

"키르……. 읍!"

하지만 비명은 실패로 돌아갔다. 오우거가 영악하게도 손바닥으로 고블린의 머리 부분을 감쌌기 때문이다.

오우거의 손에 붙잡힌 고블린은 팔다리를 버둥거리며 몸부림쳤으나, 자신의 몸을 감싼 오우거의 강한 악력을 떨쳐버릴 수는 없었다.

히죽.

오우거는 흉악한 얼굴 가득 미소를 머금더니 천천히 팔을 들어 올렸다. 그리고 손바닥의 위치가 얼굴과 가까워졌을 때, 흉측하고 커다란 입을 한껏 벌렸다.

한입에 꿀꺽 삼킬 작정이었다.

지독한 악취를 느낀 고블린의 발버둥은 한층 심해졌다. 냄새의 근원지가 어디인지 본능적으로 깨달았기 때문이다.

– 키르르! 키르르르르르!

비록 입이 막힌 탓에 소리를 낼 수는 없었지만, 고블린은 간절히 빌고 또 빌었다. 하지만 누구도 그 기원에 답해 줄 이는 없었고, 코끝으로 느껴지는 악취는 점차 심해져 갔다.

고블린의 몸을 감싸던 손아귀의 힘이 슬그머니 풀어졌다. 이어 악취를 풍기는 시커먼 동굴이 나타났다.

오우거의 입이었다.

삐죽삐죽 돋아난 이빨이 아니더라도 코를 마비시킬 정도로 지독한 냄새로 이미 짐작하고 있던 바였다.

"키르르르르르르!"

고블린은 가진바 모든 힘을 쥐어짜 내 간절히 소리쳤다.

하지만 그의 몸은 여전히 오우거의 손가락에 잡힌 상태였고, 고블린의 의지와는 상관없이 다가오는 악취와 어둠이 그 몸을 감쌌다.

154  7

오우거의 입안에 들어온 것이다. 그리고 어둠이 서서히 밝음을 집어삼켜 왔다.

"키르…… 키르르……."

고블린은 절망 섞인 신음을 내질렀다. 자신을 구원할 이는 없었고, 그저 마지막 순간이 고통스럽지 않기만을 바랄 따름이었다.

하지만 그때였다.

빠악!

통렬한 소리와 함께 오우거의 머리가 급격히 앞으로 쏠렸다. 어찌나 강력했던지, 육중한 오우거가 순간 균형을 잃고 땅바닥에 얼굴을 박을 정도였다.

반쯤 넋이 나간 오우거의 눈앞에 마리가 나타났다. 그리고 손을 탁탁 털며 소리쳤다.

"아! 정말! 먹는 것 아니라니까! 왜 이렇게 말을 안 들어? 너, 또 나랑 놀고 싶어서 그래?"

오우거는 황급히 고개를 내저었다. 어떤 사고의 과정을 거친 것이 아닌, 반사적인 행동이었다.

"뱉어!"

이번에는 반사적으로 입을 꽉 다물었다.

그리고 오우거의 볼이 씰룩였다. 입안의 혀가 기민하게 움직이고 있었다. 어차피 뱉어야 할 것, 뱉기 전에 맛이라도 좀 느껴보고자 하는 안타까운 마음의 발로였다.

몬스터의 제왕이었던 자신이 어쩌다가 이런 초라한 상황이 되었는지. 오우거로서는 씁쓸할 따름이었다.

"어쭈? 말 안 듣지?"

마리는 눈에 쌍심지를 켜고 오우거를 노려보았다.

"하나! 둘!"

셋을 외치며 마리가 손을 들어 올렸을 때에야 오우거는 우물거리던 고블린을 뱉었다.

"케헥! 켁! 콜록! 콜록!"

고블린은 몸을 수그리며 격한 기침을 토해냈다.

그럼에도 얼굴은 무척 밝았다. 지옥에서 살아 돌아왔기 때문이다.

"야! 너 괜찮아?"

마리의 물음에 고블린은 세차게 고개를 끄덕였다. 그리고 마리를 향해 엎드려 절했다.

비록 자신과 비슷할 정도로 작고, 가녀린 소녀였으나 그녀는 다름 아닌 자신을 지옥에서 끌어 올려준 천사였다.

그런 고블린을 바라보던 마리가 씩 웃었다.

"히힛! 좋았어!"

뭐가 그리 기쁜 걸까?

마리는 고블린과 오우거를 번갈아 바라보다가 검지로 고블린을 가리켰다.

"너, 대장 해."

"키륵?"

고블린은 자신의 가슴을 가리키며 고개를 갸웃거렸다.

말을 알아듣지 못해서가 아니라, 내용을 이해할 수 없어서였다. 갑자기 대장을 하라니. 그럼 부하는 누가 하라는 말인가?

다른 인간의 말은 전혀 알아듣지 못했지만, 신기하게도 이 소녀는 자신뿐만이 아닌 다른 모든 몬스터와 말이 통했다.

고블린이 이해할 수 없는 표정을 짓고 있을 때, 마리는 검지로 오우거를 가리켰다.

"그리고 너! 넌 이제부터."

마리는 다시 검지를 돌려 고블린을 가리켰다.

"얘 부하야. 알았지?"

오우거는 커다란 눈망울을 굴리며 어리둥절한 표정을 지었다. 이 역시 말을 알아듣지 못해서가 아니었다.

자신더러 고작 한 끼 간식거리에 불과한 고블린의 부하가 되라는 말을 이해할 수 없어서였다.

"키르륵. 키르르륵!"

고블린이 마리에게 소리쳤다. 마리는 고개를 끄덕이기도 하고 가로젓기도 하며 고블린의 말에 반응했다.

"근데 넌 강해질 수 있어. 그럼 쟤랑 싸워도 이길걸?"

"키륵?"

고블린은 고개를 갸웃하다가 이내 실망한 표정을 지었다. 고블린이 오우거를 이긴다니. 차라리 지렁이가 뱀을 잡아먹는다는 말이 더 어울릴 듯했다.

"나 못 믿어?"

마리의 물음에 고블린은 휙휙 소리가 날 정도로 고개를 내저었다. 비록 말이 안 되는 소리이기는 해도, 어쨌거나 자신을 지옥에서 꺼내준 은인이었다.

목숨 빚은 목숨으로.

고블린들의 전통이었다. 그 때문에 고블린에게 은인의 말은 무조건 믿고 따라야 하는 언령과 같았다.

"히힛! 착해! 귀여워!"

마리는 자신보다 약간 큰 고블린의 머리를 쓰다듬으며 활짝 웃었다. 손바닥에 악취 가득한 오우거의 침이 걸쭉하게 묻었음에도 아랑곳하지 않았다.

짝!

마리는 손뼉을 마주치며 말했다.

"자! 그럼 싸워!"

"키릌?"

"쿠익?"

고블린과 오우거가 동시에 어리둥절한 소리를 냈다.

이어 오우거의 커다란 콧구멍에서는 콧김이 씩 뿜어졌고, 고블린은 몸을 떨기 시작했다.

하지만 은인의 말은 따라야 하는 게 목숨 빚을 진 자의 역할이다. 고블린은 몸을 부들부들 떨면서도 한 걸음 한 걸음 오우거의 앞으로 나아갔다.

"쿠우우! 쿠워엉."

오우거가 마리를 향해 괴성을 내질렀다. 그러자 마리가 고개를 끄덕였다.

"그렇게 해."

"키르… 키르륵?"

고블린이 마리에게 물었다.

"아. 쟤가 이기면 너 먹어도 되냐고 해서 그러라고 했어. 그 대신, 자기가 지면 너한테 충성하겠대."

마리는 우쭐하는 기색으로 대답했다. 고블린의 안색은 하얗게 질렸다.

오우거의 입가에는 걸쭉한 침이 흥건하게 흘러내리고 있었다.

"크르르……. 쿠워어어어어!"

고블린을 잠시 노려보던 오우거는 고막을 찢을 정도로 커다란 괴성을 내질렀다. 그와 함께 고블린의 몸통만 한 크기의 주먹을 치켜들었다.

고블린은 피어에 눌려 온몸이 오그라들었으나, 이를 악물고 버텨냈다. 은인이 원하는 것은 오우거와의 전투였다.

후아아앙!

거대한 주먹이 공기를 휘감으며 고블린을 내리찍었다. 고블린은 폴짝 뛰어올라 그것을 피해냈다.

"키륵?"

순간 고블린의 얼굴에 어리둥절한 빛이 감돌았다. 가볍게 뛰어올랐을 뿐인데, 오우거의 얼굴이 보이고 있었다.

은인이 원하는 것은 싸움이다. 그것도 자신의 승리를 바라고 있었다.

고블린은 두 눈을 질끈 감으며 때마침 눈앞에 보이는 오우거의 콧잔등을 주먹으로 후려쳤다.

뻐억!

고블린의 작은 주먹과 오우거의 피부가 맞닿는 소리라고는 믿어지지 않는 소리가 일어났다. 동시에 오우거의 고개가 휙 돌아갔다.

"키륵?"

오우거의 콧잔등을 후려친 후, 바닥에 내려선 고블린은 믿기지 않은 심정으로 자신의 주먹을 내려다보았다. 그는 자신의 조그마한 주먹이 벌인 일을 도무지 이해할 수 없었다.

설마, 오우거가 일부러 약한 척을 하는 건가? 라는 생각에 다시 돌아온 오우거의 얼굴을 살펴보았다.

주르륵.

탁한 암녹색 액체가 흘러내렸다. 발원지는 오우거의 콧

구멍이었다.

고블린의 얼굴에 비로소 자신감이 피어올랐다.

과거의 자신은 약했지만, 지금의 자신은 강하다. 이것은 코피를 흘리는 오우거로 이미 증명된 사실이었다.

이유는 몰랐다. 다만, 생명을 구해준 은인이 알 수 없는 방법으로 힘을 전해준 듯싶었다.

이제는 목숨만으로는 갚지 못한 빚이 생겼다.

그럼에도 고블린의 기분은 하늘을 찌를 듯했다. 감히 쳐다보기도 어려운 오우거에게 일격을 먹였다. 어쩌면 이길 수 있을지도 모른다는 생각이 고블린에게 용기를 북돋아 주었다.

"쿠워어어어어어!"

창졸간에 일격을 허용한 오우거가 분노의 포효를 내질렀다. 특히나 오우거를 더 화나게 한 것은 먹잇감 중에서도 최하위에 속한 고블린에게 일격을 허용했다는 점이었다.

"키르릭! 키르르르르릭!"

고블린도 지지 않고 고성을 질러댔다. 입을 벌릴 때마다 드러나는 들쑥날쑥한 이빨이 오늘따라 유난히 더 날카로워 보였다.

쿠웅!

얼마 후 약한 땅울림이 일어났다. 치열한 접전 끝에 오우거가 바닥에 쓰러지는 소리였다.

"키르으으으륵!"

고블린은 환호했다. 단순히 그뿐만 아니라, 멀찌감치 떨어져 지켜보던 동족들 역시 믿어지지 않는 얼굴로 환호했다.

"잘했어. 꼬불아."

"키륵?"

"넌 머리가 꼬불꼬불하니까, 꼬불이야. 알았지?"

고블린에게는 쿠르키아라치라는 이름이 있었지만, 순순히 마리가 부여한 이름을 받아들였다. 그에게 마리의 말은 절대적이었다. 이제는 드래곤과 싸움을 시켜도 망설임 없이 나설 수 있을 것 같았다.

두두두두두두.

저 멀리 산등성이에서 일단의 몬스터 무리가 몰려오고 있었다. 선두에는 거대한 화이트 베어의 모습이 보였다.

"엇! 벡스 투다!"

언젠가 제닌에게 들었던 말을 떠올리며 마리는 생긋 웃었다. 그리고 고블린을 슬쩍 바라본 후 다시 소리쳤다.

"벡스 투! 막내 받아!"

Ⅲ

어스름한 마력 등의 불빛 아래 뚝딱거리는 소리가 쉴 새

없이 들려왔다.

이곳은 지름 백여 미터에 2미터 가량의 높이를 가진 넓적한 원반형 공간이었다.

테두리에서 중앙으로 갈수록 점차 솟아오른 구조였는데, 이 공간에는 수천 명의 사람이 바글거렸다. 그들은 하나같이 연장을 든 팔을 위로 뻗고 있었는데, 천장에 무언가를 설치하는 중이었다.

천장에는 기다란 철제 빔들이 빼곡하게 들어차 있었다. 원반의 끝에서부터 다른 곳보다 살짝 높은 중앙을 향해 모여든 철제 빔의 모습은 하나의 거대한 수레바퀴를 연상시켰다.

'허! 말만 들었을 때에는 어려울 줄 알았는데, 이런 게 정말 가능하다니⋯⋯.'

제닌은 놀랍다는 얼굴로 천장을 바라보았다. 수레바퀴를 연상시키는 거대한 철골 구조물에서는 기묘한 아름다움마저 느껴졌다.

"자! 이제부터 기둥을 제거할 테니까! 다들 바짝 긴장하라고!"

인부를 총괄하는 감독관의 말에 인부들은 저마다 할당된 기둥의 옆으로 움직였다.

"내가 가리키는 순서대로! 하나씩! 차근차근! 만약 조금이라도 천장이 흔들리거나 이상한 기미가 보이면 바로 멈추고 보고한다! 알겠나?"

"예!"

감독관도 그리고 인부들도 하나같이 긴장한 모습이었다. 다름 아닌 그들의 목숨이 걸려 있었기 때문이다.

이곳은 지하였다.

그리고 천장에 건설된 구조물 위로는 수 미터 가량의 토사가 있었다. 그들이 건설한 철골 구조물은 그 토사를 무너지지 않게 지탱하는 용도였다.

그 때문에 만약 천장을 받친 구조물에 문제가 생긴다면, 이곳에 있는 모든 사람은 그대로 붕괴하는 토사에 매몰 될 터였다.

"자! 1A-1번부터! 시작!"

감독관의 말에 따라 인부들이 기둥 하나를 제거했다.

이때, 모두는 마른 침을 꿀꺽 삼켜가며 천장을 바라보았는데, 미동조차 하지 않는 천장의 모습에 다들 안도의 한숨을 내쉬었다.

"계속해서 1B-2번!"

감독관은 차례로 제거할 기둥을 외쳤고, 철골 구조물을 지탱하던 기둥들이 점차 사라져갔다.

천장은 여전히 굳건하게 버티고 있었다.

'대단한데? 저런 가느다란 것들이 이 위에 있는 수천만 톤의 무게를 버텨 낸단 말이지?'

[재료의 물성과 가해지는 하중만 제대로 알고 있다면,

하중을 지탱하는 정도의 설계는 간단합니다.]

'또, 자랑이냐?'

제닌은 피식 웃으며 애니를 타박했다가 자신을 향해 다가오는 인물에게로 고개를 돌렸다.

"영주님! 건설을 모두 완료하였습니다! 기둥을 모두 제거했음에도 천장을 튼실하게 받치고 있습니다!"

우렁찬 목소리의 주인공은 조금 전 인부들을 지시하던 감독관이었다.

"모두 수고 많았다. 조심해서 잘 돌아가고, 베스란에게 말해뒀으니 돌아가면 다들 섭섭지 않은 포상이 기다리고 있을 거야."

"감사합니다! 영주님!"

감독관은 제닌을 향해 깊숙이 고개를 숙였고, 이내 몸을 돌려 인부들에게 철수를 지시했다. 산맥 너머 제닌의 영토까지의 이동은 그레이트 웜이 뚫어 둔 땅굴을 통해 이루어질 것이다.

인부들이 모두 철수하자 드넓은 공간에 적막함이 감돌았다. 얼마 전까지 수천 명의 사람으로 시끌벅적했던 곳인지라 더욱 그렇게 느껴졌다.

"후우! 아래쪽은 잘하고 있으려나?"

제닌이 가벼운 한숨을 내쉬며 아래를 바라볼 때, 지면에 미세한 진동이 느껴지기 시작했다.

드드드드드드.

점차 크기를 더해가던 진동 끝에 거대한 생물의 머리가 지면을 뚫고 솟아올랐다.

그레이트 웜이었다.

'흐음……. 꼬물이 이 녀석은 어째 갈수록 더 커지는 것 같단 말이지.'

처음 얻었을 때만 해도 지름 2미터 가량에 십여 미터의 길이를 가지고 있었는데, 지금의 그레이트 웜은 지름만 10여 미터에 달했다. 또한, 길이는 백여 미터를 넘는 거대한 크기를 자랑했다.

"꼬물아, 일은 다 끝냈어?"

어느새 작아진 몸으로 변화한 꼬물이가 상체를 세운 채 머리를 끄덕였다.

"잘했어! 역시 믿음직스럽다니까!"

제닌의 칭찬에 꼬물이는 제자리에서 폴짝폴짝 뛰어오르며 기뻐했다.

"그럼, 한 번 가볼까?"

제닌은 싱긋 웃으며 꼬물이가 나왔던 구멍을 향해 뛰어들었다.

어두컴컴한 공간이 그를 반겼다.

수십 개의 마력 등을 사방에 띄워 놓고서야 겨우 식별이 가능할 만큼 드넓은 공간이었다. 문제는 단순히 넓을 뿐 아니라 바닥이 보이지 않을 만큼 깊다는 점이었다.

"이제 손님을 기다리면 되는 건가? 마리가 잘 해줘야 할 텐데 말이야."

Ⅳ

"그러니까 말이야. 이렇게!"

마리가 나뭇가지로 바닥에 둥근 원을 그렸다. 그리고 둥근 원의 주변을 콕콕 찔러가며 다시 말했다.

"여기는 벡스 투! 그리고 여기는 냥냥이, 그리고 여기는 초록이. 삐쭉이는 여기, 동글이는 요기! 마지막으로 꼬불이는 여기야. 알았지?"

원 주변을 쿡쿡 찌르며 호명하는 마리의 목소리에 각양각색의 몬스터들이 고개를 끄덕였다.

마리가 이름을 부른 몬스터들은 모두 그녀가 부하로 삼은 놈들이었다. 단순히 말만 부하가 아닌, 제닌의 부하들처럼 레벨과 능력치를 얻었다.

제닌도 처음에 마리가 웬 몬스터들을 부하라고 소개했을 때는 눈을 둥그렇게 뜨며 의아해했었다.

그런데 애니의 설명으로 겨우 이해할 수 있었다.

몬스터와 같은 존재와 교감하는 것은 [엘더 스피릿]이라는 종족 특유의 능력이었다. 더군다나 마리가 제닌에게 속해 있었기 때문에, 그녀가 부하로 삼은 몬스터들이 레벨과 능력치를 얻는 특수한 상황이 만들어졌다고 했다.

특수한 기술이나 스킬이 생성되지는 않았지만, 가뜩이나 월등하던 신체 능력만큼은 비약적으로 발전했다. 제닌으로서는 전력이 강해진 셈이니 좋아할 수밖에 없었다.

'히힛! 귀여운 복덩이들!'

마리는 고개를 끄덕이는 몬스터들을 바라보며 생긋 웃었다. 부하로 삼은 몬스터를 살펴본 후, 제닌이 그녀를 복덩이라 부르며 칭찬했었기 때문이다.

"그러니까, 이렇게 있다가. 내가 말하면 조금씩 가깝게 다가오는 거야. 그러다가 내가 '공격!' 이라고 하면 다들 달려나가는 거야. 알았지?"

몬스터들은 다시 고개를 끄덕였다.

"아 참! 싸우지는 마. 다치면 안 되니까. 아빠가 그냥 둘러싼 다음에 가만히 있으면 된다고 했어. 알았지?"

하나같이 고개를 끄덕이는 몬스터들의 모습에 마리는 활짝 웃었다.

"아빠! 나 잘했지?"

마리의 물음에 몬스터들은 또다시 고개를 끄덕였다.

몬스터들이 과연 그녀의 말을 제대로 알아들었을지, 상당히 의심스러운 광경이었다.

― 쿠워어어어어!

― 키르르르륵!

사방에서 몬스터의 울부짖음이 들려왔다.

야밤에 들려오는 수많은 몬스터의 울음소리는 듣는 이로 하여금 절로 몸을 움츠러들게 했다. 비록 그것이 몬스터 따위는 단숨에 찢어발길 능력을 갖춘 이종족들이라 할지라도 불안한 마음이 드는 것은 어쩔 수 없었다.

"저것들이 단체로 미치기라도 한 건가요? 갑자기 왜 몰려 나와서 저러죠?"

모닥불 가에 앉아 있던 다크 엘프 하나가 귀를 쫑긋거렸다. 이에 옆에 있던 켄타우로스가 대꾸했다.

"먹을 것이라도 떨어진 건가?"

다크 엘프가 고개를 가로저었다.

"울음의 종류를 봐요. 고블린에 오크, 트롤에 오우거까지 아주 다양하죠. 먹을 것이 떨어졌으면 가까이 있는 약한 놈을 잡아먹지 않았을까요?"

"그렇다면?"

켄타우로스가 의문스러운 목소리로 되묻자, 다크 엘프는 천천히 고개를 가로저으며 대꾸했다.

"몬스터 몰이. 누군가 농간을 부렸을지도 모르지요."

"쿵! 저따위 몬스터로 우리를 어떻게 해보겠다는 건가?"

가만히 듣고 있던 자이언트가 콧방귀를 꼈다.

"마침 잘 됐군. 그렇지 않아도 요즘 창날이 좀 무뎌진 것 같았는데, 이참에 날을 벼리는 것도 괜찮겠지."

켄타우로스의 말에 자이언트가 벌떡 일어났다.

"쿵! 너희가 나설 일은 없을 거야. 내가 나서서 도끼 한 번 휘두르면 우수수 썰려 나갈 것들이니까."

자이언트는 말과 함께 도끼를 꺼내 들었는데, 날 부분만 2미터에 자루까지 합하면 5미터가 넘어가는 거대한 전투 도끼였다. 자이언트는 그런 거대 도끼를 허공에 붕붕 휘두르며 괴력을 과시했다.

"훗! 그럼 떨거지는 그 쪽에게 맡기죠. 우린 조용히 들어가 몬스터를 조종하는 놈을 잡아올 테니까."

다크 엘프의 말에 자이언트의 얼굴은 와락 일그러졌다.

"쿵! 얍삽한 짓밖에 못 하는 것들이 입만 살아서!"

"뭐라고요?"

자이언트와 다크 엘프가 서로 노려보며 신경을 곤두세우자, 그 사이에 켄타우로스가 끼어들었다.

"우리끼리 이러지들 말자고. 아무래도 곧 시작될 것 같으니까."

– 쿠워어어어어!

멀리서 오우거로 짐작되는 몬스터의 괴성이 터져 나왔

다. 그 괴성은 꼭 무언가를 알리는 신호처럼 느껴졌다.

아니나다를까, 그와 동시에 땅이 울리기 시작했다. 미세하게 시작된 땅 울림은 점점 커지며 또한 가까워졌다.

"그나저나 로브들은 이런 상황에 뭐 하고 있는지 거지?"

"아까, 이 근처 인간들 좀 잡아가는 것 같던데요. 또, 무슨 실험이라도 하나 보죠."

켄타우로스의 물음에 다크 엘프가 대답했다. 그리고 자이언트는 특유의 콧방귀를 뀌며 거대 도끼를 다잡았다.

"쿵! 음침한 놈들 같으니라고. 어쨌든, 간만에 몸 좀 풀어 보겠군!"

이종족들은 천막을 방책 삼아 안쪽에 단단히 뭉친 원진을 형성했다.

성격 급한 듯 보였던 자이언트조차 섣불리 뛰어나가지는 않았다. 그들도 죽음을 두려워하지 않는 몬스터들 사이로 뛰어드는 것이 얼마나 무모한 짓인지를 잘 알았다. 그보다는 적당한 진형을 갖춘 채 싸우는 것이 훨씬 많은 적을 희생 없이 처리할 수 있었다.

적어도 전투에 있어서만큼은 냉정함을 유지해야 한다. 수많은 선조들의 희생 끝에 얻은 값비싼 교훈이었다.

다크 엘프들은 시위를 팽팽히 당긴 채, 사정거리 안에 몬스터가 들어오기를 기다렸고, 켄타우로스는 2미터 가량의 투창을 뒤로 늘어뜨린 채로 기다렸다.

또한, 자이언트들 역시 양손으로 거대 도끼를 움켜쥔 채로 발을 동동 굴렀다. 마음은 이미 몬스터들 사이로 뛰어들어 피보라를 일으키고 있었지만, 이성으로 간신히 억누른 상태였다.

"응?"

"이건 뭐죠?"

켄타우로스와 다크엘프가 동시에 의문성을 터뜨렸다.

흉포하게 달려들던 몬스터들이 문득 걸음을 멈췄기 때문이다. 물론 흉포한 본성에 취해 멈추지 않고 벌게진 눈을 한 채 계속 달려오는 놈들도 있었다. 그러나 그런 놈들은 어디까지나 일부에 불과했다.

"쿵! 뭐야? 갑자기 왜 멈추는 건데?"

자이언트가 콧김을 세차게 뿜어낼 때였다.

쿠구구궁.

땅속 깊숙한 곳에서 강렬한 울림이 피어났다. 달려들던 몬스터의 발소리보다 훨씬 커다란 울림이었다.

이종족들의 머릿속에 다시 한 번 의문이 떠올랐을 때.

콰콰콰콰콰콰!

단단하게 그들을 지탱했던 지면이 갑자기 무너져 내렸다.

몸이 무거운 자이언트와 켄타우로스는 팔다리를 허우적거리며 떨어져 내렸고, 다크 엘프는 무너지는 흙더미를 발판 삼아 훌쩍 뛰어올랐다.

하지만 뛰어오른 다크 엘프를 반긴 것은, 하늘 높은 곳
에서 떨어져 내리는 수많은 바윗덩이였다.

다크 엘프들의 얼굴에 암울함이 스쳐 갔다.

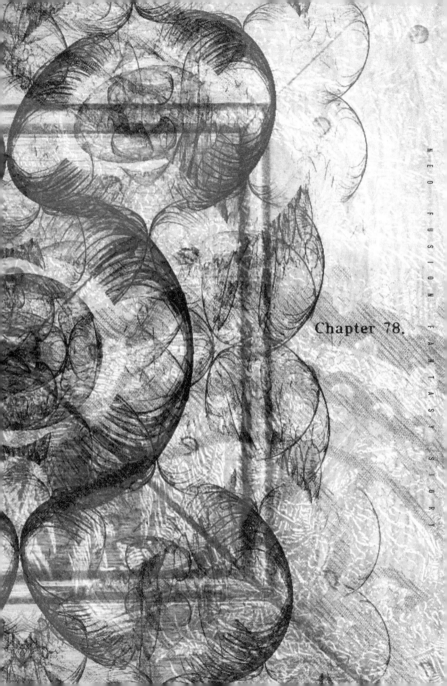

Chapter 78.

Chapter 78.

ROYAL ROADER

I

'호오! 생각보다 훨씬 좋은데?'

제닌은 까마득한 상공에서 아래를 살펴보는 중이었다.

숫자를 셀 수 없을 정도로 많은 몬스터의 무리가 사방을 포위하고 있었고, 이종족들은 그 중앙의 숙영지에서 사방을 경계하고 있었다.

'완벽해!'

솔직히 마냥 어리게 보았던 마리가 과연 맡은 일을 잘해 낼 수 있을지 하는 걱정이 들었지만, 우려와 달리 마리는 제닌이 시킨 일을 완벽하게 해냈다.

사방을 포위한 몬스터의 숫자가 많은 것도 좋았지만, 그보다 더 좋은 것은 이종족들이 방어진을 형성한 위치였다.

177

얼마 전까지 열심히 파둔 함정이 자리한 바로 그곳이었다.

일이 틀어져 다른 곳에 자리를 잡으면 모든 게 허사로 끝날 수도 있었던지라 제닌은 한결 마음이 놓였다.

[제 분석은 정확합니다. 그들의 이동속도와 지나치는 지형을 고려했을 때, 현재의 위치에서 숙영할 가능성은 80% 이상이었습니다.]

기뻐하는 제닌의 눈앞에 애니의 메시지가 떠올랐다.

'그 나머지 20%를 마리가 채운 것이라고는 생각 안 하고?'

[오히려 반대입니다. 자칫 일이 틀어져 80%의 확률이 0%가 될 수도 있었습니다.]

어쩐지 도전적으로 느껴지는 애니의 메시지에 제닌은 피식 웃었다.

'너 설마… 질투하냐?'

애니는 대답이 없었다. 이 부분에서의 침묵은 긍정이라 받아들이는 편이 옳았다.

'알았어. 너도 고생 많았으니까 같은 가족끼리 너무 샘내고 그러지 말라고.'

애니는 한동안 말이 없다가 느지막이 메시지를 띄웠다.

[가족… 입니까?]

'그럼, 나랑 한몸이나 다름없는 널 뭐라고 부를까? 뭐, 조력자 같은 걸로 불리고 싶으면 말만 하라고.'

[싫습니다.]

애니는 단호하게 대답했다.

제닌은 입가에 흐뭇한 미소를 담은 채 고개를 끄덕였다.

'그보다, 일에 집중하자고. 중요한 일이잖아?'

[알겠습니다.]

제닌은 어쩐지 메시지의 글자가 연한 분홍빛을 띤 것 같은 느낌이 들었으나, 그저 기분 탓인가 하고 넘겨 버렸다. 그보다는 까마득히 아래로 보이는 이종족들을 처리하는 게 우선이었다.

– 마리, 시작해!

마리에게 신호를 보내자 오우거로 생각되는 몬스터의 우렁찬 포효가 터져 나왔다.

사방을 포위했던 몬스터들이 중앙의 이종족들을 향해 개미 떼처럼 밀려들었다. 이종족들은 숙영지 중앙으로 모여 단단한 방어진을 형성했다.

'아마 이쯤이면, 온 신경이 몬스터에게로 집중됐겠지?'

제닌은 굳이 보지 않아도 느낄 수 있었다. 다가올 전투를 앞두고 다른 생각을 한다는 것은 전투에서 살아남을 확률을 떨어뜨리는 짓이었다.

'그나저나 리치와 흑마법사들이 안 보이는 게 좀 걸리기는 하는데…….'

제닌은 슬쩍 천막을 살펴보다가 고개를 가로저었다.

'마리가 아무도 빠져나가지 않았다고 했으니까, 저 안에 있겠지.'

이왕이면 확실히 확인하고 시작하는 편이 좋았겠지만, 딱히 확인할 방법이 없었다.

접근했다가 리치가 다시 나타나면 또 한 번 위험한 상황이 닥칠 게 뻔했기 때문이다. 더군다나 이 시기를 놓치게 되면 다시 함정을 파고 준비하기까지 얼마나 많은 시간이 필요할지 몰랐다.

'일단은 가 보자고!'

마음을 정한 제닌은 정신을 집중했다. 까마득히 아래의 지상, 거기에서 몇 미터 더 들어간 곳에 염력을 발휘하는 데에는 어마어마한 집중력이 요구되었다.

딸깍!

실제로 들린 소리는 아니지만, 적어도 제닌의 마음에는 확실히 들려왔다. 그것은 지하를 받치던 철제 빔들의 중앙에 설치된 익스플로젼 스톤이 활성화되는 소리였다.

'좋았어!'

이미 몇 번이나 실험해보고 되는 것을 확인한 뒤였음에도 연습과 실전을 엄연히 달랐다. 제닌은 그 먼 곳까지 염력을 발휘할 수 있다는 사실에 짜릿함을 느꼈다.

하지만 마냥 지켜보고 있을 시간은 없었다.

제닌은 익스플로젼 스톤이 활성화됨과 동시에 인벤토리

에서 바윗덩이들을 꺼내 들었다. 지난번과 달리 이번에는 바위에 익스플로젼 스톤을 붙여 놓은 형태였다.

제닌은 수백 개에 달하는 바윗덩이를 그대로 아래로 떨어뜨렸다. 중간쯤 다다랐을 때, 활성화한 익스플로젼 스톤을 던지는 것도 잊지 않았다.

쿠궁!

지표면이 한 차례 들썩였고, 지면에 서 있었던 이종족과 천막 들을 빨아들였다.

그중 몸이 가벼운 다크 엘프들은 흙더미를 발로 차며 열심히 빠져나오려 시도했으나 얼마 지나지 않아 그들의 머리 위로 떨어져 내리는 바윗덩이들을 바라보며 암담한 표정을 지었다.

그뿐만이 아니었다.

콰쾅! 콰콰콰콰콰쾅!

떨어진 바윗덩이에서 연쇄적으로 일어난 폭발은 전과 달리 이번에는 이종족들에게 확실한 피해를 주었다. 흑마법사들이 그들을 보호할 보호마법을 시전하지 못했기 때문이다.

"버러지 주제에 감히!"

떨어져 내리던 천막 안에서 호통이 들려오며 천막이 산산이 찢어졌다. 동시에 투명한 막을 몸 주위에 둘러친 검은 로브 수장이 둥실 떠올랐다.

로브 밖으로 드러난 앙상한 팔다리와 얼굴에는 새빨간 핏물이 그득했는데, 찢어진 천막 사이로 보이는 토막 난 시체들이 그가 안에서 한 일을 짐작게 했다.

'저런 썩을! 언데드 몬스터 주제에 살아있는 사람 가지고 무슨 짓을 한 거야?'

제닌이 구겨진 얼굴로 이를 악물었을 때, 리치의 몸 주변에서 생성된 검은 구체가 공중으로 솟아올랐다.

슈우욱.

검은 구체는 무시무시한 기운을 피워 올리며 특유의 존재감을 과시했으나, 제닌의 표정은 그리 어둡지 않았다.

번쩍! 버번쩍!

제닌의 몸 주변에 푸른 섬광들이 수십 개 피어나더니 검은 구체를 향해 내리꽂혔다.

콰쾅! 콰콰쾅!

허공에서 그대로 폭발하는 검은 구체의 모습에 제닌은 입가에 미소를 베어 물었다.

'그땐 경황이 없었을 뿐이라고!'

푸른 섬광은 단순히 검은 구체만을 노린 것이 아니었다.

일부는 곡선을 그리며 우회해 보호막을 두른 채 떠오르는 흑마법사들을 노렸다.

특이한 점은 흑마법사들의 보호막에 맞기 직전, 날카롭던 모양을 넓적하게 변화했다는 점이었다.

퉁! 투투퉁!

넓적한 푸른 섬광은 물리력을 발휘해 흑마법사의 보호
막을 두드렸다.

"으헛!"

흑마법사들의 입에서 당황스러운 음성이 터져 나왔다.
플라이 마법이 깨지며 간신히 떠올랐던 그들의 몸이 다시
금 아래로 곤두박질쳤기 때문이다.

"쿨럭!"

강제로 깨져 나간 플라이 마법이 흑마법사들의 몸에 내
상을 새겨 주었다.

시커먼 구덩이 속으로 몸이 삼켜지자 흑마법사들은 그
들의 몸을 감싼 보호막을 강화했다.

언제 바닥에 부딪힐지 모르는 상황에서 강제로 깨져 나
간 플라이 마법을 다시 사용하는 것보다는 자신의 몸을 보
호하는 것이 우선이라는 판단이었다.

그렇게 얼마나 떨어졌을까?

철퍽!

떨어진 흑마법사들을 반긴 것은 단단한 바닥이나 뾰족
한 창이 아닌, 질퍽한 진흙으로 이루어진 수렁이었다.

'수렁?'

스르르륵.

흑마법사들은 의문을 떠올리며 서서히 가라앉아갔다.

하지만 그들의 표정은 그리 어둡지 않았다. 다시 플라이 마법을 사용하면 얼마든지 빠져나갈 수 있다는 판단이 섰기 때문이다.

'차라리 단단한 바닥이라면 모를까. 인간이 멍청한 짓을 했군. 마스터의 말씀처럼 역시 버러지에 불과한 건가?'

적의 어리석음은 곧 아군의 이익과 직결된다.

흑마법사들은 천천히 타격을 입은 내부를 가다듬으며 마법을 준비했다.

그러나 얼마 지나지 않아 그들의 귓가에 이상한 소리가 들려오기 시작했다.

치지직. 치지지직.

마치 무언가 타들어 가는 듯한 소리였다.

"아니! 이, 이건!"

작은 불덩이를 만들어내 주변을 확인하던 흑마법사는 경악했다. 자신의 몸 주변을 둘러싼 보호막이 타들어 가는 소리와 함께 서서히 작아지고 있었기 때문이다.

흑마법의 잠식.

이러한 일을 일으킬 수 있는 것은 그리 많지 않았기에 흑마법사는 곧 그 이유를 떠올릴 수 있었다.

"성수! 성수를 부어 수렁을 만들다니! 이런 미친!"

성수를 만드는 법은 어렵지 않았다. 깨끗한 물을 받아놓고 신관이 축원을 올리면 만들어졌기 때문이다.

하지만 만드는 게 어렵지 않다고 해서 성수가 귀하지 않다는 말은 아니었다.

포션 만큼은 아니지만 가벼운 질병 따위를 치유하는 효과가 있었고, 장기간 복용했을 때 몸의 건강과 더불어 수명을 연장해 주는 효과가 있었다.

적어도 건강을 지키고 유지하는 데에는 무엇보다 탁월한 효능을 보이는 것이 바로 성수였다.

그 때문에 이것을 사용할 특권을 누리는 것은 오로지 권력을 가진 귀족이나 돈이 어마어마하게 많은 부자뿐이었다.

그들이 성수를 독점한 덕분에 가난한 평민은 한 모금 성수로 치료될 수 있는 가벼운 병을 앓아도 혜택을 받지 못했다. 그저 시름시름 앓으며 병을 키우다가 결국 죽어 나갈 수밖에 없었다.

치지직. 치지지직!

보호막을 모두 잠식한 성수의 수렁이 흑마법사의 몸에 이르렀다. 그리고 보호막과 비슷하게 그들의 몸도 잠식해 들어가기 시작했다.

화아악!

격렬한 불길이 일어났다. 성수에 담긴 신성력은 흑마법사의 몸에 쌓여 있는 암흑마나와는 완벽한 상극이었다.

"아, 안 돼!"

"끄아아아아악!"

몸이 타들어 가는 고통 속에서 흑마법사들은 서서히 녹아내렸다.

'이게 다 공익을 위해서란 말이지.'

제닌은 아래에서 들려오는 비명을 들으며 입가를 길게 늘어뜨렸다.

마리를 통해 몬스터를 끌어모으고, 꼬물이와 인부들이 함정을 만드는 동안 제닌 역시 바쁘게 움직여야 했다. 단순한 함정만으로는 적에게 피해를 주기 어렵다는 판단이 들었기 때문이었다.

여러 생각 끝에 제닌이 찾아낸 해답은 바로 성수였다.

덕분에 주변 영지의 신전이 제닌의 방문을 받았다. 밤사이 말라버린 성수의 샘 덕분에 신관들은 부랴부랴 물을 길어다가 채워 넣고 축원을 올렸다.

그들이 상대하는 귀족들은 성수가 없다고 그냥 물러가지 않는 자들이었기 때문이다.

때아닌 신성력 고갈이 주변 영지의 신관들을 괴롭혔지만, 제닌이 알 바는 아니었다.

더군다나 제닌은 어차피 돼지 같은 소수 권력자를 위해 사용될 바에는, 차라리 이렇게 사용되는 편이 성수의 입장에서도 더 낫다고 생각했다. 이미 수없이 많은 사람을 죽였고, 앞으로도 죽일 자들을 막아내는 일이었기 때문이다.

"이런 건방진! 버러지 놈이!"

리치는 눈을 부릅뜨며 제닌을 노려보았다.

자신과의 일전에서 감히 다른 생각을 하는 제닌의 모습에 화가 치밀어 오른 탓이었다.

'벌레답게 찌부러뜨려 주마!'

리치는 암암리에 암흑마나를 운용해 제닌의 몸 주위에 넓게 퍼뜨렸다. 그리고 서서히 조여왔다.

"헛! 몸, 몸이!"

제닌의 입에서 당황에 찬 목소리가 새어 나왔고, 이것은 리치의 마음을 흡족하게 했다.

"죽어라! 버러지!"

보이지 않는 거인의 손이 제닌의 몸을 움켜쥐었다. 그리고 어마어마한 힘을 가해왔다.

콰지직!

"끄아아아아악!"

"크핫! 크하하하하핫! 버러지는 버러지답게 죽는 것이다! 그것이 버러지의 역할이다!"

처절한 비명을 내지르며 몸부림치는 제닌의 모습에 리치는 크게 웃었다. 하지만 얼마 지나지 않아 그 웃음은 서서히 사그라졌다.

이미 납작하게 찌부러졌어야 할 제닌의 몸이 여전히 버티고 있었기 때문이다.

"재밌냐?"

제닌이 히죽 웃으며 되물었다.

"어, 어떻게?"

리치가 놀란 눈으로 되물었다.

"설마 내가 아무런 대비 없이 나섰다고 생각했어? 그렇다면 실망인데."

티딕. 티디디딕.

제닌의 몸 주변에서 불꽃 튀기는 소리가 연이어 들려왔다.

뿌연 안개와 같은 기류가 제닌의 몸을 감싸고 있었다. 아주 작은 입자로 뿌려진 성수였다. 뿌연 안개는 애니가 알려준 노즐의 원리로 아주 작은 구멍을 통해 쏘아진 성수가 만들어낸 현상이었다.

"그나저나, 괜찮아?"

제닌은 문득 물었다.

"응? 그게 무슨……."

제닌의 시선은 리치의 가슴을 향하고 있었다. 그의 시선을 따라 자신의 가슴을 내려다본 리치의 얼굴에 당황스러운 감정이 스쳐 갔다.

반투명해 보이는 길쭉한 기운이 리치의 가슴을 관통하고 있었다.

"어, 언제!"

"몸이 이미 죽었으니, 고통도 느끼지 못하는가 보군."

화아아악!

제닌의 말이 끝남과 동시에 리치의 가슴에 박힌 기운이 불길처럼 피어올랐다.

"끄아아아악!"

불길은 순식간에 리치의 검은 로브를 태웠고, 그 안에 자리 잡은 앙상한 몸에 옮겨붙었다.

리치의 가슴에 박힌 것은 단순한 기운이 아니었다.

[소울 아우라(Lv.1) 숙련도 3/100 마력 ???/초]

– 영혼의 힘으로 이루어진 아우라를 형성합니다.

– 모든 물리적인 장벽을 무시하며 원하는 곳을 공격할 수 있습니다. 하지만 그렇기에 물리적인 힘을 발휘할 수는 없습니다.

– 상대의 영혼에 영향을 미치는 공격을 할 수 있습니다.

인텐시브 아우라가 6레벨에 오른 후, 봉인이 해제된 스킬이었다.

휘익.

완전히 타버린 로브 아래로 은색의 상자 하나가 떨어져 내렸다. 그것을 확인한 제닌의 눈이 반짝였다. 바로 그가 원하던 목표였기 때문이다.

제닌은 염력을 끌어올려 떨어져 내리던 상자를 붙잡았

다. 그리고 자신이 있는 위치까지 끌어 올려 손바닥 위에 올려놓고 살펴보았다.

"흐음……. 이게 그 왕실의 비보란 말이지. 다른 말로는 인류를 멸망시킬 물건이기도 하고 말이야."

빙긋 웃는 제닌의 모습에 리치의 얼굴이 한껏 일그러졌다.

"크윽! 다, 당장 내려놓지 못할까! 네놈 따위가 다룰 물건이 아니다!"

리치는 비명을 내지르면서도 손을 휘저었다.

검은 구체가 일어나 제닌을 향해 날아들었으나, 전과 같은 무시무시함은 느껴지지 않았다.

제닌이 손을 휘저어 소울 아우라로 이루어진 섬광을 날리자 검은 구체는 물에 닿은 촛불처럼 힘없이 스러졌다. 비록 물리력은 없었지만, 마법 공격에는 탁월한 효능을 보이는 소울 아우라였다.

"홋! 이게 그렇게 중요해?"

제닌은 은색 상자를 손에 들고 빙글빙글 웃었다.

중요성이야 물론 제닌도 잘 알았다. 그럼에도 굳이 그렇게 물은 것은 최대한 리치의 화를 돋우기 위함이었다.

'차라리 나를 노리는 게 낫지.'

어차피 리치와 이종족들은 적으로 굳어진 상황이었다.

어설프게 도발해 주변 사람에게 화살이 돌아가게 하는

것보다는 차라리 확실하게 도발해서 자신을 타겟으로 만드는 편이 나았다.

물론 그렇다고 무조건 자신만 노린다는 보장은 없었다. 하지만 제닌은 일단 가능성이라도 끌어 올리기 위해 노력했다.

특히, 가족은 그에게 인류 멸망이라는 어마어마한 재앙에 맞서 싸우게 하는 이유와 힘을 주는 존재였다. 그런 그들이 죽거나 사라진다면, 제닌이 이렇게까지 나설 이유도 없어졌다.

제닌은 여전히 웃음 띤 얼굴로 리치를 도발하며 천천히 한 손을 들어 올렸다. 물론, 다른 한 손으로는 은색 상자를 단단히 붙든 상태였다.

"이노오옴!"

리치는 격한 음성을 토해 냈으나, 이런 상황에서 그가 할 수 있는 일은 아무것도 없었다.

퍼석.

오히려 소리친 반동으로 이제는 거의 재가 된 리치의 하반신이 떨어져 나갔다. 양팔도 이미 팔꿈치 아랫부분은 재가 되어 사라진 상황이었다.

"입으로 사람을 죽일 수 있다면 참 좋을 텐데 말이야. 그럴 수 없다는 게 함정이지."

제닌은 비웃음을 가득 담아 리치를 바라보며 인텐시브

아우라가 가득 맺힌 오른손을 내리쳤다.

"안 돼에에에!"

파삭!

은색 상자는 잘 구운 쿠키처럼 부서져 내렸다. 그와 동시에 리치의 남은 상반신도 부서졌다.

"저주할 것이다! 네놈은 죽어서도 영원히 고통받을 것이다!"

악에 받친 저주를 남긴 채, 리치는 완전히 사라졌다.

'물론 다시 나타나겠지?'

[라이프 베슬이 남아 있는 한, 리치는 부활합니다.]

'얼마나 걸릴까?'

[정확한 자료는 없습니다. 다만, 육체를 재구성해 나타나기까지 일주일에서 한 달 정도 시간이 걸릴 것으로 추정됩니다.]

애니의 대답에 제닌은 피식 웃었다.

'그래도 성공한 거네. 최소한 일주일은 번 셈이잖아?'

[아닙니다. 일주일은 리치가 부활하는 최소한의 시간일 뿐이지, 다른 이종족을 찾아가 규합할 시간까지 더하면 시간은 훨씬 늘어납니다.]

애니의 대답에 제닌의 시선이 아래로 내려갔다.

'그러기 위해서는 확실히 해두는 게 좋다는 말이지?'

비록 수렁에 빠져 모습은 보이지 않았으나, 미니맵은 아직 붉은 점들이 남아 있음을 보여 주었다.

아무래도 성수의 수렁이 직접적인 타격을 준 것은 흑마
법사 뿐인 듯싶었다.

수렁에 빠진 지 몇 분이 흘렀건만, 이종족들은 아직 대
부분 살아 있었다.

'끈질긴 생명력이네……'

제닌은 감정 없는 눈빛으로 아래를 향해 손짓했다.

푸르게 번쩍이는 섬광이 수렁 속으로 내리꽂혔다. 미니
맵에 표시된 붉은 점들이 하나, 둘 사라져가기 시작했다.

Ⅱ

쾅! 콰앙! 쾅!

검과 검의 부딪침은 굉음을 토해냈다.

번쩍이는 섬광들이 대기를 갈랐고, 범인의 눈으로는 따
라갈 수조차 공격과 방어가 번갈아 이루어졌다.

쏴아아아아아!

맞부딪치는 두 사람을 중심으로 회오리가 만들어졌다.

서걱. 찌이이익.

범위 안에서 펄럭이던 깃발이 갈가리 찢어졌다.

단순한 바람이 아니었다. 날카로운 기운과 예기를 품은
바람이었다.

검의 절대자, 소드 룰러의 전투는 지켜보는 수만 명의 시선을 사로잡았다.

"늙은이, 살 만큼 살았으니까, 이젠 좀 쉬지그래?"

매서운 눈초리를 가진 미모의 여인이 백발이 성성한 노인을 향해 막말을 쏟아냈다.

여인의 이름은 에르네스 드 프라덴. 에이서스 제국의 절반을 장악한 인물이자, 새로운 소드 룰러로 공인된 프라덴 후작이었다.

그리고 그녀가 상대하는 것은 제국이 자랑하는 소드 룰러 뮤테르 공작이었다.

절반의 나이도 되지 못한 여인에게 막말을 들었음에도 뮤테르 공작은 오히려 껄껄 웃었다.

"허허허! 내 별명이 게으른 절대자 아니었나? 젊었을 적부터 워낙 많이 쉬어 놔서 그런지, 이제는 쉬고 싶어도 몸이 쑤셔서 견딜 수가 없으이. 모쪼록 자네와 오래도록 어울리고 싶은 늙은이의 바람을 외면하지 말아 주게나."

프라덴 후작의 검은 날카롭고 섬세했다. 또한, 검에 맺힌 인텐시브 오러에는 젊은이의 패기가 물씬 묻어났다.

반면, 그녀를 상대하는 뮤데르 공작의 검에는 여유로움이 있었다. 상대적으로 느릿하게 보이지만 날카롭게 파고드는 프라덴 후작의 공세를 착실하게 막아내고 있었다.

그의 인텐시브 오러 또한 그런 기질이 묻어났다. 오러에 담긴 부드러운 기운은 프라덴 후작의 패기 넘치는 오러를 슬금슬금 흘려내며 버티는 중이었다.

두 사람이 맞붙은 지 삼십여 분.

공세로 일관하던 프라덴 후작이었기에 슬슬 체내의 마나가 떨어져 가는 시점이었다. 반면, 방어로 일관한 뮤테르 공작에게서 뿜어지는 기운은 아직 여유로웠다.

'칫! 너구리 같은 영감이! 시간만 끌면 된다 이거지?'

공격보다는 방어 쪽이 마나를 소모하는 효율이 높다는 것은 모두가 아는 사실이었다. 그럼에도 프라덴 후작이 공세를 취한 것은 얼마 전 들어온 소식 때문이었다.

인류의 멸망을 막기 위해 넥스트라 제국을 중심으로 여러 나라가 병력을 구성했고, 이쪽을 향해 진군을 시작했다는 소식이었다.

그들이 노리는 지역은 에이서스 제국의 바로 아래 위치한 크라인 왕국.

문제는 그들이 크라인 왕국으로 넘어가기 위해서는 제국 땅을 거쳐야 했고, 이를 위해 연락한 곳이 황실이었다는 점이었다. 공식적인 제국의 주인이 황제였기에 이는 당연한 일이기도 했다.

그들은 크라인 왕국으로 향하는 길을 빌리기로 했고, 그 대가로 이곳에 일어난 반란을 진압하는 데 도움을 주겠다고 했다.

타국의 병력을 자국에 들여 놓는다는 것은 평소라면 어림없는 소리였다. 그러나 황실은 이미 자신의 힘으로는 반란을 제압하기 어려운 상황이었다.

프라덴 후작의 세력만으로도 버거웠건만, 최근 남부를 기점으로 세력을 일으킨 가르타스 백작의 힘 역시 만만치 않았다.

이상한 것은 가르타스 백작이 여전히 자신은 모르는 일이라며 잡아떼고 있다는 점이었다. 그러나 말과는 달리 황실과 프라덴 두 세력 모두 가르타스 백작이 보낸 병력에게 남쪽에서부터 서서히 잠식당하는 중이었다.

아무튼, 중요한 것은 난감한 상황이었던 황제에게 인류 연합군의 제안은 달콤하기 그지없었고, 황제는 그것을 받아들였다는 점이었다.

반대로 프라덴 후작은 다급해질 수밖에 없었다. 넥스트라 제국의 연합군이 이곳에 당도하기 전에 황제를 잡거나 제거하지 못한다면, 그들에게 남은 것은 패망뿐이었다.

그 소식을 접한 뒤로, 프라덴 후작은 계속해서 싸움을 걸었다. 그렇지만 철저하게 방어로 일관하는 뮤테르 공작을 넘어설 수는 없었다.

체력과 기교는 젊은 프라덴 후작 쪽이 더 뛰어날지 모르겠지만, 뮤테르 공작에게는 연륜을 바탕으로 한 노련함과 마나의 보유량에서 우세를 보였다. 또한, 남자와 여자의 신체 구조상 근력에서도 뮤테르 공작이 앞설 수밖에 없었다.

객관적으로 평가로도 살짝 밀리는 상황에서 우세한 쪽이 작정하고 방어만 하는 상황이었으니, 프라덴 후작은 답답할 수밖에 없었다.

쾅! 콰쾅! 텅!

검과 방패를 적절히 이용하며 방어하는 뮤테르 공작과 안간힘을 쓰며 그것을 뚫어내려는 프라덴 후작의 공방이 계속되었다.

'빌어먹을!'

마치 철벽을 두드리는 듯한 기분에 프라덴 후작은 이를 악물었다.

앞으로 갈 길은 멀었건만 시간은 촉박했다. 이기든 지든, 승부를 가려야 할 때였다.

그녀의 눈이 번뜩인다 싶은 순간, 그녀의 몸 주위로 피를 머금은 것처럼 붉은 오러의 검들이 떠올랐다.

"허허! 이거 너무하는구먼. 기어이 이 늙은이를 죽일 셈인가?"

앓는 소리를 하는 뮤테르 공작의 몸 주위에서도 주황색을 띤 오러의 검들이 솟아났다.

"흐아아앗! 그만 죽어!"

뱃속에서부터 끌어올린 기합과 함께 프라덴 후작의 핏빛 검들이 뮤테르 공작을 향해 쏘아졌다.

"어이쿠! 무섭구먼. 무서워!"

뮤테르 공작 역시 주황색 검들을 앞으로 내보냈다. 다만 프라덴 후작과 다른 점이라면 앞으로 나아가는 주황색 검들이 어느 순간 방패처럼 활짝 퍼졌다는 점과 그 중 몇 개가 우회하며 프라덴 후작 쪽으로 날아간다는 점이었다.

'빌어먹을 늙은이! 여력이 있었다니!'

지금 쏘아낸 핏빛 검은 그녀가 남은 마나를 모두 끌어모아 만들어낸 것이었다. 더는 여력이 없었기에 우회하는 오러의 검은 그녀가 직접 막아내야 했다.

까득!

프라덴 후작은 이를 갈며 검을 움켜쥐었다. 그러면서 쏘아지는 자신의 오러 검에 정신을 집중했다.

'그깟 방패, 뚫어버리면 그만이야!'

여러 개였던 오러의 검들이 모여들며 하나로 합쳐졌다. 그러자 날카로운 핏빛 창의 형태를 띠었다.

이에 맞춰 뮤테르 공작의 방패 역시 겹겹이 겹쳐지며 핏빛 창의 앞을 막아섰다.

꿀꺽!

전장의 모든 이가 마른 침을 삼켜가며 창과 방패의 대결을 지켜보았다. 두 절대자의 승패가 곧 전투의 승패를 가늠

하는 일이었기 때문이다.

콰콰콰콰쾅!

지금까지 일어났던 것들을 모두 합한 것보다 훨씬 커다란 굉음이 대지를 뒤흔들었다. 동시에 아찔한 섬광이 일어났고, 지켜보던 모두의 시력을 한순간 앗아갔다.

"커헙! 큭!"

뮤테르 공작은 답답한 신음과 함께 비틀거리며 뒤로 물러났다.

"커흑! 쿨럭!"

프라덴 후작은 왈칵 피를 토했다.

되돌아온 반탄력으로 인한 내상이었다.

상세는 프라덴 후작이 더 심각해 보였으나, 그래도 한 가지 다행인 점은 충격을 받으면서 그녀를 향해 쏘아지던 뮤테르 공작의 공격이 소멸했다는 점이었다.

부딪침에는 언제나 반탄력이 따르기 마련이었다. 이 때문에 공격이나 수비를 할 때, 항상 그것을 염두에 두어야 했다. 무기를 든 이들에게는 지극히 상식적인 일이다.

하지만 상식적인 일임에도 두 사람의 얼굴에는 믿기지 않는다는 표정이 가득했다. 그들이 예상한 것보다 반탄력이 훨씬 컸다는 점이 문제였다.

"대체 무슨 일이 일어난 건가……."

"왜 갑자기 반탄력이……."

그들이 놀란 눈으로 서로가 있는 쪽을 바라볼 즈음, 폭발로 생겨났던 흙먼지가 서서히 사그라졌다. 그리고 그곳을 바라본 두 사람의 얼굴에 지금까지보다 몇 배는 더 큰 놀라움이 떠올랐다.

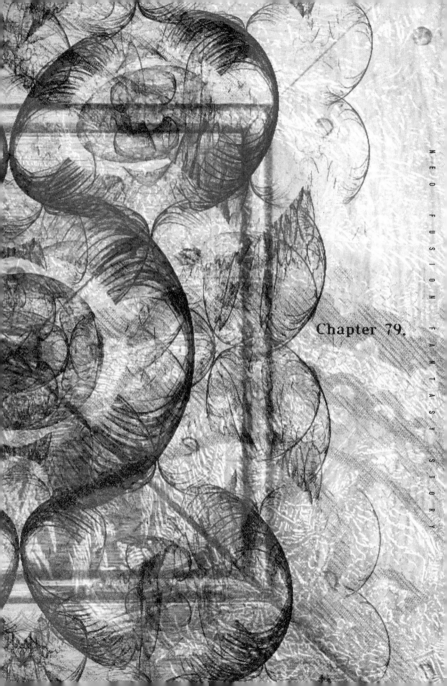

NEO FUSION FANTASY STORY

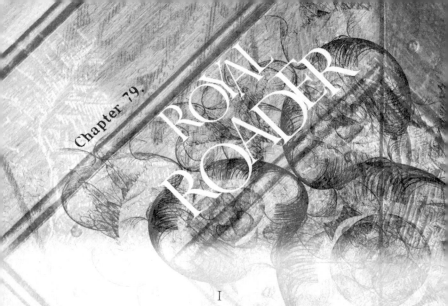

Chapter 79.

ROYAL ROADER

I

"너, 너, 너는!"

프라덴 후작은 너무 놀란 나머지 말조차 제대로 잇지 못
했다. 이곳에 결코 있을 수 없는 인물이 갑자기 나타난 탓
이었다.

익숙한 얼굴은 아니었다. 딱 한 번 보았을 따름이었다.
그럼에도 나타난 상대의 외모는 여자로서 쉽게 잊을 수 없
는 극상의 미모였다.

신비로운 은발과 조각 같은 이목구비, 특히 루비보다 반
짝이는 붉은 눈동자가 자신을 바라보자 프라덴 후작은 순
간적으로 현재 상황을 잊을 정도였다.

제닌은 그런 그녀를 향해 가볍게 손을 흔들었다.

"여어! 오랜만이지?"

조금 전까지 목숨을 건 사투가 벌어지던 곳에서 나타난 것치고는 가볍기 짝이 없는 모습. 장난처럼 느껴질 정도였다.

"죽고 싶어 작정한 건가? 여기가 어디라고!"

얼굴을 잔뜩 찌푸리며 묻는 프라덴 후작의 말에 제닌은 빙긋 웃었다.

"못 본 사이에 시력이 많이 나빠졌나 봐?"

"시력이라니! 지금 무슨 소리를 하는 거냐!"

"아니면, 머리가 나빠졌거나."

"무슨……."

프라덴 후작은 도중에 입을 다물며 무언가를 생각하는 듯했다. 그 사이 제닌은 고개를 돌려 뮤테르 공작 쪽을 바라보았다.

"아마 그쪽이 에이서스 제국이 자랑하는 소드 룰러 뮤테르 공작이신 것 같은데. 맞습니까?"

"그런 허명으로 불리기는 하네. 그런데 그러는 자네는 누구 신가?"

비록 말투는 부드러웠으나 제닌을 바라보는 뮤테르 공작의 눈빛에는 경계심 가득 묻어났다.

"제닌이라고 합니다. 앞으로 어떻게 될지 몰라 성은 아직 말씀드리지 못하겠군요."

"제닌……. 제닌 드 라테스? 오호! 들어본 적이 있네. 크라인 왕국에서 영웅이 나타났다는 소식을."

"뭐, 크라인 왕국은 이제 사라졌지만 한 때 그렇게 불리기는 했었죠."

고개를 끄덕이는 제닌의 모습에 뮤테르 공작이 다시 물었다.

"그런데 조금 전의 반탄력. 혹시 자네가 한 일인가?"

"하핫! 머리 나쁜 누구와는 달리 바로 알아보시는군요. 갑작스럽게 오느라 선물을 미리 준비 못 해서 말이죠. 어떻습니까? 좀 마음에 드셨습니까?"

제닌의 은근한 물음에 뮤테르 공작의 얼굴은 한층 더 굳어졌다. 이 잘생긴 청년이 자신과 프라덴 후작의 공격을 동시에 막아냈다는 의미였기 때문이다.

또한, 단순히 막는 것뿐만 아니라 몇 배의 반탄력을 되돌려주기까지 했다.

한마디로 정리해 청년은 '강자' 라는 말이었다.

"딱히 마음에 드는 선물은 아니었지만, 자네의 마음을 생각해서 고맙게 받겠네. 그런데 아무 까닭 없이 이런 위험한 곳에 나타날 리는 없을 테고. 이유를 말해 줄 수 있겠나?"

"곧바로 핵심을 물어보시니, 저도 핵심을 말씀드리죠. 전쟁종결. 제가 이곳에 온 이유입니다."

"허어……. 늙어서 그런 지 귀가 조금 이상해 진 것 같구먼. 자네가 방금 한 말이 전쟁을 끝내겠다는 말이 맞는가?"

"제대로 들으신 것 맞습니다. 저는 전쟁을 끝내러 왔습니다."

"무슨 미친 소리를 하는 거냐! 달랑 혼자 와서 전쟁을 끝내겠다니!"

잠자코 듣고 있던 프라덴 후작이 버럭 소리를 질렀다. 하지만 제닌은 그쪽으로는 눈길도 주지 않은 채 말을 이었다.

"사실상 전쟁은 끝났습니다. 그저 작은 절차만 남아 있을 따름이지요."

"끝났다?"

뮤테르 공작의 되물음에 제닌은 싱긋 웃으며 답했다.

"항복을 받았거든요. 그러니 끝난 것 아니겠습니까?"

누구에게라는 말이 빠져 있었으나, 없다고 알아듣지 못할 말은 아니었다. 그럴 권한이 있는 사람은 드넓은 제국에서 오직 하나뿐이었기 때문이다.

"그 무슨 말도 안 되는! 폐하께서는 절대로 그럴 분이 아니네. 계속 그런 말도 안 되는 소릴 지껄이면 후회하게 될 걸세!"

뮤테르 공작은 단호하게 말하며 검을 든 손에 힘을 더했다. 여차하면 공격할 기세였다.

그러자 제닌은 검지를 세워 들며 말했다.

"1분 안에 믿게 해드리죠."

"1분? 설득이라도 해보겠다는 건가?"

"후후! 넓은 범위에서 보면 설득이라고 할 수도 있겠지만, 그보다는 협박이라고 생각하시는 편이 좋습니다."

"협박?"

뮤테르 공작의 얼굴이 험악하게 굳어졌다.

"공작님은 분명 후회하실 거거든요. 1분 후에."

"보자 보자 하니 도가 너무 지나치군. 후회는 자네가 해야 할 걸세!"

뮤테르 공작이 공세를 취하려는 순간이었다.

- 흐어어어어어!

드높은 창공으로부터 비명이 들려왔다.

뮤테르 공작과 프라덴 후작의 시선이 동시에 위를 바라보았다. 어쩐지 어디선가 많이 들어본 것 같은 목소리였기 때문이다.

"으어어! 흐어어어! 흐아아아아!"

꼬리를 무는 비명과 함께 화려한 옷차림의 인물이 팔다리를 허우적거리며 떨어지는 중이었다.

인물을 확인한 뮤테르 공작의 눈이 휘둥그레졌다.

"폐, 폐하?"

이미 수십 년간 충심으로 모신 인물을 그가 구분하지 못할 리 없었다. 그럼에도 의문문을 띄운 것은 그 인물이 절대로 이런 상황에 놓일 인물이 아니었기 때문이다.

방어시설과 호위 병력에 겹겹이 둘러싸인 황제가 왜 갑자기 허공에서 나타나 떨어져 내린다는 말인가!

뮤테르 공작의 사고로는 절대로 이해할 수 없는 일이었다.

"어, 어떻게 이런 일을……."

뮤테르 공작은 힘 빠진 목소리로 물어왔다.

"방법을 묻는 것이라면 간단히 세 단계로 요약해 말씀드릴 수 있습니다."

"세 단계? 그게 뭐지?"

그렇게 되물은 것은 조금 떨어진 곳에서 바라보던 프라덴 후작이었다.

제닌은 피식 웃으며 검지를 세웠다.

"일 단계, 황궁에 들어간다."

이어 중지와 약지를 차례로 펴며 말을 이었다.

"이 단계, 황제를 만난다. 삼 단계, 데리고 나온다."

언뜻 보기에는 그저 장난처럼 들리는 말이었으나, 실제로 벌어진 일이 그러했다. 제닌은 정확히 저 삼 단계에 걸쳐 황제를 납치했다. 황궁에 들어가서 황제를 데리고 나오기까지 채 십 분도 걸리지 않았다.

"이 작자가 무슨 말도·안 되는 말을! 황궁의 방어시설이 얼마나 철저한데! 게다가 그곳을 지키는 병사가 수천 명이며, 기사가 수백 명이다! 거기에 마법사도 수십 명이나 눈에 불을 켜고 지키고 있다고!"

'그런데 왜 네가 악을 쓰는 건데?'

[분석결과 프라덴 후작에게서 느껴지는 감정은 '분함'으로 추정됩니다.]

애니의 메시지에 제닌은 손가락을 튕겼다.

"아하! 시도했는데 실패한 건가? 그래서 분한 거고?"

말과 함께 슬쩍 프라덴 후작 쪽을 살펴보자, 그녀가 씩씩거리는 얼굴로 제닌을 노려보고 있었다.

"폐, 폐하! 제가 온 힘을 다해 받아드리겠습니다! 그러니 안심하고 내려오십시오!"

그 사이, 뮤테르 공작은 황제가 떨어져 내리는 곳을 향해 달려가는 중이었다. 전쟁이고 뭐고 이미 그의 머릿속에는 없었다. 오로지 황제를 구해야 한다는 생각뿐이었다.

"쯧! 사람이 받으면 죽을 텐데."

그 모습에 제닌은 혀를 찼다.

"그게 무슨 말인가! 비록 늙은 몸이지만, 폐하를 안전하게 받기에 모자란 실력은 아니네!"

"물론 공작님은 멀쩡하겠죠. 소드 룰러의 육체는 인간의 그것을 초월하니까. 그런데 과연 황제도 무사할까요? 수천 미터 상공에서 떨어져 내리다가 갑자기 멈추면."

제닌은 허리를 숙여 조그마한 돌멩이 하나를 집어 들었다. 그리고 그것을 멀찌감치 떨어진 바위를 향해 힘껏 던졌다.

씨이이잉! 딱!

퍼석!

가루가 된 돌멩이를 바라보는 뮤테르 공작의 얼굴은 하얗게 질렸다.

"이렇게 되는 거랍니다. 물론, 뮤테르 공작님이 아주! 잘! 받을 자신이 있으시다면 그냥 가셔도 좋습니다만……."

슬쩍 말끝을 흐리며 바라보자, 사색이 된 뮤테르 공작의 얼굴이 눈에 들어왔다.

"부, 부탁이네. 폐하를 살려주시게."

흙바닥에 무릎까지 꿇으며 부탁하는 모습에 제닌은 고개를 끄덕였다.

"그럼, 전쟁은 끝난 걸로 알겠습니다."

"물론이네. 그러니 제발 폐하를……."

말하던 뮤테르 공작의 입이 서서히 다물어졌다. 지면을 향해 곤두박질치던 황제의 속도가 확연히 줄어들기 시작했기 때문이다.

지면과 가까워질수록 점차 줄어들던 속도는 지면을 1미터 가량 앞둔 상태에서 0이 되었다. 황제의 몸이 허공에 둥실 떠오른 상태로 고정되었다는 의미였다.

"폐하아아아!"

득달같이 달려든 뮤테르 공작이 황제의 다리를 받쳤다.

"신이 죽을죄를 지었사옵나이다! 폐하의 안위를 제대로 지키지 못한 신을 죽여 주시옵소서!"

제닌은 피를 토하듯 소리치는 뮤테르 공작의 모습을 뒤로한 채 프라덴 후작 쪽으로 몸을 돌렸다.

"한쪽은 정리됐고, 그쪽은 어떻게 할래?"

"무, 무엇을 어떻게 한다는 말이냐!"

프라덴 후작은 흠칫 한 걸음 물러서며 되물었다.

"항복할래? 싸울래? 물론 나는 네가 웬만하면 후자 쪽을 택해 줬으면 좋겠어."

제닌의 말에 프라덴 후작의 얼굴이 붉으락푸르락 변했다.

"네놈이 정녕 죽고 싶은 게로구나!"

검을 움켜쥐며 묻는 말에 제닌은 피식 웃었다.

딱!

손가락을 튕기자 십여 미터 상공에 푸른빛을 띤 오러의 검 한 자루가 떠올랐다.

"흥! 네놈이 어떻게 그 짧은 시간에 실력을 키웠는지는 모르겠지만, 이 몸 역시 소드 룰러! 쉽게 당해 주지는 않을 것이다!"

"아니. 당할걸?"

제닌은 여전히 웃음 띤 얼굴로 다시 한 번 손가락을 튕겼다.

따악!

"분열."

낮은 중얼거림이 뒤따랐다.

그러자 허공에 떠오른 푸른빛 오러의 검이 흔들리기 시작했다. 격렬한 떨림 끝에 검은 두 개로 갈라졌고, 다시 네 개로, 여덟 개로 불어났다.

분열의 횟수는 열한 번.

만들어진 오러 검의 숫자는 2048개였다.

전력을 다하면 한 번 정도 더 분열할 수 있었지만, 굳이 전력을 다 보여줄 필요는 없었다.

질서 정연하게 늘어선 오러의 검은 잘 정돈된 군단의 모습을 연상시켰다.

"내가 다른 사람은 몰라도, 너한테는 꼭 한 번 보여 주고 싶었거든? 예전에 받은 게 있어서 말이야. 한번 잘 느껴봐. 예전에 내가 어떤 기분이었는지."

2048개의 검으로 이루어진 군단이 서서히 진군을 시작했다. 목표는 단 하나 망연자실 서 있는 프라덴 후작이었다.

"하, 항복… 한다……."

프라덴 후작은 작게 말했으나, 돌아오는 대답은 없었다. 황급히 제닌을 바라보니 그는 양손으로 귀를 막은 상태로 그녀를 바라보는 중이었다.

그의 얼굴에 희미한 미소가 맺힌다 싶었을 때.

푸욱!

오러의 검 하나가 그녀의 발 앞을 파고들었다.

화들짝 놀란 프라덴 후작이 뒤로 몸을 빼는 찰나, 두 개의 검이 그녀의 양옆을 스쳐 갔다.

쉭! 쉬익!

아슬아슬하게 스쳐 가는 오러 검의 모습에 프라덴 후작의 등줄기를 타고 흐르는 싸늘한 기운을 느꼈다.

'주, 죽일 셈인가?'

온몸에 소름이 돋아난 채로, 그녀는 자신을 향해 날아드는 검을 피해 다시금 몸을 뒤로 빼야 했다.

쉭! 쉬익! 쉭!

푸푸푸푸푹!

푸른 섬광은 아름다운 궤적으로 허공을 수놓았다. 물론 어디까지나 바라보는 관점에서였지, 피하는 처지에서는 전혀 아름다워 보이지 않았다.

"항복한다고! 이 망할 자식아! 항복이라니까!"

열심히 바닥을 구르던 프라덴 후작이 악을 쓰며 소리쳤다.

머리는 산발이 됐으며, 얼굴에는 흙먼지가 덕지덕지 붙어 있었다. 애지중지하던 마법 갑옷은 애벌레가 파먹은 나뭇잎의 형상이 되었고, 그 안에 받쳐 입은 옷마저 너덜너덜한 걸레 짝이 되었다.

몰골만 따지면 뒷골목의 거지가 따로 없었다. 그 누구도 지금의 프라덴 후작을 두고 소드 룰러의 실력과 제국을 손에 넣을 야망을 품은 여제라고는 생각지 못할 터였다.

'흐음…… 대충 이 정도에서 마무리할까?'

당한 것에 몇 배의 이자를 더해 갚아줘야 한다는 게 제닌의 지론이었다.

'조금 모자란 것 같기는 하지만 뭐, 굳이 원수를 만들 생각까지는 없으니까.'

이미 원수가 되어도 이상하지 않을 정도로 악화 된 상황이었으나, 제닌은 편하게 생각했다.

이미 이종족과 리치라는 무시무시한 적이 만들어진 상황에서 소드 룰러쯤은 별 관심거리도 아니었다.

프라덴 후작 정도는 엘프인 크리시나 정도로 해결할 수 있었다. 또한, 십인장 시절의 부하들을 비롯해 그의 영토에는 30레벨을 눈앞에 둔 부하들이 수백 명이나 있었다.

그들만 제대로 성장해 준다면 머지않아 소드 룰러만으로 구성된 부대가 만들어질 수도 있었다.

제닌은 프라덴 후작의 주위를 맴돌던 오러의 검들을 다

시 거둬들였다.

자신의 생명을 위협하던 검들이 사라지자 프라덴 후작은 바닥에 털썩 주저앉았다.

"으허어엉! 흐엉엉엉!"

그리고 대성통곡을 시작했다.

'울어?'

제닌은 한 방 크게 얻어맞은 듯한 표정을 지었다.

Ⅱ

그의 목적은 두 가지였다. 지난 일에 대한 빚을 갚음과 동시에 압도적인 실력 차를 보이기 위함이다.

'왜?'

분해 할 수는 있었지만, 그렇다고 수만 명이 보는 앞에서 대차게 울어 젖힐 일은 아니었다.

프라덴 후작은 여자의 몸으로 제국을 양분할 정도의 세력을 일궈낸 철혈의 여제였다.

이것만 해도 대단했다.

실력은 물론이거니와 냉철한 판단력, 분위기를 이끌어 가는 능력과 거기에 더해 정치력까지 모든 걸 갖춰야만 비로소 시도해볼 수 있는 대업이기 때문이다.

그런 여자가 느닷없이 울음을 터뜨린다?

제닌의 사고로는 절대로 이해할 수 없는 일이었다.

"흐어어엉. 아은 눔! 주일 눔!"

울먹이면서 말하는 통에 발음이 뭉개져 제대로 알아들을 수는 없었다. 하지만 중간중간 '나쁜 놈', '죽일 놈' 등의 단어가 들어간 것쯤은 짐작으로 알 수 있었다.

물론 그것이 제닌 자신을 가리킨다는 것 역시 알아들었다.

"대체 무슨 개수작이지?"

제닌은 그녀의 울음에 숨겨진 이유가 있다고 생각했다.

"저건, 아무리 봐도 좋아하는 것 같은데. 안 그런가?"

"그런 것 같습니다. 솔직히 생긴 것만 놓고 보면 꽃미남 아니겠습니까? 게다가 소드 룰러를 압도하는 실력까지 갖췄으니 여자로서 반할 만도 하겠지요."

황제의 말에 뮤테르 공작이 고개를 끄덕이며 대꾸했다.

"그런데 우리 그냥 이렇게 있어도 되는 겐가?"

"폐하께서 저자가 내민 항복문서에 인장을 찍으셨다고 들었습니다만……."

"경황이 없어 일단 그렇게 했는데 말일세. 어떻게 다른 방법이 없겠나?"

"솔직히 말씀드려, 자신 없습니다. 저자가 진심으로 상대했다면 프라덴 후작은 이미 싸늘한 시체가 되었을 것입니다. 신 또한 거기서 벗어날 수 없을 테고, 이곳에 모인 병력 역시 저자가 마음먹기에 따라 태반이 죽어나갈 수도 있습니다. 게다가 저자, 다 듣고 있을 겁니다."

뮤테르 공작의 말에 황제는 다급히 입을 다물었다.

사실상 공중에서 떨어지는 황제의 모습을 발견한 시점에서부터 뮤테르 공작은 싸우기를 반쯤 포기한 상황이었다.

거기에 제닌이 수천 개에 달하는 오러의 검으로 프라덴 후작을 농락하는 모습을 바라보며 그는 온몸을 찌르르 울리는 전율을 느꼈다.

자신의 능력으로는 어떻게 해볼 생각조차 들지 않는 존재. 그야말로 절대자의 신위였다.

상대는 황제 납치라는 전무후무한 무도한 짓을 벌였다. 거기에 더해 어떻게 한 건지는 모르겠으나, 드높은 창공에 황제를 내던지는 더욱 무도한 짓까지 벌였다.

이미 전례가 있는데, 거기서 더한 일을 벌이지 않을 거라는 보장이 없었다.

'폐하. 지금으로서는 그저 저자의 손에서 살아남은 것에만 집중해야 할 때이옵니다.'

건국 이래 수백 년간 이어온 제국이 무너진다는 사실이 가슴 아프긴 했으나, 어쩔 수 없는 일이라는 생각이었다. 그보다는 일단 살아남아 뒷일을 모색하는 것이 지금으로서는 최선이었다.

'좋아한다고? 무슨 오우거 풀 뜯어 먹는 소리도 아니고. 그게 말이 돼?'

황제와 뮤테르 공작의 수군거림은 제닌의 귓가에도 확실히 들렸다. 제닌은 한심하다는 듯 혀를 차며 프라덴 후작을 바라보았다.

딱 한 번 보았다.

좋은 기억이 남을 만한 만남도 아니었다. 오히려 제닌의 입장에서는 두고두고 원한을 곱씹을 일이었다.

"그때 내가 왜 살려줬는데! 적이 될 것을 빤히 알면서도 살려준 이유가 뭐였는데!"

프라덴 후작은 어린아이가 떼를 쓰듯 소리쳤다.

'하긴. 그러고 보니 살려줄 이유가 없기는 하네.'

만약 자신이었다면 후환은 남겨두지 않았을 것이다. 후환을 남길 거면 제거하는 편이 좋았고, 제거하지 않으려면 아예 처음부터 좋은 관계를 유지하는 것이 나았다.

이것은 상식에 해당하는 일이었다.

"살려준 이유가 뭐지?"

제닌은 물었다.

"정말 몰라서 그래? 네가 마음에 들어서잖아!"

프라덴 후작은 억울하다는 말투로 소리치며 양 볼을 붉게 물들이기까지 했다.

외모만 놓고 따지면 제법 어울리는 모양새였다. 에르네

스 드 프라덴은 이십대 중반의 나이에 타오르는 듯한 화려한 미모를 갖춘 여인이었다.

하지만 안타깝게도 제닌의 눈에는 전혀 어울려 보이지 않았다. 예전 프라덴 영지에서 그녀의 흉포하고 안하무인인 성격을 이미 겪어 보았기 때문이다.

"허어……."

제닌은 어처구니없다는 표정을 지으며 고개를 내저었다.

'아무래도 충격이 과해서 정신이 나간 모양이로군. 쯧! 내가 너무 심하게 몰아붙였나?'

제닌은 프라덴 후작의 현재 상황을 정신 이상으로 일축할 수밖에 없었다. 그의 머릿속에는 여유롭고 냉철했던, 절대자의 얼굴이 아직 선명하게 남아 있었다.

고개를 내젓던 제닌의 몸이 훌쩍 날아올랐다. 그리고 프라덴 후작 쪽 진영을 향해 날아갔다.

"여기 이인자 누구야? 나와 봐."

제닌의 말에 중년 사내 하나가 쭈뼛쭈뼛 앞으로 나섰다.

그는 프라덴 후작 가를 오랫동안 보필한 가신으로 에르네스 드 프라덴이 전면에 나서기 전까지 프라덴 후작의 대역을 하던 인물이었다. 그리고 에르네스가 전면에 나선 뒤로는 뒤로 물러나 참모장의 역할을 수행하는 중이었다.

"아무래도 당신들 수장이 정신이 좀 나간 것 같으니까, 당신이 대신 항복해 줬으면 하는데."

"야! 뭐? 정신이 나가? 내가 지금 어떤 마음으로 말했는데!"

등 뒤에서 표독스러운 목소리가 들려왔다.

'뭐, 죽기 싫어서 하는 발악 정도려나?'

미인계는 고대부터 현재까지 빈번히 사용되는 계책 중의 하나였다. 이 말을 다시 말하면, 그만큼 효과가 좋다는 말과 같았다.

'저것이랑 엮여서 좋을 일은 없겠지.'

엮여서 좋을 일이 없을 것이 예상될 바에야, 차라리 신경 쓰지 않는 편이 나았다.

제닌은 뒤쪽에는 신경을 끊은 채, 중년 사내만을 뚫어지게 바라보았다.

"저……. 아가씨께서는 지극히 정상으로 보입니다만. 예전부터 종종 말씀하시곤 했습니다. 야리야리하게 생긴 노……."

에르네스에게 들은 말을 그대로 하려던 중년 사내는 슬쩍 제닌의 눈치를 살피며 뒷말을 바꿨다.

"멋있고 잘생긴 어떤 분이 자꾸만 머릿속에 떠올라 밤에 제대로 못 주무신다고 말이지요."

'둘 중 하나로군. 사실이거나, 이 남자가 눈치가 빠르거나.'

제닌은 중년 사내의 얼굴을 주시하며 생각을 정리했다.

하지만 중요한 것은 두 가지 모두 제닌이 크게 상관할 바가 아니라는 점이었다.

상대가 자신에게 호감이 있으면 어떤가? 자신은 그런 것이 전혀 없는데. 오히려 프라덴 후작에게는 호감보다는 악감이 더 컸다.

'훗! 하여간 미모가 눈부시다 보니 여자들이 가만 놓아두질 않는군. 딱 한 번 눈만 마주쳐도 마음을 사로잡아 버리니. 이거야 원……'

비록 감정은 없다지만, 솔직히 누군가 자신에게 고백해 왔다는 사실이 그리 나쁜 기분은 아니었다.

어쨌든 외모만 보면 아름다운 여인이지 않은가!

'비록 성격이 좀 지랄 맞기는 하지만.'

[이런 상황을 일컫는 말이 있습니다. '자뻑'이라고.]

'응? 그게 무슨 말인데?'

[원래는 고스톱이라는 놀이에서 사용하던 말인데. 제대로 설명하자면 너무 길어집니다. 그래서 간단히 요약해 보면, 자기 자신에게 뻑이 간다를 줄여서 그렇게 사용한다고 보시면 됩니다.]

'뻑이 간다?'

생소한 말에 제닌이 의문을 품을 때, 애니가 정리했다.

[그냥 자아도취 정도로 알아들으시면 됩니다. 상황과 뉘앙스를 고려하면 누구나 쉽게 파악할 수 있는 말이건

만…… 사용자는 유머를 잘 이해 못 하시는군요.]

제닌은 자기가 했던 말을 그대로 되돌려주는 애니의 메시지에 피식 웃음이 나왔다.

'제법인데? 응용력도 있고 말이야. 어쨌든, 우스갯소리는 여기까지. 애타게 기다리는 사람이 있어서 말이야.'

제닌은 생각을 정리하며 사람들을 바라보았다.

"어찌 됐든 이쪽으로 모이시죠. 정리는 해야 할 테니."

제닌은 황제와 뮤테르 공작, 프라덴 후작과 중년 사내를 한곳으로 모았다.

인벤토리에서 천막 하나를 꺼내 펼치고, 안에 들어가 의자와 탁자를 꺼내 놓았다.

"후우……. 패자로서 할 말은 아니지만, 그래도 궁금하니 하나 묻겠네."

깊은 한숨과 함께 먼저 입을 연 것은 뮤테르 공작이었다.

"말씀해 보시지요."

"우릴 어떻게 할 작정인가? 아니, 그보다 우리 에이서스 제국을 정녕 무너뜨릴 작정인가? 그러면 자네에게 그 후에 제국을 다스릴 여력이 있는 건가?"

허락이 떨어지자마자 득달같이 물어오는 뮤테르 공작의 모습에 제닌은 미소로 화답했다.

"어차피 한 가지 제안을 드릴 생각이었습니다. 이건 그

쪽에도 마찬가지이고."

제닌은 황제 쪽과 프라덴 후작 쪽을 번갈아 바라보았다.

"제안이라……. 뜻밖이로군."

"제안? 무슨 제안인데?"

턱에 돋아난 흰 수염을 쓰다듬으며 고민에 잠긴 뮤테르 공작과는 달리 프라덴 후작은 눈을 반짝이며 되물었다.

'이것은 갑자기 왜 저러는데? 전쟁에서 패배한 세력의 수장 주제에 뭐가 그리 적극적이야?'

제닌이 이해할 수 없는 것은 프라덴 후작의 태도였다.

비록 패장이지만 그녀는 지금 한 세력을 이끄는 수장으로서 이 자리에 참석해 있었다. 그런데 그런 무게감 있는 사람이라고 보기에는 말하는 투가 너무 가벼웠다.

"후우……. 아가씨. 아무래도 말을 삼가시는 편이 좋을 듯합니다."

"응? 멜렘, 왜 그래야 하는데? 이제 전쟁도 끝났잖아? 이렇게 힘든 건 줄 알았으면 절대 전쟁 같은 거 일으키지 않았을 거야."

잔뜩 골이 난 아가씨 같은 말투에 멜렘이라 불린 중년 사내는 더 깊은 한숨을 내쉬었고, 제닌은 혀를 찼다.

'저게 원래 성격이란 말인가? 아니면 전쟁을 하면서 받은 스트레스 때문에 정신에 이상이 생긴 건가?'

이유가 뭐가 됐든 제닌이 얻은 결론은 하나였다.

'왠지 엮이면 골치 아파질 것 같아.'

원수라고 생각하면 마음 편히 다루겠는데, 자신이 좋다고 말하는 여자에게 모질게 대할 수도 없는 노릇 아니겠는가.

가뜩이나 인류 멸망을 막기 위해 바쁘게 움직여야 할 제닌의 입장에서 짐 덩이가 생기는 것은 반가운 일이 아니었다.

제닌은 프라덴 후작의 쪽에서 시선을 거둔 후, 다시 뮤테르 공작을 향해 입을 열었다.

"제 제안은 이렇습니다. 각 영지의 반을 갈라 저에게 넘기십시오. 성이 있는 쪽을 제외하고 되도록 한적한 지역을 할당하는 편이 좋을 겁니다."

"영지의 반? 설마 제국의 반을 달라는 건가?"

말이 향한 곳은 뮤테르 공작이었으나, 물음이 되돌아온 것은 황제 쪽이었다.

"어렵습니까? 원하신다면 전부를 가질 수도 있습니다만?"

눈을 둥그렇게 뜨며 되물었던 황제는 본전도 건지지 못한 채 입을 다물어야 했다. 반박하고 싶은 말은 많았으나, 그러기에는 자신을 바라보는 제닌의 눈빛이 심상치 않았다.

수틀리면 이 자리에서 바로 손을 쓸 수도 있다는 생각이

들자 황제는 등골이 서늘해지는 기분이었다.

"폐하, 뒷일은 소신에게 일임하시는 편이 어떠실지요."

"크흠……. 그, 그렇게 하게."

황제가 한발 물러서자 뮤테르 공작이 다시 나섰다.

"붙어 있는 땅덩이도 아니고, 각 영지의 절반을 가지고 무엇을 하려는지, 물어도 되겠는가?"

"성을 지어야죠."

"성을… 지어?"

뮤테르 공작은 그렇게 되물을 수밖에 없었다.

성을 짓는 일은 수천 명의 인원이 수년 동안 뼈 빠지게 일해야 하는 거대한 공사였다.

'도대체 무슨 소리를 하는 건가? 게다가 말하는 투로 보아서는 하나만 짓는 것도 아니고……. 설마 제국 주민들을 노예로 잡아서 부릴 생각인 건가?'

뮤테르 공작의 얼굴에 걱정의 빛이 어렸다.

"아주 멋들어진 성을 지을 겁니다. 주민들이 거주할 집이나 이용하기 편리한 시설도 충분히 말이죠."

'주민들? 헉, 서, 설마!'

뮤테르 공작의 얼굴에 경악의 감정이 스쳐 갔다. 그의 머릿속을 번쩍 스쳐 간 생각 때문이었다.

"자, 자네 설마! 기존 영주와 경쟁할 생각인 건가?"

공작의 외침에 제닌은 입을 모아 감탄사를 토해냈다.

"호오! 그걸 단번에 생각해 내시다니. 역시 늙은 생강이 맵다는 말이 괜히 나온 말은 아닌 것 같습니다. 그런 의미에서, 영지 안에서는 물론 다른 영지까지 주민의 이동을 자유롭게 풀어 주셔야 합니다."

'이 자는 결국 우리 제국을 흡수할 작정이야! 기존 지배층들은 배제하고 대다수를 차지하는 국민만!'

기존의 주민, 특히 평민들은 지배층에게 억압받고 수탈당하는 삶을 살 수밖에 없었다. 물론 지배층도 자국민은 나름대로 배려하고는 있었지만, 이는 어디까지나 높은 곳에서 아래를 내려다보는 자들의 생각.

평민들로서는 자신의 것을 빼앗아 간다는 점에서 도둑놈이나 귀족이나 매한가지였다.

하지만 영지 안에 또 다른 성이 생기고, 그곳에서는 주민들을 잘 대해준다면 어떻게 될까?

'세율을 낮추고, 적당히 먹고 살 길만 열어 줘도…….'

주민의 처지에서 생각해보니, 조금이라도 더 살기 좋은 곳이 있다면 얼마든지 살던 곳을 버리고 떠날 수 있을 것 같았다. 주민들에게 이동의 자유를 준 것도 그런 맥락에서였다.

'그렇게 되면, 기존 영지에 남을 사람은 아무도 없겠지. 문제는 이자에게 정말 그럴만한 능력이 있느냐는 건데…….'

거기까지 생각한 뮤테르 공작이 다시 물었다.

"각 영지에 들어갈 성은 어떻게 지을 생각인가? 설마, 제국민을 노예로 부려 지을 생각인가? 만약 그렇다면 난 이자리에서 죽는다 해도 자네를 막아설 걸세."

뮤테르 공작은 결의 어린 눈빛으로 제닌을 바라보았다. 이에 제닌은 고개를 가로저으며 답했다.

"후훗! 걱정하지 마십시오. 성을 짓는 일에 기존 제국민의 손을 빌리는 일은 절대로 없을 겁니다. 아! 물론 적당한 일거리는 만들어 줄 생각입니다. 공짜로 먹여주는 일은 서로에게 좋지 않으니까요."

'그럼 성을 대체 어떻게 짓겠단 말인가?'

의문을 담아 바라보는 뮤테르 공작의 눈빛에 제닌은 의미심장한 미소를 담아 물었다.

"제국 안에 있는 영지의 숫자가 모두 몇 개나 되죠?"

"정확한 숫자는 모르지만, 대략 이백여 개 정도 되는 걸로 알고 있네만."

공작의 대답에 제닌은 검지를 세워 들었다.

"한 달."

"한 달?"

"한 달 안에 성을 모두 짓겠다는 말입니다."

'대체 무슨 속셈인 건가? 한 달 안에 이백여 개에 달하는 성을 짓겠다니! 설마, 나를 놀리려고 하는 말인가?'

뮤테르 공작은 그런 생각으로 제닌의 얼굴을 살폈으나, 제닌의 얼굴에서는 그런 의도를 전혀 찾아볼 수 없었다. 그저 미미한 미소만 베어 물고 있을 따름이었다.

　"성을 어떻게 짓는지 궁금하신 것 같은데, 나중에 직접 보면 알 수 있을 겁니다."

　"내가 정말 궁금한 것은 과연 그것이 가능한 일이냐는 점일세. 제국민의 도움도 없이 이백여 개의 성을 한 달 만에 짓는다는 것은, 인간의 힘으로는 불가능한 일일세."

　"맞아! 정말 말도 안 돼!"

　뮤테르 공작과 프라덴 후작이 말에 제닌은 빙긋 웃으며 되물었다.

　"흐음! 정 그러시다면……. 내기할까요?"

　"내기?"

　"제가 지면 그 즉시 제국에서 물러나며, 앞으로 영원히 산맥을 넘지 않겠다고 맹세하겠습니다."

　뮤테르 공작으로서는 눈이 번쩍 뜨이는 조건이었다.

　"그, 그, 그게 정말인가?"

　눈을 부릅뜬 황제가 먼저 물었다.

　"제가 약속은 잘 안 하는 편이지만, 일단 한 번 한 약속은 잘 지키는 편이라서요. 믿으셔도 좋을 겁니다."

　"하, 하!"

　황제의 입에서 하겠다는 말이 나오려는 순간, 뮤테르 공작이 끼어들었다.

"폐하! 잠시만."

"왜 그러는가?"

황제의 얼굴에는 좋은 기회를 놓쳤다는 아쉬움이 가득 묻어났다.

"분명 불가능한 일로 생각됩니다. 저 역시 그렇게 생각하고 있으니 말입니다. 하지만 여기서 한 가지 생각해 볼 것은, 그럼에도 상대가 내기를 걸었다는 것입니다. 그것도 자신이 획득한 막대한 이권을 포기하는 쪽으로."

황제도 뮤테르 공작이 하고자 하는 말을 알아들었는지, 의문을 담은 눈으로 되물었다.

"무언가 숨겨진 수가 있다는 말인가?"

"그렇지 않고서야 저토록 자신 있게 내기를 제안할 까닭이 없지 않겠습니까? 때문에, 저는 묻고 싶습니다. 내기에서 이겼을 때의 요구 조건을."

좌중의 시선이 모이자 제닌은 고개를 끄덕였다.

"승리시 제 요구 조건은 당신. 그리고……."

검지를 들어 뮤테르 공작을 가리킨 제닌이 이번에는 프라덴 후작 쪽으로 고개를 돌렸다.

시선을 마주치자 프라덴 후작은 검지로 자기 자신을 가리키며 눈을 반짝였다.

"나? 나? 나?"

'아무래도 저건 안 되겠군.'

제닌은 천천히 고개를 내저었다.

소드 룰러의 실력은 아쉬웠으나, 정신에 문제가 있는 인물을 굳이 데려다 쓰고 싶은 마음은 들지 않았다.

'어차피 얼마 후면 소드 룰러에 오른 사람들이 속속 생겨날 테니까. 실전 경험과 노하우 같은 것은 뮤테르 공작 하나만 있어도 충분히 가르치겠지.'

제닌은 이미 뮤테르 공작이 자신의 수중에 들어온 것으로 여겼다. 패배는 전혀 생각지 않은 태도였고, 실제로도 그가 패배할 확률은 거의 없었다.

제닌의 검지는 프라덴 후작을 지나쳐 그녀의 옆에 앉은 중년 사내를 가리켰다.

"멜렘… 경이라고 했습니까? 저는 승리시의 조건으로 뮤테르 공작과 당신이 제 휘하에 들어오는 것을 요구합니다."

"왜에!"

프라덴 후작이 뾰족한 목소리로 왜 자신이 아니냐며 물어왔으나 제닌은 깔끔하게 무시했다.

"싫으면 없었던 일로 하지요."

"뮤테르 공작……."

황제는 안타까운 시선으로 뮤테르 공작을 바라보았다.

평생 자신을 섬겨온 신하를 고작 내기의 판돈으로 거는

심정은 절대로 좋을 수 없었다. 그러나 그렇다고 받아들이지 않기에는 조건이 너무나 좋았다.

이미 무너졌다고 생각한 제국을 되찾을 수 있다는 희망이 생겼기 때문이다.

물론 어디까지나 내기에서 이겨야 한다는 조건이 따라 붙었지만, 황제의 상식으로는 이길 확률이 높았다.

"나는 시!"

"아가씨."

멜렘이라 불린 사내는 무겁게 고개를 가로저으며 프라덴 후작의 말을 막았다.

"받아들이셔야 합니다."

'그래야 아가씨께서 살 수 있습니다.'

멜렘은 뒷말을 가슴 깊숙한 곳에 묻었다.

그렇게 내기의 성사를 끝으로 회담은 마무리되었다.

"멜렘 경이라 불러야 하나? 어쨌든 잠깐 이야기 좀 할 수 있을까?"

제닌은 프라덴 후작과 함께 진영으로 돌아가던 멜렘을 불러 세웠다. 그러자 멜렘은 프라덴 후작의 귓가에 뭔가를 소곤거린 후 몸을 돌렸다.

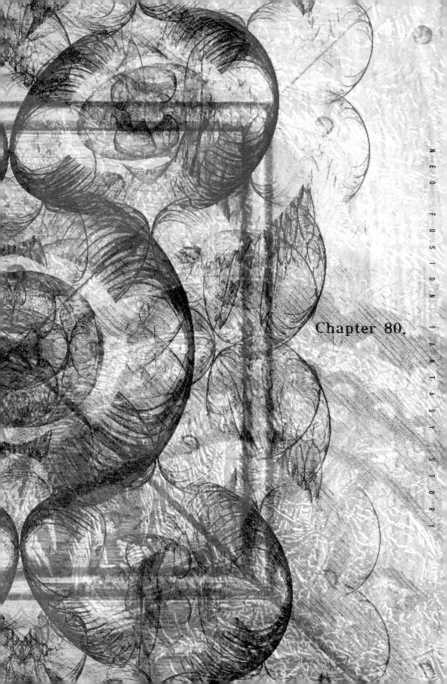

Chapter 80.

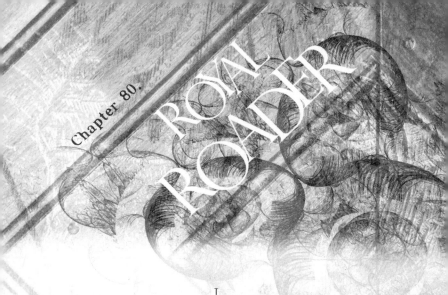

Chapter 80.

ROYAL ROADER

I

다시 천막 안으로 들어온 두 사람이 마주 앉았다.

먼저 입을 연 것은 멜렘이었다.

"궁금해하시는 것은 역시 아가씨에 대한 것이겠지요?"

제닌이 고개를 끄덕이자 멜렘은 가벼운 한숨을 내쉬며
대답했다.

"원래 아가씨의 성격입니다."

"저게? 그럼 전에 내가 봤던 것은?"

제닌은 눈을 둥그렇게 뜨며 되물었다.

"전대 후작 각하께서 갑작스레 실종되시고 아가씨는 한
동안 지하 밀실에 틀어박힌 채 두문불출하였습니다. 그렇
게 며칠이 지난 후, 아가씨께서 다시 나오셨을 때에는 완벽

히 다른 사람이 되어 있었습니다."

"호오! 성격을 바꿨다는 말인가?"

"제가 보기에는 거의 인격 자체가 바뀐 듯 보였습니다. 그 후로 아가씨께서는 대역으로 저를 내세운 채, 자신은 그림자 속에 숨어 가문을 위협하는 모든 요소와 싸워나갔습니다. 벌레 한 마리도 어떻게 못 하시던 분이 살인도 서슴지 않으셨습니다."

'흠음……. 또 다른 인격이라니……. 그런 게 정말 가능한가?'

[가능합니다. 최면술을 이용할 수도 있고, 마법적인 방법도 있습니다. 물론 두 가지를 모두 사용하면 더욱 탁월한 효과를 볼 수 있습니다.]

"호오! 그런 게 정말 가능하다니……."

적잖이 놀란 탓인지 생각이 절로 입 밖으로 나왔다.

"너무 여리고 유순한 탓에 또 다른 인격이란 가면을 만들어 쓰신 것이지요."

"그렇다면 지금, 정신이 좀 이상하게 보이는 것은 그 가면이 어떠한 요소로 인해 무너졌다는 말인가?"

멜렘은 고개를 끄덕였다.

"당신께서도 잘 아시겠지만, 전쟁은 엄청난 스트레스를 가져다줍니다. 특히, 수많은 병사의 생명줄을 움켜쥔 수장이 받는 스트레스는 어마어마할 것입니다."

"그것도 그렇지."

제닌은 고개를 끄덕이며 수긍했다.

그 역시 아주 잘 느끼고 있었기 때문이다. 많은 병력을 동원할 수 있었음에도 웬만하면 홀로 움직이는 것도 그러한 부담감을 덜기 위함이었다.

"그럼 그 스트레스 때문에 가면이 무너졌단 말인가?"

멜렘은 고개를 끄덕이며 답했다.

"솔직히 말씀드리자면 어차피 당신이 아니었더라도 전쟁은 오래 끌지 못했을 것입니다. 최근 들어 각하의 정신이 더 불안해진 것을 느꼈기 때문입니다."

"흐음…… 그렇군."

제닌은 고개를 끄덕였다.

전부 이해했다는 것은 아니었다. 하지만 어느 정도는 이해하고 넘어갈 수 있었다.

"물론 불과 오늘 아침까지만 해도 아가씨의 증상은 그리 심하지 않았습니다. 결정적인 계기는 따로 있습니다."

"결정적인 계기?"

어쩐지 불안감이 스멀스멀 밀려왔다.

"밤잠도 제대로 못 이룰 정도로 그리던 사람에게 목숨을 잃을 뻔한 일은 아가씨께 커다란 충격이 되었겠지요."

제닌의 얼굴이 와락 일그러졌다.

'뭐야? 지금 그게 내 탓이라는 소리야?'

일그러진 제닌의 얼굴을 살피면서도 멜렘은 조심스럽게 입을 열었다.

"그래서 말씀인데… 당신께서 아가씨를 거두어 주시면 안 되겠습니까?"

'큭! 결국은 이거였나?'

제닌의 마음에 짜증스러운 감정이 솟구쳤다.

말이 길어지는가 싶더니, 결국은 정신이 이상해진 여자를 자신에게 떠넘기려는 속셈이 보였기 때문이다.

하지만 이어진 멜렘의 말은 또 달랐다.

"거둘 마음이 없으시다면, 최소한 마지막은 당신께서 직접 보내 주셨으면 합니다."

"뭐라고?"

짜증스러움이 순간 놀라움으로 변화했다.

멜렘의 말은 현재 그가 주군으로 모시는 인물에 대한 살인 의뢰였기 때문이다.

"어차피 이대로는 얼마 못 버티실 겁니다. 이대로 정신이 무너져 추한 모습을 보이기보다는 차라리 그편이 아가씨를 위해 더 나을 것입니다. 적어도 자신이 흠모하던 인물의 손에 죽을 수 있다면 아가씨께서도 만족하실 겁니다."

'이건 대체 뭐하자는 소리야?'

제닌은 조금 혼란스러웠다.

'왜 그런 말을 꺼낸 건데? 뭘 원하는 건데?'

갈피를 잡지 못하는 상황에서 애니의 메시지가 떠올랐다.

[받아들이시는 것도 나쁘지 않습니다.]

'응? 뭐라고?'

[조금 전, 에르네스 드 프라덴의 몸을 스캔해본 결과 치료가 가능하다는 결과가 나왔습니다.]

눈앞에 떠오른 메시지에 제닌은 또다시 눈을 둥그렇게 떴다.

[또한, 신체 내부의 잠재력이 지금껏 스캔했던 어떠한 인물보다 뛰어납니다. 수하로 받아들인다면 막강한 전력으로 삼을 수 있습니다.]

애니의 마지막 메시지는 제닌의 결정을 부추겼다.

'얼마나 강력한데?'

[사람에게는 누구나 한계가 정해져 있습니다. 레벨로 예를 들자면 벡스는 37, 마리는 43 정도입니다. 그리고 조금 전 보았던 뮤테르 공작은 34로써, 현재 이미 한계 레벨에 도달한 상태입니다.]

'그 이상은 절대로 발전할 수 없다는 말인가?'

[사람의 데이터는 딱딱 맞아떨어지는 것이 아니기에 '절대로'라는 말은 사용할 수 없지만, 오차를 고려해도 1-2레벨 정도에서 모두 수렴할 수 있습니다.]

'그럼 프라덴 후작의 한계 레벨은 얼마나 높은데?'

[분석 결과 51레벨로 추정됩니다.]

'그렇군……'

제닌은 고개를 끄덕였다. 그러다 문득 물었다.

'그럼 나는?'

사실 '한계' 라는 말이 나왔을 때, 그가 가장 궁금했던 것은 바로 그 자신에 관한 것이었다.

[사용자의 한계 레벨은.]

제닌은 눈앞의 메시지를 집중해서 읽어갔다.

'대체 왜 말이 없으시지?'

언젠가부터 제닌의 말이 사라지자 멜렘은 조마조마한 심정으로 그의 눈치만 볼 따름이었다. 그럼에도 쉽사리 말을 꺼내지 못한 것은 에르네스 드 프라덴의 거취에 대한 결정권을 쥔 것이 바로 제닌이었기 때문이다.

아주 어렸을 적부터 그녀를 보아왔고, 그 후로도 오랫동안 보필했던 멜렘에게 그녀는 거의 딸이나 다름없었다. 그런 그녀의 안위가 달린 일이었으니 지금은 최대한 눈치를 보며 말을 아낄 때였다.

하지만 그가 제닌의 말을 다시 듣기까지는 꽤 오랜 시간이 필요했다.

Ⅱ

한 달.

에이서스 제국에 대격변이 일어나기까지 걸린 시간이었다.

그 중 성의 건축에 들어간 시간은 일부에 불과했다. 나머지 시간의 대부분은 인부들의 이동에 소모되었다.

제닌의 영토와 크라인 왕국에서 성과 요새를 건설한 인부들의 숙련도는 거의 최상급이었기에 거짓말 조금 보태면 눈 깜짝할 사이에 성 하나를 짓는 수준이었다.

인부들을 만 명 단위로 쪼개어 각지로 파견하고 그 사이를 분주하게 날아다닌 끝에 제닌은 한 달 안에 이백여 개에 달하는 성을 완성할 수 있었다.

새로 건설된 성의 최초 입주자는 크라인 파견군 병사와 그들의 가족이었다. 그들은 제닌에게 투항한 이후, 산맥을 넘어 제국 남부를 휘저으며 혼란을 유도하던 이들이었다.

사실 처음부터 제닌은 그들을 품에 안을 생각이 없었다. 그저 적당히 대우하다가 제국으로 넘겨 제국에 혼란을 일으키면 그걸로 충분하다는 생각이었다.

그러나 크라인 파견군 병사들은 이미 제닌을 주군으로 섬기고 있었다.

굶주리던 그들에게 넉넉한 식량을 주고, 성능 좋은 장비는 물론이거니와 예전과는 비교할 수 없는 힘까지 주었기 때문이다.

그런 어마어마한 은혜를 받고도 모르는 척한다면 사람도 아니라는 의견이 그들의 마음을 하나로 묶었다. 물론, 제닌을 적대시하면 부여했던 힘이 사라져 버린다는 사실도 그들의 마음을 묶는데 일조했다.

　총 25만의 병력은 출신 지역별로 분류되었고 적게는 수백에서 많게는 천여 명까지 편성해 각 성으로 파견되었다.

　성의 최초 입주자인 동시에 수비군인 셈이었다.

　부유한 상인이나 하급 귀족의 집이라 해도 믿을 법한 넓고 편리한 주택을 배정받은 이들은 하나같이 감격의 눈물을 흘렸다. 그와 더불어 그들의 가족 역시 이에 동참했다.

　커다란 은혜를 받은 이들의 입에서 소문이 퍼져 나가기 시작했다. 가뜩이나 새로 지은 성에 대해 궁금해하고 있던 이들은 호기심 또는, 기대감으로 성에 들어섰고 그런 이들이 거주를 결정하는 데에는 분 단위의 시간도 필요치 않았다.

　물론 귀족들의 처지에서는 아주 기가 막힐 일이었다.

　생산활동을 하고 세금을 내는 중요한 자원을 눈뜨고 도둑맞는 기분이었다.

　아무리 황제가 항복하고 공식적으로 선포했다고 해도 반감을 품은 귀족이 아예 없는 것은 아니었다.

　- 우린 인정할 수 없소!

– 황제 폐하의 실정과 제국을 침탈한 침략자의 폭거를 더는 두고 볼 수 없소!

– 우리는 맞서 싸울 것이오!

하루가 다르게 인구가 줄어가자 반감을 품은 귀족들은 결단을 내릴 수밖에 없었다. 이대로 앉아서 망할 바에야 최소한의 발악이라도 해보자는 의미였다.

그들은 성문을 걸어 잠가 주민의 이탈을 막는 한편, 병력을 끌어모았다. 그리고 그들이 자랑하는 기사단을 앞세워 각지의 성을 공격하기 시작했다.

결과부터 말하자면 그들은 실패했다.

성을 지키는 것은 최하 5레벨부터 최대 10레벨에 달하는 병사들이었다. 게다가 남부에서 겪은 실전 덕에 15레벨에 육박할 정도로 성장한 이들도 있었다.

5레벨만 되어도 기사와 비등할 정도건만, 10레벨 이상은 어떠하겠는가? 그들은 귀족들이 자랑하는 기사단을 단신으로 돌파할 정도였다.

기사단은 어떻게 손을 써볼 새도 없이 궤멸했다. 그것도 죽음이 아닌 제압이었다.

그렇게 기사단이 무너지자 억지로 끌려 나온 병사들은 무기를 버리고 투항했다.

억지로 끌려 나왔다는 이유도 있었지만, 상대하는 병사들이 같은 지역에 살던 이웃이라는 점도 있었다.

그렇게 귀족들의 공격을 막아낸 병사들은 그 기세를 몰아 귀족의 성으로 돌격했다. 이미 주력을 잃은 상황이었기에 성은 순식간에 함락되었고 귀족들은 내성에 백기를 내걸 수밖에 없었다.

그렇게 반항한 귀족들과 제압당한 기사들은 라테스로 압송되어 노역에 투입되었고, 귀족들이 억류했던 주민들은 다시 거주이전의 자유를 부여받았다.

그중에서 오랫동안 살아왔던 터전을 떠나기 싫었던 소수를 제외한 모든 이들이 새로운 성으로 이주했다.

집은 좋았고, 먹거리는 풍부했다. 일거리가 없는 이들에게는 적당한 일거리가 제공되었고, 그리 고되지도 않았다.

또한, 저녁이 되기 전에 일이 끝났기 때문에 가족들과 함께 보낼 수 있는 시간이 늘어났다.

성 주변에 농토가 생겨났고, 농사짓던 이들이 이곳에 투입되었다. 놀랍게도 그들이 파종한 밀은 일주일 만에 수확할 정도로 자라났다.

값비싼 마법 모종은 아니었지만, 그것을 참고해 베스란의 마법 연구소에서 개발한 신품종 밀이었다.

겨울에는 재배할 수 없고, 수확 기간이 길어졌다는 단점은 있었지만, 무엇보다 저렴했고 대량생산이 가능하다는 장점이 있었다. 기존의 씨앗을 마법 시약으로 처리하기만

하면 되었기 때문이다.

이것을 보고 제닌이 크게 기뻐했음을 말할 것도 없었다. 주기적으로 상점에서 마법 씨앗을 구매해 창고에 넣는 일은 가뜩이나 할 일 많은 제닌에게는 상당히 귀찮은 일이었다.

신품종의 밀이 자라나는 것을 지켜본 주민들의 반응은 뜨거웠다. 그들에게 곡물은 몇 달 동안 정성 들여 길러 내 일 년에 한 번 거두는 게 상식이었기 때문이다.

한 가지 아쉬운 점은 농사짓는 이들에게 돌아가는 대가가 수확량의 일정 비율이 아닌 급료라는 점이지만 농민들은 만족했다.

먼저 다른 지역과 비교하면 물가가 월등히 싼 덕에 식량을 풍족하게 구할 수 있었다. 또한, 남은 급료로 공방에서 개발한 각종 편의 물품을 구매해 더욱 편리하고 윤택한 삶을 누릴 수 있었다.

사실 다른 것을 떠나, 신품종 밀 덕분에 앞으로 굶주릴 걱정이 없다는 사실만으로도 그들은 열광할 수밖에 없었다.

신품종 밀은 지금껏 그들에게 가장 큰 재앙이었던 흉작을 물리칠 수 있는 강력한 무기였다.

- 어떻게 이런 일이! 이건 기적이야!

- 대체 이런 기적을 일으키는 분은 어떤 분이란 말인가?

─ 설마 신이신가? 만약 그렇다면 난 이제부터 그분을 섬
길 것이야!

각 지역 농민들의 입에서 탄복하는 말이 흘러나왔고, 이
것은 고스란히 제닌에게로 전달되었다.

─ 띠링! 띠링! 띠링!

갑자기 귓가가 어지러울 정도의 알림음이 들려왔다. 누
군가가 감동하여 경험치를 얻었다는 내용이었다.

'응? 이건 꺼놓지 않았나?'

일 분에도 수십 번씩 울려대는 통에 제닌은 이에 대한
알림음을 울리지 않도록 설정했다. 그런데 다시 울려대고
있음은 무언가 다르다는 것을 뜻했다.

역시나 알림음과 함께 떠오른 메시지를 살펴보니 전과
는 약간 다른 점이 눈에 띠었다.

[주민 '가스'가 사용자에게 맹목적인 신뢰를 보냅니다.
주민 가스의 믿음으로 25의 경험치를 획득했습니다. 주민
가스에게 신앙심이 생겼습니다.]

마지막에 한 줄 추가된 내용이 제닌의 시선을 끌었다.

'신앙심? 이건 또 뭐야?'

[주민들의 마음을 묶는 데에는 신앙심만 한 것이 없습니
다. 사용자에게는 오히려 좋은 소식이라 할 수 있습니다.
주민 가스는 앞으로 사용자를 신으로 섬기고 추종할 것입
니다. 주민 가스를 신관으로 임명하시겠습니까?]

'뭐라고?'

제닌은 눈을 부릅떴다.

신앙심까지는 대충 이해할 수 있겠으나, 신관 임명은 그것과는 궤를 달리하는 큰일이었다.

"취소! 안 해! 절대로 안 돼! 이건 신성제국은 물론이거니와 대륙 전역의 신전을 적으로 돌리는 일이라고!"

제닌은 벌떡 일어서며 소리쳤다. 그러자 애니의 차분한 설명이 그의 눈앞에 떠올랐다.

[신은 없습니다.]

신성모독에 가까운 말이었다.

비록 제닌에게 신앙심은 없었지만, 신이 존재한다는 것만큼은 그도 사실로 받아들이는 바였다.

'그게 무슨 말이야! 그럼 신관들이 사용하는 신성마법은 뭔데? 그리고 성수는?'

[수많은 원소의 성질을 띤 마나 중에는 빛의 성질을 띤 것도 있습니다. 신성마법은 이러한 빛의 성질을 띤 마나를 이용한 마법이며, 성수 역시 물에 빛의 마나를 불어넣어 치유력을 가지게 한 것에 불과합니다.]

'모두 마법으로 만들었다? 그렇다면?'

제닌은 몸을 부르르 떨며 되물었다. 머릿속에는 이미 그에 대한 대답이 떠오르고 있었지만, 굳이 묻는 것은 그것이 그만큼 믿어지지 않아서였다.

[인간의 정신은 매우 나약합니다. 절대적인 존재를 찾아 나약한 마음을 기대려 하는 성향이 있습니다. 각 신전은 치유 마법을 익힌 마법사들이 이러한 인간의 성향을 이용해 값비싼 사업을 하는 곳입니다.]

애니의 대답에 제닌은 기가 막혔다.

'허! 거 참! 그럼 왕은? 황제는?'

[최고위층의 인간들은 모두 아는 사실입니다.]

'그럼 전쟁은? 그동안 신의 이름으로 벌였던 전쟁들은?'

[기득권의 세력다툼입니다.]

애니의 대답에 제닌은 치를 떨었다.

그것은 배신감이기도 했고, 허탈함이기도 했다.

'이런 빌어먹을 개자식들이!'

역사서에 기록된 전쟁 중에는 종교 전쟁도 상당수 포함되어 있었다. 그리고 이 때문에 희생된 이들은 무려 수천만 명에 달했다.

'하긴, 황제나 신성제국의 교황이나 거기서 거기지. 어쨌거나 다른 사람을 이용하고 죽이는 것은 같으니까.'

하지만 제닌은 그 중 후자가 더 가증스러웠다. 사람의 믿음을 이용해 서로가 죽고 죽이는 전쟁을 벌였기 때문이다.

'빌어먹을 새끼들! 하여간 윗자리에 앉아 있는 놈치고 제대로 된 놈이 하나도 없다니까?'

주먹을 움켜쥔 제닌의 눈앞에 다시 한번 애니의 메시지

가 떠올랐다.

[사용자라고 못할 것도 없습니다.]

"뭐라고? 내가 지금 화내는 거 안 보여? 물론 나도 윗대가리에 있기는 하지만, 그래도 기존에 있던 놈들하고는 다르게 다스리려고 노력은 하잖아? 그런데 사기를 치라고?"

[그들에게 진짜 신의 보살핌을 내려 주면 됩니다. 또한, 주민의 마음에서 절로 신앙심이 생긴 것은 사용자가 이미 그들을 그렇게 보살피고 있다는 증거입니다.]

사실상 제닌의 영토에 거주하는 주민들은 다른 나라의 어떠한 이들보다 더 행복한 삶을 누리고 있었다.

걱정이 없다는 것이 가장 큰 요인이었다.

물론 교육이 제대로 이루어지고 주민들의 지적 수준이 더 높아지면 전에 없던 욕구가 생겨나고 불만이 자라날 수도 있었다.

하지만 그것은 훗날 생겨날 문제였고, 지금은 굶주림을 면하고 생명의 위협을 느끼지 않는 것만으로도 주민들은 충분히 만족하며 살아가고 있었다.

사람들의 마음을 안심시키고 풍요롭게 하는 것이 신이라면, 그들에게는 제닌이 바로 신이었다.

[또한, 신도들로부터 막대한 경험치를 획득할 수 있습니다. 이는, 시간이 없음을 한탄하던 사용자에게 커다란 도움이 될 것입니다.]

애니의 메시지에 제닌은 한 달 전의 대화를 떠올렸다.

[사용자의 한계레벨은 없습니다.]

'없다고? 그 말은 설마……'

제닌은 기대감 어린 눈동자로 메시지를 바라보았다.

[사용자의 추측대로 무한한 레벨 업이 가능합니다.]

제닌의 입이 헤벌쭉 벌어졌다.

한계가 정해져 있는 다른 사람과 비교하면 홀로 어마어마한 특혜를 받는 것과 다름없는 말이었다.

하지만 그 웃음은 얼마 지나지 않아 사그라졌다.

'시간이 별로 없다는 게 함정이로군.'

무한한 레벨 업이 가능하면 뭐하겠는가!

주어진 시간이 고작 몇 달밖에 되지 않은 것을. 만약 몇 달이 아닌 몇 년만 되었어도 제닌의 아무 걱정 없이 모든 대비를 할 수 있었을 터였다.

애니의 말대로 막대한 경험치를 얻을 수 있다면, 종교를 만드는 것도 나쁘지 않은 듯싶었다.

'쓥! 이거 왠지 설득당한 기분이기는 한데……'

[균열을 막지 못하면 인류가 멸망한다는 사실을 기억하십시오.]

"후우……. 하긴, 이것저것 가릴 처지가 아니지."

제닌은 깊은 한숨을 내쉬며 마음을 정리했다.

인류를 구원하겠다는 거창한 사명감까지는 없었지만, 균

열을 막지 못하면 가족을 비롯한 그의 사람들이 위험해진다.

'까짓 거, 한 번 해보지 뭐! 신의 이름으로 사기나 치는 놈들하고 다르다는 것만 보여주는 되는 것 아닌가?'

마음을 정하자 다시금 애니의 메시지가 떠올랐다.

[신관을 받아들이기 전, 구원자로의 2차 전직을 추천합니다. 신도들에게 얻을 수 있는 경험치의 양이 상승합니다.]

어차피 종교를 창설하기로 마음먹은 것, 구원자로 전직도 어려운 일은 아니었다.

'그러기 전에 딱 하나만 물어보자. 대체, 레벨 업이란 것은 왜 하는 거지? 왜 굳이 나를 레벨 업 시키는 거지?'

예전부터 제닌이 가장 궁금해하던 문제였다.

제닌이 획득한 경험치. 즉, 사람들의 감정을 이끌어 냄으로써 얻는 에너지는 비단 레벨 업에만 사용되는 것이 아니었다.

각 건물의 건설부터, 상점의 각종 물품, 병사들의 레벨업, 그리고 몬스터를 만들어내는 균열에 이르기까지 다양한 곳에 쓰이고 있었다.

'그렇게 분산할 바에야 차라리 한 군데로 집중해서 엄청나게 강한 초인을 만들어내는 게 더 낫지 않나? 리치 따위는 한 방에 보내버릴 수도 있었을 텐데 말이야. 그러면 아예 균열이라는 것이 생기는 것 자체를 막을 수 있는 것 아닌가?'

[아까우십니까? 사용자가 획득한 에너지를 다른 곳에 사용하는 것을 낭비라고 생각하십니까?]

'흐음…….'

잠시 침음성을 내던 제닌은 고개를 끄덕였다.

'뭐, 솔직히 말하자면 아쉬운 건 사실이지.'

[32]

뜬금없는 숫자에 제닌은 눈을 둥그렇게 뜨며 물었다.

'응? 설마, 그게 레벨을 말하는 건 아니겠지?'

[사용자가 홀로 활동했을 때를 가정하여 이를 시뮬레이션한 결과입니다.]

'왜 그것밖에… 아!'

제닌은 뭔가를 깨달은 듯한 표정을 지었다.

'사람들을 위해 사용한 에너지보다 그들로부터 얻을 수 있는 에너지가 더 많다는 뜻인가?'

[정답입니다.]

'흐음……. 그동안 사람들에게 베풀었던 것이 결과적으로 나에게 돌아온 셈이로군. 역시, 평소에 마음을 곱게 쓰면 이렇게 다 돌아오는 법이라니까?'

[조금 전까지 아쉬워했던 것은 사용자입니다만.]

'그런 사소한 것은 깔끔하게 잊어버리자고. 그런데 어떻게 그런 일이 가능하지? 내가 잘은 모르지만 없던 물건을 만들어 내고, 균열과 몬스터를 창조해 내려면 어마어마한 에너지가 필요할 텐데 말이야. 어떻게 사람들에게 그 이상의 에너지를 얻을 수 있는 거지? 사람에게 에너지가 그렇게 많나? 그런데 그렇다면 개개인이 지금보다는 훨씬 더 강해야 하지 않나?'

[질문 내용이 조금 많지만 하나씩 설명해 드리겠습니다.]

'오호! 지금까지는 계속 자격이 안 된다느니, 정보 공개 레벨이 모자란다느니 하더니, 오늘은 웬일이야?

[왕실의 비보를 파괴한 업적으로 정보 공개 레벨이 상승했습니다. 사용자께서 굳이 설명을 듣고 싶지 않으시다면 하지 않겠습니다.]

'무슨 소릴! 어서 말해 봐!'

제닌은 펄쩍 뛰며 부정했다.

그동안 궁금해하던 것을 해결할 기회였다.


Ⅲ


'뭐야? 내가 잘못 본 건가?'

제닌은 눈을 비볐다. 그럼에도 눈앞에 떠오른 메시지는 변함이 없었다. 알 수 없는 숫자와 기호들로 점철된 메시지를 제닌은 단 한 줄도 이해할 수 없었다.

[아! 사용자의 지적 능력을 고려하지 못한 제 실책이군요.]

알 수 없는 메시지가 사라지고 다시 떠오른 메시지를 보며 제닌은 얼굴을 구겼다.

이건 일부러 그랬다.

자신을 놀리기 위함이었다.

'쓸! 적당히 하지?'

[결론부터 말하자면 앞의 내용은 인간은 약하지만 그들의 영혼이 가진 에너지는 끝을 알 수 없을 정도로 막대하다는 것을 증명하는 공식입니다.]

'거 봐. 사람 말로 하니까 얼마나 좋아?'

[먼저 보여 드렸던 공식 역시…….]

제닌은 애니의 메시지에서 시선을 떼며 말을 잘랐다. 또다시 자신을 무시하는 내용이 나올 게 뻔했기 때문이다.

'그러니까 내가 레벨 업을 하고 여러 가지 물건을 만들고 하는 것들이 모두 영혼의 에너지를 이용했다는 거잖아?'

[그렇… 습니다.]

'중간의 그 줄임표는 뭐냐?'

제닌은 싱긋 웃으며 되물었다. 어쨌든 받은 만큼은 되돌려 준 듯한 느낌이었다. 물론 이자는 없었지만.

[후우…….]

'입도 없으면서.'

[설명을 더 듣고 싶지 않은 모양이군요.]

슬쩍 이자를 얹어 보려던 제닌은 애니가 보내는 강력한 메시지에 입을 다물 수밖에 없었다.

어디까지나 지금 아쉬운 것은 제닌이었다.

[결론부터 말씀드리자면, 사용자가 얻은 모든 에너지를 레벨 업에 사용할 수는 없습니다.]

'그건 왜 그러는데?'

[답변을 위해서는 먼저 레벨 업의 개념부터 설명해야 합니다. 레벨 업이란 에너지를 소모해 개인의 한계치까지 도달하는 가장 빠르고 효과적인 통로를 만드는 일입니다. 이를 통해 수련시간을 극도로 단축할 수 있을뿐더러, 깨달음이라는 특수한 조건 없이도 상위의 경지에 도달할 수 있습니다.]

'그렇군.'

제닌은 고개를 끄덕이며 수긍했다.

여기까지는 그도 이해할 수 있었다.

[레벨 업을 위해서는 막대한 에너지가 소모되지만, 그보다 더 막대한 에너지가 바탕이 되어야 합니다.]

제닌은 자신이 레벨 업 했을 때를 떠올렸다.

황홀한 느낌과 함께 온몸에 힘이 샘솟는 듯한 기분. 그리고 몸 주변을 감싸는 빛무리.

그때에는 그저 황홀한 느낌에 취해 별다른 생각을 할 수 없었지만 돌이켜보니 '왜 굳이 빛을 뿜어내야 할까?' 하는 의문이 자라났다.

'괜히 그러는 것은 아닐 테고……. 본래 레벨 업에 필요한 것보다 더 큰 에너지를 주변에 두른다는 것은…….'

골똘히 생각하던 제닌이 눈을 번쩍 떴다.

'보호 때문인가?'

[적어도 눈치만큼은 좋음을 인정해 드리겠습니다.]

'칭찬 고마워!'

제닌은 애니의 비꼬는 말을 액면 그대로 받아들이며 히죽 웃었다. 마치 '이러니 더 할 말 없지?' 라고 묻는 듯한 표정이었다.

[비록 잠재력은 충분하다고 하나, 평범했던 인간을 초인으로 만드는 과정입니다. 막대한 에너지를 투입해 시행하는 과정인 만큼 인체에 가해지는 충격 역시 어마어마한 수준입니다. 만약 더 큰 에너지로 시술자를 보호하지 않으면 레벨 업의 과정은 목숨을 건 도박이 될 것입니다.]

'뭐야? 그럼 지금까지 내가 수십 번이나 죽을 위기를 넘겼다는 거야? 아무것도 모른 채로?'

제닌은 눈을 동그랗게 뜨며 되물었다.

[안전장치는 확실합니다. 만약 도중에 문제가 생기면 즉각 중단하고 원상태로 되돌릴 만반의 준비가 갖춰져 있습니다.]

비록 그렇다 한들, 아무것도 알려주지 않은 채로 그런 위험한 일을 벌였다는 점이 제닌은 마음에 들지 않았다.

[규정에 묶여 있는 탓에 미리 말씀드리지 못한 점은 사죄드립니다. 하지만 만약 레벨 업이 없었다면, 지금의 사용자도 없었을 것입니다.]

'후우! 뭐, 그건 그렇다고 치고.'

이미 지나간 일에 굳이 화를 내봤자 의미가 없었다. 그보다는 이번 기회를 통해 그동안 궁금했던 점을 해결하는 것이 훨씬 현명했다.

'애니, 그럼 레벨 업을 하면 할수록 필요한 경험치가 기하급수적으로 늘어나는 이유는 뭐지?'

[레벨 업을 거듭할수록 사용자의 육체에는 강력한 에너지가 자리 잡게 됩니다. 이것을 변화시키는 데에 더욱 많은 에너지가 소모되고 또한, 그만큼 사용자를 보호하는 데 필요한 에너지도 늘어납니다.]

'그럼 다른 사람과 달리 한계치가 없다는 것은 레벨 업 과정에서 무언가 다른 일이 진행되고 있다는 건가?'

[그렇습니다. 사용자의 레벨 업 과정에는 일반적인 레벨 업 절차에 한계치를 끌어 올리는 작업이 더해집니다.]

제닌은 고개를 끄덕였다.

그가 수긍할 수 있는 범위였다.

'그럼, 보너스 포인트는 어떤 방식으로 적용되지?'

[레벨 업 과정에서 어떤 형태로든 성질을 변화할 수 있는 에너지가 사용자의 신체에 자리 잡습니다. 이것을 통해 사

용자가 원하는 신체 능력을 끌어올릴 수 있습니다.]

'이 에너지만 늘일 방법은 없나?'

그럴 방법이 있다면 굳이 레벨 업을 고집하지 않아도 강해질 수 있었다.

[규정에 어긋날뿐더러, 전체적인 균형에도 어긋납니다. 자칫 그동안 사용자에게 적용했던 모든 것들이 한꺼번에 무너져 내릴 수도 있습니다.]

'그 말은……'

[지금 생각하시는 그대로입니다.]

제닌은 순간 등줄기가 서늘해졌다. 모든 것이 무너진다는 것은 곧 죽음을 의미했기 때문이다.

'결국, 내가 강해지기 위해서는 그 규정이라는 것이 허용하는 범위에서 전력으로 에너지를 끌어모아야 한다는 말이로군.'

[맞습니다. 제가 사용자에게 권했던 제안 역시 그것을 위함이었습니다.]

'그동안 답답했겠네. 날 위해 해주는 조언을 내가 무시하고 있었으니.'

[괜찮습니다. 사용자니까요.]

어딘지 모르게 미묘한 메시지를 끝으로 제닌은 애니와의 문답을 정리했다.

문밖 복도에서 다가오는 기척이 느껴졌기 때문이다.

아직 물어볼 것은 산더미 같았지만, 가장 궁금했던 것은
대충 해결했으니 남은 것은 차차 해결해 가면 될 일이었다.

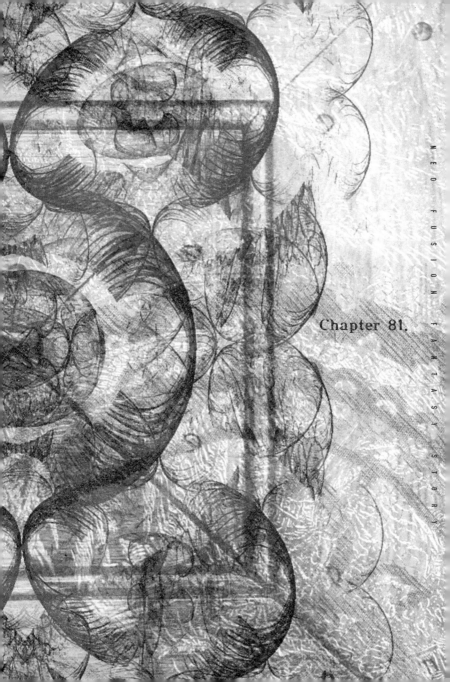

Chapter 81.

Chapter 81.

ROYAL
ROADER

I

"패배를 인정하러 오신 겁니까?"

제닌은 문을 열고 들어오는 뮤테르 공작을 향해 물었다.

"물론 인정합니다. 그와 더불어 주군께 한 가지 여쭙고
싶은 것이 있습니다."

주군이라는 단어의 어감이 상당히 좋았다.

물론 베스란도 줄창 사용하던 단어였으나, 같은 말이라
도 한 나라의 공작이자 무력의 정점을 상징하던 인물의 입
에서 나오니 와 닿는 느낌이 사뭇 달랐다.

제닌은 빙긋 웃으며 고개를 끄덕였다.

"그러시죠."

"제국을, 아니 황제를 어쩌실 생각이십니까?"

제닌의 얼굴에 서린 웃음이 살짝 옅어졌다. 이제는 자신의 휘하에 들어온 사람이 다른 사람을 걱정하는 것을 좋게 볼 수는 없었다.

'하긴. 뭐, 황제와는 수십 년도 더 된 사이니. 존칭을 쓰지 않았으니, 친구에 대한 걱정 정도로 이해해 주지.'

"그쪽에서 먼저 건드리지 않는 이상에는 가만히 놓아둘 생각입니다."

"그럼 떠나도 좋다는 말씀이십니까?"

뮤테르 공작이 반색하며 되물었다.

사실상 제국은 무너진 것이나 다름없었다.

주민 대부분이 기존의 터전을 버리고 모조리 제닌의 성으로 이주한 탓이었다.

다스릴 사람이 억 단위에서 십만 단위로 줄은 상황이니 황제라는 말이 무색할 지경이었고, 다른 귀족들 역시 망한 것이나 다름없었다.

황제는 뮤테르 공작이 라테스로 향하기 전, 제닌의 의향을 물어봐 달라고 부탁했다.

"원하는 대로 하라고 하세요. 단, 재물은 얼마든지 가지고 떠나도 좋지만, 사람은 안 된다고 전하세요."

반색하던 공작의 얼굴이 살짝 굳어졌다.

"그 말씀은……."

"황제와 귀족, 그리고 자발적으로 따라가겠다고 한 사람들까지만 허락합니다. 만약, 억지로 끌려가는 이가 발견될 경우······."

제닌은 말을 살짝 끊고 뮤테르 공작을 향해 기세를 내뿜었다.

"허업!"

뮤테르 공작은 몸을 짓누르는 것 같은 느낌에 저항했으나 얼마 버티지 못한 채 몸을 떨기 시작했다.

"그렇게 전하십시오."

"알겠습니다. 주군. 수하가 된 자로서 주군께 도리에 어긋난 말씀을 드린 것 같아 송구할 따름입니다."

'그래도 기본은 되어 있네.'

제닌은 싱긋 웃으며 한 마디 덧붙였다.

"만약 폐하라는 말을 붙였다면, 이렇게 쉽게 끝나진 않았을 겁니다. 그리고 마지막입니다."

"명심하겠습니다. 주군. 헌데, 넥스트라 제국 쪽에서 출병한 병력을 어떻게 하실 작정이시온지 여쭤봐도 되겠습니까?"

"아! 그거, 안 그래도 이제 갈 건데. 같이 갈까요?"


Ⅱ


"휘유! 많네! 많아! 저게 대체 몇 개야?"

발아래로 내려다보이는 야경은 온통 횃불과 모닥불 천지였다.

"벡스. 책임지고 세어 보도록."

"예? 아니, 그걸 왜 제가……."

벡스의 목소리가 슬며시 커지려는 기미가 보이자 마틴이 황급히 벡스의 입을 틀어막았다.

"벡스. 조용히. 지금이 어떤 때라는 것을 잊은 거냐?"

나직하지만 기세가 담긴 마틴의 목소리에 벡스는 눈동자를 뒤룩뒤룩 굴리며 주변을 살폈다. 모두가 싸늘한 시선으로 그를 노려보는 중이었다.

'다들 왜 나만 미워해?'

억울한 마음이 들었으나, 어디 하루 이틀 겪는 일이던가!

'내가 쿨한 남자니까 그냥 넘어가는 거지, 다른 사람 같았으면 절대 못 참았다고!'

속으로 분한 마음을 삼키는 벡스를 향해 제닌이 물었다.

"벡스야. 일대 백만. 한 번 해볼래?"

그게 무슨 말이냐고 묻고 싶었지만, 입을 틀어막은 마틴의 손 때문에 벡스는 말을 할 수 없었다.

"크크! 그것 재밌겠는데요?"

"저도 찬성입니다. 저놈은 워낙 바보라서 백만 명이랑 붙여 놔도 죽지는 않을 겁니다."

"이왕 보는 것, 내기 어떻습니까? 내기?"

'다들 그게 무슨 말입니까? 백만 명이랑 붙이다니. 다들이 귀염둥이 막내를 죽일 생각입니까?'

"읍! 으읍! 읍!"

벡스가 뭐라 말하는 것 같았지만, 그것을 바라보는 모두의 눈빛에는 한심한 감정이 떠올랐다.

"저거, 그냥 던져 버릴까? 아직도 자기가 뭘 잘못했는지 모르는 것 같은데?"

제닌과 다른 인물들이 자리한 곳은 지름이 오십여 미터쯤 되는 검은색 원반 위였다. 그리고 검은색 원반은 수백 미터 상공에 둥둥 떠오른 상태였다.

아래에 보이는 모닥불과 횃불은 숙영하고 있는 진영을 의미했고, 그들은 넥스트라 제국을 중심으로 한 수백 만의 연합군이었다.

아무리 수백 미터 상공이라 하나, 큰 소리로 떠들면 불침번을 서던 병사들이 무언가 이상함을 느낄 게 자명했다. 자칫 위치가 발각될 수도 있었다.

"마틴, 손 떼."

제닌의 말에 마틴이 벡스의 입을 막았던 손을 떼고 한 걸음 물러섰다.

"대! 읍!"

다시금 소리치려던 벡스의 입이 다물어졌다. 자의가 아닌 무언가 강력한 힘이 그의 턱을 밀어 올린 탓이었다.

"으읍! 읍! 읍!"

신음하는 벡스의 몸은 둥실 떠올라 원반 밖으로 밀려났다.

까마득히 아래로 보이는 야경을 내려다보며 벡스가 팔다리를 휘저어 보았으나, 걸리는 것은 아무것도 없었다.

'서, 서, 서, 설마!'

이대로 던져질까 싶어 벡스의 얼굴이 하얗게 질릴 무렵, 나직한 목소리가 그의 귓가에 들려왔다.

"벡스야. 아래 보이지?"

제닌의 목소리에 벡스는 힘차게 고개를 끄덕였다.

"바닥이 참 멀지? 떨어지면 아프겠네?"

벡스는 더욱 역동적으로 고개를 끄덕였다. 그렇게 아플 테니 제발 떨어뜨리지 말라는 바람이 담긴 고갯짓이었다.

"저기 모닥불 옆에 병사들. 목소리 들려?"

손가락으로 아래를 가리키며 묻는 말에 벡스는 이번에도 고개를 끄덕였다. 발달한 청력이 수백 미터 아래에서 두런거리는 불침번의 목소리를 잡아냈기 때문이다.

"이상하지? 왜 저렇게 멀리 떨어져 있는데도 사람의 목소리가 들릴까?"

'그러게요. 저도 이상한데요?'

눈을 동그랗게 뜨며 바라보는 벡스의 모습에 제닌은 깊은 한숨을 내쉬었다.

"후우······."

벡스는 참으로 한결같았다.

'아무리 사람은 변치 않는 게 좋다고 해도, 저 녀석은 좀 변했으면 좋으련만.'

그냥 바보다. 그것도 구제할 수 없는 바보. 은근한 말로 알아듣게 설명하려 한 자신도 덩달아 바보 같았다.

"한 번만 말할 테니까 잘 들어. 벡스, 너는 앞으로 목소리 내지 마. 너 때문에 들키면 그냥 던져버리고 도망갈 테니까. 알았어?"

이 말은 조금 전까지 이어졌던 말들보다 확실히 벡스의 마음에 와 닿았다. 그야말로 머릿속에 확 꽂히는 협박이었다.

벡스는 필사적으로 고개를 끄덕였고, 원반 밖으로 벗어났던 그의 몸이 다시 안으로 들어왔다.

그러자 여기저기에서 입맛 다시는 소리가 들려왔다.

'쩝! 내기는 끝난 건가?'

'재미있었을 텐데 말이야.'

원반 위에 모인 이들의 숫자는 백여 명가량이었다.

여기에는 옛 십인장 시절의 부하들부터 카일스를 비롯한 라테스의 병사들, 그 밖의 병사 중에서 뛰어난 이들이 선발되었다.

수백 만에 달하는 적군의 숫자에 비하면 한 줌에 불과했으나, 그들에게는 한가지 공통점이 있었다.

모두가 30레벨을 넘어섰다는 점이었다. 다시 말해, 모두가 인텐시브 오러를 발현할 수 있는 소드 룰러라는 의미였다.

거기에 더해 관객으로 참여한 뮤테르 공작까지 소드 룰러였으니 현재 전 대륙을 통틀어 가장 강력한 부대를 꼽는다면 단연코 이들이 될 터였다.

사실 승리라는 쟁점만 놓고 따진다면 굳이 백여 명이나 되는 소드 룰러가 몰려올 필요는 없었다.

제닌 혼자만으로도 충분했기 때문이다.

그가 홀로 밤마다 상공에 나타나 바윗덩이의 비를 뿌려 대면 어떨까?

거기에 군데군데 익스플로전 스톤을 섞어 놓는다면?

아무리 숫자가 많아도 무엇하겠는가!

화살이나 마법이 닿지 못한 곳에서부터 떨어져 내리는 바윗덩이의 비를 보통의 사람들은 절대로 막을 수 없었다.

그렇게 할 수 있음에도 제닌이 굳이 귀찮음을 감수한 것은 미래를 위해서였다.

'되도록 평화적으로 해결해야지. 대가리는 잘라내도 몸통은 최대한 많이 살리는 편이 좋으니까.'

아래에 있는 병력은 분명 적이었다.

그러나 미래를 생각하면 꼭 적이라고 볼 수는 없었다.

같은 인류라는 공통점이 있었기 때문이다.

앞으로 균열이 나타나고 그곳에서 강력한 몬스터들이 쏟아져 나온다면 전 인류가 합심해 그것을 막아내야 했다.

제닌이 그런 생각을 하는 사이, 검은 원반은 다른 막사와 달리 유난히 크고 화려한 막사의 위에 도달했다.

다른 곳보다 삼엄한 경계가 펼쳐져 있었고, 보초를 서는 이들 중에는 일반 병사가 아닌 기사급이나 고위 기사급이 섞여 있었다.

이곳은 연합군의 수뇌부가 모인 사령부 막사이자, 제닌이 목표로 한 곳이었다.

계획은 단순했다.

조용히 침투해 이곳에 모인 이들을 납치한다. 그러면 다음 날 적들은 혼란에 빠질 게 분명했다. 하지만 아직 군데군데 섞인 중간 지휘관들이 남아 있었기에 그들이 모여 대책을 논의할 것이다.

그때, 다시 한 번 나타나 그들을 납치한다. 그렇게 지휘부들을 모두 납치해 버리면 어떻게 될까?

머리를 잃은 몸통은 그 자리에 주저앉거나, 뿔뿔이 흩어질 수밖에 없었다.

단순하지만 효과는 확실한 계획. 하지만 세상에서 오로지 제닌만이 계획하고 실행할 수 있는 작전이었다.

세상의 어느 누가 수백 만에 달하는 병력을 뚫고 단숨에 사령부에 침투하려 들겠는가?

발상도 쉽지 않았으나, 실행은 더더욱 어려웠다.

무려 수백 만에 달하는 병력을 사령부가 알아채지 못하게 조용히 뚫어내야 했기 때문이다.

검은 원반을 활용한 야간의 공중 침투는 세상에서 오로지 제닌만이 계획하고 실행할 수 있는 작전이었다.

스르르륵.

목표지점에 도착한 검은 원반은 서서히 하강을 시작했다. 그리고 지상에서 백여 미터 가량의 높이에 도달했을 때, 그곳으로부터 검은 그림자들이 떨어져 내리기 시작했다.

자유낙하로 속도를 높이던 그림자들은 지상에 가까워질 무렵 급작스럽게 속도가 줄어들더니 안전하게 착지했다. 제닌이 염력으로 그들의 속도를 조절한 탓이었다.

사삭. 사사삭.

옷자락이 스치는 듯한 미세한 소리가 들려왔고, 이어 가죽 부대를 치는 듯한 둔탁한 소리가 연달아 들려왔다.

퍽. 퍼퍽. 퍼억.

그야말로 순식간. 사령부의 경계를 서던 보초들이 모조리 제압되는 데에는 채 일분도 걸리지 않았다.

보초를 처리한 이들은 크고 화려한 사령부 막사 주위를 둥글게 포위했고, 그 사이로 제닌이 나섰다.

'이거, 좀 이상한데?'

조용하게 처리한다 해도 미세한 소리마저 감출 수는 없었다. 게다가 사령부쯤 되면 낌새를 눈치채고 밖으로 나타날 이들이 적어도 한둘은 있을 것이라고 예상했다.

그런데 사령부 막사는 이상하리만치 조용했다.

'미니맵에는 분명 잡히는데 말이야.'

제닌은 슬쩍 오른쪽 위를 올려다보았다. 미니맵에는 사령부 막사 안에 다닥다닥 모인 붉은 점들이 선명하게 표시되고 있었다.

'뭐, 확인해보면 알겠지.'

제닌이 이렇게 생각하며 막사의 입구로 다가설 때였다.

[위험! 고 에너지 반응이 감지되었습니다!]

눈앞에 떠오른 메시지에 제닌은 앞뒤 생각할 것 없이 바닥을 박차며 날아올랐다.

"모두 물러나!"

제닌의 외침이 터져 나왔고, 사령부 막사를 포위했던 이들이 일제히 뒤로 몸을 뺐다. 모두가 소드 룰러에 다다른만큼 신속한 움직임이었다.

화르르륵.

콰쾅!

시커먼 어둠을 품은 구체가 제닌이 서 있던 자리에 꽂히며 폭발했다.

익숙한 공격이었고, 익숙한 광경이었다.

'뭐, 뭐야? 설마! 벌써 부활한 거야?'

[막사 중앙 쪽에서 막대한 에너지가 감지되었습니다. 에너지의 패턴은 흑마력. 리치로 판명됩니다.]

'그렇다는 것은 설마……'

[함정입니다.]

파파팟!

크고 화려했던 사령부 막사가 터져 나갔다. 그 사이로 모습을 드러낸 것은 백이 넘어가는 흑마법사와 이종족들, 그리고 오만한 얼굴로 그 가운데에 선 리치였다.

문제는 리치의 손에 들린 물체였다.

'저게 왜 저기에 있는 거야?'

기하학적인 문양이 새겨진 은색의 상자와 마찬가지의 문양을 가진 은빛의 열쇠였다. 그 중 하나는 분명 얼마 전 제닌이 파괴한 것이었다.

다시 나타날 때까지 최소한 몇 달의 시간이 필요하다는 것이 고작 한 달이 막 지난 시점에서 다시 모습을 드러냈다는 것은 이해할 수 없는 일이었다.

'설마, 가짜였다는 건가?'

[어쩌면 처음부터 일부러 당할 생각이었을 확률이 높습니다. 그렇게 사용자의 안심을 유도한 다음, 몰래 뒤로 빼돌린 유물로 계획을 진행했을 것으로 보입니다.]

제닌은 거대한 망치로 뒤통수를 맞은 듯한 느낌이었다.

'놈의 수작에 내가 놀아났다는 건가?'

[상대가 수백 년이 넘는 세월을 살아온 자라는 것을 간과한 실책입니다.]

'그렇다면, 이곳에서 나를 기다렸다는 것은 이미 그 계획을 실행할 준비가 끝났다는 의미겠지?'

[그렇습니다.]

'빌어먹을!'

우우우웅.

제닌이 실수를 통감하고 있을 때, 기이한 울림이 들려왔다. 그와 동시에 사령부 막사였던 자리에 칙칙한 검붉은 색 문양이 나타났다.

척 보기에도 범상치 않은 광경이었다.

[마법진입니다.]

'이런 썩을!'

불길한 예감이 머리를 스침과 동시에 제닌은 소리쳤다.

"모두 뛰어!"

적어도 마법진이 펼쳐진 자리에 있어서 좋을 건 없다는 생각이었다.

제닌의 말에 함께 왔던 이들이 일제히 자리에서 뛰어올랐고, 제닌은 염력을 발휘해 그들의 몸을 공중으로 끌어 올렸다.

백여 미터를 날아올라 그들이 원반 위에 안착했을 때,

바닥에 그려진 검붉은 마법진은 점차 크기를 늘려가기 시작했다.

"어! 뭐, 뭐지? 바닥에 이상한 게……."

"빛나고 있잖아?"

자신의 발밑에 생긴 마법진을 발견한 병사들은 신기한 물건을 발견한 듯 살펴보았다.

"그런데…… 좀 졸린데?"

"하아아암. 이상하네……."

병사들은 늘어지게 하품하며 픽픽 쓰러지기 시작했고, 그런 그들의 몸은 점차 말라 미라처럼 변했다.

[마법진이 병사들의 에너지를 빨아들이고 있습니다. 균열을 만들기 위한 에너지를 모으는 것으로 추정됩니다.]

"제물! 설마 저들 모두를 제물로 사용하겠다는 건가? 대체 사람을 뭘로 보는 거냐!"

뿌드득!

이가 갈렸다. 하지만 화를 내는 시간조차 낭비였다.

이곳에 모인 병사들은 무려 수백만.

그들 모두를 제물로 사용한다면 어마어마한 양의 에너지를 모을 수 있을 터였다. 그런 에너지로 무언가를 한다면 그것은 그 자체만으로도 재앙이 될 것이 자명했다.

'막아야 해!'

병사들의 목숨도 목숨이지만, 그들의 희생이 불러올 다

음 일이 더 걱정이었다.

제닌은 곧장 인벤토리를 열고 그 안에 담긴 익스플로젼 스톤을 무더기로 꺼냈다.

"이것들 던져! 안쪽에서부터 바깥쪽으로!"

"그러니까, 병사들이 저 마법진에 휘말리지 않도록 하면 된다는 말씀이로군요."

갑작스러운 지시에 눈을 멀뚱거리는 이들과 달리, 뮤테르 공작은 단번에 제닌의 의도를 알아채고 알아듣기 쉽도록 풀이했다.

"맞아! 그러니까 최대한 빨리!"

"알겠습니다! 대장!"

십인장 시절 부하들을 필두로 모두가 익스플로젼 스톤을 집어들고 던지기 시작했다.

"벡스! 뚜껑을 돌리고 던져야지!"

"아! 이렇게 말입니까?"

뿌각!

"아예 부서졌잖아! 적당히 돌리라고! '딸깍!' 하는 소리가 날 만큼만 적당히!"

급박하기 짝이 없는 상황이었건만, 벡스의 어이없는 실수는 모두의 입가에 피식하는 웃음을 불러왔다.

콰쾅! 콰콰쾅!

"으악! 피, 피해!"

"밖으로 도망쳐!"

"밀지 말란 말이야!"

불침번을 서고 있던 병사들은 앞다투어 밖으로 달려가기 시작했고, 잠에서 깨어난 이들 역시 등 뒤에서 일어난 폭발을 발견하고는 달려가기 시작했다.

하지만 그 와중에도 마법진은 꾸준히 크기를 불려 가며 그 위에 있는 사람들의 에너지를 빨아들였다.

'나도 손 놓고 있을 때가 아니지.'

벡스의 어처구니 없는 실수는 긴장감으로 굳어 있던 이들의 마음을 조금이나마 풀어 주었고, 초조한 마음으로 지켜보고 있던 제닌의 정신을 일깨우기도 했다.

'저 녀석이 도움될 때가 있다니.'

알다가도 모를 일이지만, 제닌도 나름대로 역할을 찾아냈다.

"흐읍!"

온몸에 힘을 주어 마력을 끌어낸 후, 허공에 푸른 섬광을 만들어냈다. 그리고 그것을 분열시켜 아래로 쏘아냈다.

목표는 마법진의 중앙에 선 리치였다.

열 번의 분열, 1024개로 늘어난 섬광이 일제히 내리꽂히는 장면은 압권이었다.

하지만 섬광이 리치의 몸을 타격하려는 찰나, 검붉은 빛무리가 장막처럼 일어나 마법진 주위를 뒤덮었다.

투퉁! 투투투퉁!

마치 탄력 있는 고무공을 때린 것처럼 푸른 섬광은 장막을 뚫지 못한 채 사방으로 튕겨 나갔다.

동시에 섬광에 대한 제닌의 통제가 풀어졌다.

"썩을! 다들 조심해!"

튕겨 나간 섬광 일부가 검은 원반을 향해 날아들었다.

쿠쿵!

단단한 합금에 신물질까지 발라 강화한 터라 관통되지는 않았으나, 섬광은 검은 원반의 표면에 맞아 폭발하며 그 위에 있던 이들의 균형을 흐트러뜨렸다.

"어엇! 대, 대, 대장!"

끄트머리에 있던 벡스가 균형을 잃고 떨어지려는 찰나, 그의 몸이 허공에 우뚝 멈춰 섰다.

제닌이 염력을 발동해 그의 몸을 붙들었다.

"벡스! 똑바로 안 할래? 소드 룰러씩이나 되는 놈이 균형도 제대로 못 잡아?"

부하들의 타박이 벡스에게 꽂힌 사이, 제닌은 이를 갈며 다시 섬광을 만들어냈다.

"빌어먹을! 튕겨 낸다, 이 말이지?"

제닌은 섬광을 분열시킨 다음 다시 하나로 합쳤다.

'창! 그것도 오러로 이루어진 창이라니!'

갑작스럽게 느껴지는 막대한 기운에 슬쩍 바라본 부하들의 얼굴에 경악의 표정이 떠올랐다.

'아니! 앞부분을 보면 창보다는 화살 같은데?'

앞부분은 뾰족했고, 다른 곳보다 유난히 더 밝았다. 일단 장막을 뚫어내는 것에 중점을 둔 탓이었다.

"하아앗!"

그 사이 제닌의 기합이 들려왔고, 허공에 머물렀던 창이 눈부신 속도로 쏘아졌다.

콰직!

처음과 다르게 지금은 화살 모양의 앞부분이 장막 안을 파고들었다.

'좋았어!'

섬광의 창은 마치 물고기처럼 뒷부분을 요동치며 검붉은 장막을 파고들려 했고, 창이 파고든 부분의 색깔이 선명한 핏빛을 띠었다. 장막 역시 힘을 집중해 창을 막아선 모양새였다.

파팟!

푸른 섬광의 창은 얼마 버티지 못하고 빛가루로 변해 흩어졌다. 잠깐의 힘겨루기는 수비측의 우세로 끝났다.

그럼에도 제닌의 눈은 오히려 빛났다. 장막을 뚫을 수 있다는 사실을 발견했기 때문이다.

'열한 번? 아니야, 조금씩 강화해서 대비할 시간을 주는

것보다는 단숨에 끝내는 게 좋아!'

제닌은 다시금 섬광을 만들었다. 분열의 횟수가 열두 번으로 늘어났다.

총 4096개의 섬광으로 이루어진 거대한 화살이 모습을 드러냈다. 길이는 처음과 같았지만, 두께는 두 배가량 늘어난 모습이었다.

열두 번의 분열은 그야말로 제닌의 남은 마력을 모조리 소모하는 필살기였다. 제닌은 탈력감으로 얼굴이 하얗게 변한 상태에서도 힘을 모아 기합을 내질렀다.

"하아앗!"

콰지직!

힘차게 쏘아진 섬광의 창은 검붉은 장막을 절반가량 파고들었다. 하지만 파고든 직후, 조여드는 장막의 힘에 점차 중간 부분이 얇아지는 모양새였다. 이대로 있다가는 얼마 지나지 않아 중간 부분이 뚝 잘려나갈 터였다.

제닌은 창백하게 질린 얼굴로 미소를 머금었다.

오른손을 펼쳐 앞으로 내밀었다. 그리고 소리쳤다.

"터져라!"

제닌은 펼쳤던 손바닥을 힘껏 움켜쥐었다.

푸화아악!

장막의 안쪽에서 푸른 빛의 폭발이 일어났다.

다시 천여 개의 작은 섬광으로 쪼개진 칼날이 마법진의

중앙을 휩쓸었다.

빛과 먼지로 이루어진 뿌연 안개가 시야를 가렸다.

"우와! 역시 대장! 대단하십니다!"

"대장! 효과가 있습니다!"

"마법진이 커지는 게 멈췄습니다!"

들려오는 부하들의 목소리를 들으며 제닌은 그대로 자리에 주저앉았다. 극도의 탈력감이 원인이었다.

"허억. 허억. 애니. 상황은?"

[에너지의 파장이 맞물려 센서가 교란된 상황입니다. 회복되는 대로 안쪽의 상황을 표시해드리겠습니다.]

공격이 제대로 먹혔으니 어느 정도 효과를 볼 것으로 예상했지만, 아직 안심할 때는 아니었다. 상황이 확실해지기 전까지는 최대한 대비하는 편이 좋았다.

"혹시 모르니까 멈추지 말고 계속 던져. 최대한 병사들을 멀리 몰아내!"

제닌은 부하들에게 지시한 후 다시금 숨을 몰아쉬었다.

"옙! 알겠습니다!"

잠시 멈췄던 부하들의 손이 다시금 움직이기 시작했고, 병사들은 등 뒤에서 일어나는 폭발을 피해 계속 달아났다.

그 사이 서서히 흙먼지가 걷히며 장막 안쪽의 상황이 드러났다.

'빌어먹을!'

흑마법사와 이종족들의 절반가량은 쓸려나갔으나, 나머지 절반과 중앙의 리치는 멀쩡했다.

'레벨 업을 시행한다.'

한차례 빛무리가 제닌의 몸을 휘감으며 활력과 쾌감을 선사했다.

넘치는 힘을 회복한 제닌이 몸을 일으켰다. 그리고 다시금 섬광을 만들어냈다.

열두 번의 분열, 4096개의 섬광과 함께 다시금 탈력감이 밀려왔다. 태반의 에너지가 빠져나간 탓이었다.

하지만 아직 모자란 듯 보였다.

'한 번 더!'

[위험합니다. 마력이 마이너스가 될 경우, 사용자의 근원 에너지가 소모됩니다. 이는 사용자의 수명에 심각한 악영향을 미칠 수도 있습니다.]

'상관없어!'

수명이고 자시고, 여기서 확실하게 마무리 짓지 못하면 당장 이 자리에 있는 이들의 생명이 위태로워졌다. 그와 더불어 지금 막아 내지 못한다면 장차 멀리 있는 사람들의 안위까지 위태로워질 터였다.

제닌은 마력 결정체를 꺼내 들어 삼키며 분열을 시도했다.

'크으윽!'

마력이 바닥나자 허탈감을 넘어선 통증이 찾아오기 시작했다. 거대한 손으로 온몸의 근육을 쥐어짜는 듯한 느낌이었다.

두 눈에는 핏발이 섰고, 온몸은 풍 맞은 노인처럼 부들부들 떨렸다. 그럼에도 제닌은 기어코 버텨내며 마지막 분열을 완성했다.

열세 번의 분열, 8192개의 섬광으로 이루어진 거대한 창이 허공에 모습을 드러냈다.

보는 것은 물론 저절로 내뿜어지는 기운만으로도 보는 이의 기를 죽이는 어마어마한 위용이었다.

"저, 저게… 대장의……."

"너무 어, 어마어마한데……."

꿀꺽!

잠시 동작을 멈춘 부하들은 마른 침을 삼켜냈다.

그들 자신도 소드 룰러에 다다라 인간을 초월했다고 생각했으나, 지금 눈앞에 보이는 섬광의 창에서는 그런 그들조차 압도하는 거대한 힘이 느껴졌다.

인간의 범주에서는 절대로 이룰 수 없을 것으로 생각되는 무시무시한 힘이었다.

"설마 영주님… 정말 인간이 아니신 건 아니겠지?"

"지, 진짜 신이신 건가? 인간의 멸망을 막기 위해 하계로 내려오셨다는?"

옛 부하들이 아닌, 병사들이었던 이들의 입에서는 이런 말들이 흘러나왔다.

제닌이 구원자로 2차 전직하고, 신관들을 받아들인 뒤로 그의 영토에서는 그를 신의 대리자로 받드는 이들이 나타나고 있었다.

가장 먼저 그것을 받아들인 것은 농부들이었다. 단 하루, 또는 일주일 만에 작물을 성장시키는 일은 그야말로 인간의 영역을 넘어선 신의 역사(役事)였기 때문이다.

그다음은 건설에 참여한 인부들이었다.

몇 시간, 또는 몇 분 만에 건물을 올리는 것 역시 인간의 상식으로는 결코 이해할 수 없는 일이었다.

비록 자신의 손으로 건물을 지었다고는 하나, 그렇기에 더더욱 그들은 제닌을 우러러볼 수밖에 없었다. 그들에게 그러한 능력을 부여한 것이 다름 아닌 제닌이었기 때문이다.

훈련소와 훈련 던전을 이수함으로써 하루아침에 강력한 힘을 얻게 된 병사들도 제닌을 우러러보는 것은 마찬가지였다.

특히, 절망에 빠져 있다가 구원을 얻게 된 옛 크라인 왕국의 유민 출신들은 다른 이들보다 훨씬 열정적으로 제닌을 찬양했고, 그러한 마음은 그들을 신관으로 이끌었다.

신관들이 속속 나타나고, 그들의 손에서 치유와 여러 가지 축복들이 나타나기 시작하자 제닌의 영토는 그를 우러

러보는 또는, 그를 섬기는 이들로 가득한 일종의 성역이 되
어가고 있었다.

후우우웅!

거대한 파공성이 일어났다.

압도적인 크기의, 압도적인 힘을 머금은 창이 공기를 찢
어냈다.

콰지직!

거대한 창의 진행 앞에서 검붉은 장막은 힘없이 꿰뚫렸
다.

'그렇지!'

탈력감을 넘어선 통증 속에서도 제닌은 미소 지었다. 당
황함에 가득 찬 리치의 표정 때문이었다.

"터져라!"

순간 주변의 소리가 사라졌다. 너무도 거대한 소리가 순
간적으로 모든 이의 청각을 마비시켰기 때문이다.

키이이이잉!

잠시 시간이 지나가 날카로운 고막을 두드려대는 날카
로운 고주파 음이 들려왔다.

아래로 드러난 광경은 그야말로 초토화였다.

리치가 자리했던 마법진 중앙에는 거대한 크레이터가
형성되어 있었고, 그곳에 있던 이들은 흔적조차 찾을 수 없
었다.

"대장! 마법진이 줄어들고 있습니다!"

"성공입니다!"

들뜬 부하들의 목소리가 들려왔다. 이에 제닌은 희미한 미소를 머금었다.

'성공인가?'

모든 마력을 소모하고 더불어 근원이 되는 에너지까지 뽑아 쓴 탓에 몸은 고단하고, 지친 상태였다. 또한, 근육을 쥐어짜는 듯한 통증은 아직도 남아 그를 괴롭히고 있었다.

그럼에도 적의 계획을 막아냈다면 제닌은 만족할 수 있었다. 이곳에 있는 이들과 더불어 그를 기다리고 있을 가족들의 위기를 막아냈다는 뿌듯함 때문이었다.

그러나 눈앞에 떠오른 메시지에 제닌의 얼굴은 다시금 심각하게 굳어졌다.

[에너지는 건재합니다. 오히려 크레이터를 중심으로 에너지가 압축되고 있습니다.]

'썩을!'

제닌의 얼굴은 흙빛으로 물들었다.

이제는 남은 게 없었다.

마력은 아예 바닥이었고, 육체는 심하게 지친 상태였다.

또한, 조금 전의 레벨 업으로 경험치 또한 바닥났다.

우우웅. 우우우웅.

크레이터를 중심으로 낮은 울림이 느껴졌다.

단순히 귀를 울리는 소리가 아닌, 온몸을 통해 전해지는 울림이었다.

그것은 거대했고 또한, 불길했다. 모두가 절로 어깨를 움츠리며 팔에 돋아난 소름을 쓸어내렸다.

두근. 두근. 두근.

마치 심장의 박동과 같았다. 다른 점이 있다면 무척이나 불길한 느낌을 전해준다는 것이었고, 시간을 더해갈수록 점차 크기를 더해간다는 점이었다.

두쿵! 두쿵! 투쿵!

커질 대로 커져 거대한 북처럼 모든 이의 고막을 두드려 대던 소리가 어느 순간 뚝 하고 멎었다.

화아아악!

크레이터를 중심으로 검붉은 기둥이 솟아올랐다.

하늘에 닿을 듯 높이 솟아오른 검붉은 기둥은 사방으로 퍼져 나갔다. 음산한 기운을 머금은 검붉은 빛이 온 하늘을 물들였다.

퍼져 나가던 빛이 다시금 한곳으로 모여들었다. 마치 썰물 빠지듯 주변을 물들였던 빛이 검붉은 기둥을 향해 빨려들어가는 듯한 모습이었다.

불안한 눈으로 기둥을 바라보던 병사들이 픽픽 쓰러지기 시작했다.

"헛! 이, 이건!"

"힘이! 빠져나갑니다!"

다급한 부하들의 음성이 들려왔다. 하지만 제닌의 몸 상태는 그들보다 오히려 좋지 않았다.

이미 탈진한 상태에서 갑작스럽게 기운을 빨아들이는 탓에 제닌은 빠져나가려는 힘에 대항하는 것만으로도 힘에 부치는 상태였다.

"빌어먹을! 버텨! 절대로 기운을 놓치지 마! 놓치면 죽는 거야!"

이미 창백하게 변한 부하들의 얼굴을 바라보며 제닌은 울부짖듯 소리쳤다.

그런 제닌의 눈앞에 애니의 메시지가 떠올랐다.

[사용자의 안전에 치명적인 위험이 발생한바, 긴급상황을 발동할 수 있습니다.]

'크윽! 그 긴급상황이란 게 뭔지는 모르겠지만.'

제닌은 이를 악문 상태로 되물었다.

'어쨌든 지금 상황에 도움이 된다는 말이겠지?'

[그렇습니다.]

'그럼 해!'

[긴급상황. 발동합니다.]

지이이잉!

제닌의 심장 어림에서 울림이 일어났다.

작지만 선명한 울림은 크레이터를 향해 빨려나가는 부하들의 기운을 되돌리기 시작했다.

일부는 원래 주인이었던 이의 몸으로 돌아갔으나, 남은 일부는 제닌에게로 향했다.

창백했던 부하들의 안색이 서서히 혈색을 되찾음과 동시에 잔뜩 구겨졌던 제닌의 얼굴 역시 평소의 표정을 되찾았다.

'긴급 상황이라는 게 이런 것이었나?'

주변 이들의 힘을 빌리는 것.

[단순히 그뿐만이 아닙니다. 대비하십시오.]

'응?'

우웅! 우우우웅!

멀리 지평선 너머에서 울림이 전해졌다.

황급히 시선을 돌려보니 지평선 근처에 은은한 빛 무리가 피어오르는 중이었다.

'뭐, 뭐, 뭐야?'

제닌의 눈동자는 경악으로 물들었다.

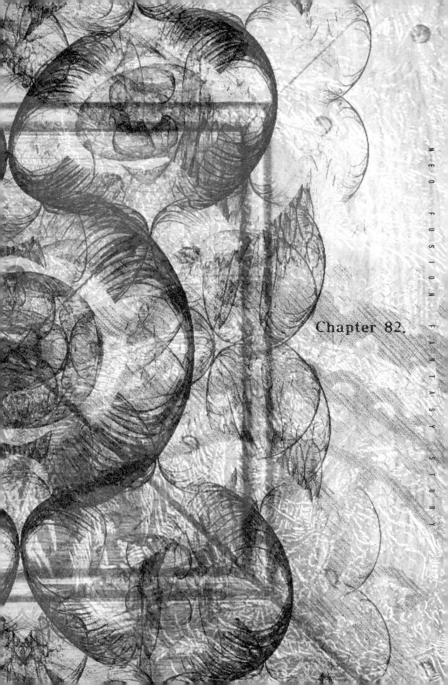

Chapter 82.

Chapter 82.

ROYAL ROADER

I

화아아악!

파도, 아니 해일이었다.

지면을 뒤덮으며 광포하게 밀려온 빛의 해일이 그대로 검은 원반을 집어삼켰다.

빛무리의 혜택은 단순히 제닌에게만 해당하는 것이 아닌, 검은 원반 위에 올라선 모두에게 적용되었다.

"어엇! 이게 무슨!"

"힘이! 갑자기 힘이!"

갑작스럽게 몸속에서 샘솟는 힘에 부하들이 놀람을 감추지 못할 때, 제닌 역시 마찬가지로 놀라고 있었다.

본래 온몸에 활력과 힘이 넘치는 느낌은 레벨 업 직후가

293

가장 강했다. 그런데 제닌이 지금 느끼는 힘은 레벨 업 직
후를 오히려 능가했다. 거기에 더해.

– 띠링!

[레벨 업에 필요한 경험치를 넘어섰습니다.]

듬직한 보험까지 하나 생겨났다.

제닌은 몸에서 들끓는 힘을 음미하며 주먹을 그러쥐었다.

우우웅.

딱히 힘을 주지 않았음에도 보석처럼 빛나는 인텐시브
아우라가 그의 주먹에 맺혔다.

'이거라면.'

바닥까지 떨어졌던 자신감이 다시금 솟아났다.

Ⅱ

불길한 느낌을 물씬 풍기던 검붉은 노을이 사라졌다. 아
니, 대지 위에 우뚝 선 검붉은 기둥으로 빨려 들어갔다.

그럴수록 기둥에서 느껴지는 힘은 강대해졌고 느껴지는
불길함 또한 더욱 커졌다.

키이이잉!

날카로운 소음이 고막을 때렸다.

그와 함께 검붉은 기둥의 가운데에 기다란 실금이 나타
났다.

'시작인가?'

제닌은 바싹 마른 입술을 침으로 적셔가며 기둥의 변화를 주시했다.

드드드드드.

땅이 진동했다.

그리고 점차 커지는 진동의 크기와 더불어 기둥 가운데 생겨난 실금 역시 크기를 더했다.

파직! 파지지직!

무언가가 찢겨 나가는 파열음과 함께 검붉은 기둥은 급작스럽게 갈라졌다.

갈라진 자리에는 시커먼 암흑이 자리했다.

균열이었다.

세로로 길쭉한 균열은 파충류의 눈동자를 연상시켰다.

'어떤 놈일까?'

슬쩍 물음을 띄웠던 제닌은 고개를 가로저었다.

지금 상황에서 중요한 건 의문이 아니었다.

'그래. 저기에서 어떤 놈이 나오든 중요한 건, 놈이 적이라는 사실이지. 그와 더불어.'

제닌의 머리 위에 푸른 섬광이 떠올랐다. 그리고 분열을 시작했다.

열세 번의 분열을 통해 8192개로 늘어난 섬광이 합일했고, 거대한 화살의 모습으로 균열을 겨눴다.

'박살 내버려야 할 존재고!'

제닌은 찌르는 듯한 눈빛으로 균열을 노려보았다. 그리고 그런 그의 시선에 균열의 하단 부가 불룩 솟아오르는 현상이 들어왔다.

"저, 저거……."

"뭐가 나오는 거 맞지?"

부하들은 긴장된 얼굴로 마른 침을 집어삼켰다.

모두의 시선 속에서 불룩 솟았던 균열이 찢어졌다.

쿠웅!

시커먼 털이 돋아난 다리가 대지를 울렸다. 무릎까지의 높이가 벡스의 키에, 두께는 벡스의 서너 배에 달할 정도로 거대한 다리였다. 또한, 군데군데에서 튀는 검붉은 전격은 그 안에 막대한 힘을 품고 있음을 드러냈다.

'와라! 어서 나와라!'

제닌은 섣불리 움직이지 않았다. 한껏 끌어모은 힘으로 다리를 타격하는 것은 힘의 낭비일 따름이었다. 제닌은 시선을 위로 끌어 올리며 상대의 완전한 등장을 기다렸다.

이윽고 다리와 마찬가지로 흉측하고 거대한 팔이 균열을 뚫고 불쑥 튀어나왔다. 그다음 날카롭게 솟은 두 개의 뿔이 몸을 디밀었으며 이어 시뻘건 안광을 내뿜는 눈동자가 모습을 드러냈다.

'지금!'

생각과 동시에 거대한 섬광의 화살이 날았다.

균열을 통해 새로운 세계로 넘어오는 적이 가장 취약할 때를 꼽자면 바로 모습을 드러낸 직후일 터였다. 제닌이 지금껏 기다린 것은 바로 그 순간을 노리기 위함이었다.

– 쿠워어어어어!

그 순간, 상대가 제닌의 공격을 인식했는지 고막이 찢어질 정도의 괴성을 내지르며 팔을 휘둘렀다. 정확히 섬광의 화살이 날아오는 경로였다.

"대, 대장! 공격이!"

벡스가 몸을 부들부들 떨면서 소리쳤다. 점점이 떨리는 목소리에서는 적에 대한 두려움이 묻어났다.

하지만 제닌의 얼굴에는 아직 여유가 남아 있었다.

'처음부터 하나로 만들지 않은 이유가 있다고!'

파삭!

괴수의 팔에 얻어맞은 섬광의 화살은 그대로 부서졌다. 하지만 부서진 파편들은 여전히 공중에 떠있는 상태였다.

"하앗!"

제닌의 입에서 기합이 터져 나왔고, 그와 함께 허공에 떠 있던 섬광의 파편들이 다시금 뭉치기 시작했다. 처음의 하나가 아닌 둘로 뭉친 섬광의 화살이 괴수의 양 눈을 향해 쇄도해 들어갔다.

콰직! 콰지직!

섬광의 화살은 괴수의 눈 깊숙한 곳으로 사라졌고, 대신 검붉은 핏물을 왈칵 쏟아냈다.

'끝났나?'

답은 제닌 자신이 더 잘 알고 있었다.

상처를 입힌 것은 명백했으나, 괴수에게서 느껴지는 기운만큼은 아직 건재했다.

– 쿠워어어어어어!

제닌의 생각을 증명하듯 쩌렁쩌렁한 괴성이 고막을 두드렸다. 그와 함께 시력을 잃은 괴수가 양팔과 다리를 마구잡이로 휘두르기 시작했다.

"다들! 뛰어내려!"

제닌은 그렇게 소리치며 가장 먼저 원반 위에서 뛰어내렸다. 이어 부하들이 분분히 뒤따라 몸을 던지는 것을 확인한 제닌은 검은 원반을 인벤토리에 집어넣었다.

눈동자에 박히고도 뇌까지 도달하지 못한 것으로 볼 때, 괴수의 육체는 무시무시할 정도로 단단했다.

마력의 낭비가 심하지만, 화력은 낮은 원거리 공격보다는 근거리에서 직접 타격을 주는 것이 더 효과적일 듯싶었다. 더군다나 시력을 잃은 지금, 괴수가 할 수 있는 것은 마구잡이식 발악이 한계였다.

"함부로 달려들었다가 괜히 얻어맞으면 뼈도 못 추린다. 그러니까 멀리서들 지켜보고 있으라고. 특히 벡스! 너! 허락 없이 달려들면 죽을 줄 알아!"

제닌은 떨어져 내리던 부하들을 염력으로 잡아 속도를 늦춰준 후 괴수를 향해 날아갔다.

'애니. 놈의 약점은?'

애니의 대답은 약간의 시차를 두고 나타났다.

[죄송합니다. 제가 가진 자료에는 없는 종류입니다.]

'놈들도 그동안 놀고 있지는 않았다는 말이군.'

제닌은 저 괴수가 어디서, 어떻게 온 것인지는 몰랐다. 하지만 한 가지 확실한 것은 이곳의 시간이 흐른 만큼, 괴수가 넘어온 곳 역시 시간이 흘렀을 거라는 점이었다.

애니에게 자료가 없다는 말은 즉, 균열을 통해 이곳을 침공하려는 놈들이 새로운 괴수를 만들어냈다는 뜻이었다.

'인간과 비슷한 형태이기는 하지만, 장기의 위치까지 비슷하리라는 보장은 없겠지?'

이런 생각으로 심장은 목표에서 제외되었다.

'그렇다면……'

제닌은 날카로운 눈빛으로 괴수를 쏘아 보았다. 그의 시선이 주시한 곳은 목덜미, 경동맥이 위치한 곳이었다.

모든 생명체를 통틀어 가장 중요한 곳을 꼽아 보자면 단연코 첫손가락에 꼽히는 게 머리였다. 때문에, 그곳으로 향하는 혈관의 손상은 치명적인 타격을 줄 수 있었다.

쉬이이익!

제닌의 몸은 바람을 가르며 괴수의 목으로 날아들었다. 시위를 떠난 화살과 비교해도 밀리지 않을 듯한 속도였다.

– 쿠워어어어어!

괴수는 여전히 팔다리를 마구잡이로 휘두르며 발광하고 있었고, 제닌의 몸은 정확히 그 사이를 파고들었다.

서걱!

섬뜩한 소리와 함께 짜릿한 감각이 손아귀를 타고 전해졌다.

'베었다!'

확신과 함께 괴수의 목이 쩍 벌어졌다. 2미터에 달하는 대검의 칼날이 거의 보이지 않을 정도로 파고들어 만들어 낸 깊숙한 상처였다.

벌어진 상처로부터 검붉은 핏물이 꾸역꾸역 밀려 나오기 시작했다.

'성공…….'

후우우웅!

제닌이 성공을 확신하는 찰나, 거대한 파공성이 그를 노리며 짓쳐 들어왔다.

그것을 제닌이 인식한 순간, 괴수의 거대한 주먹은 이미 그의 눈앞에 다다른 상황이었다.

피하기는 너무 늦었다.

제닌은 남은 마력을 끌어모아 보호를 발동하며 염력을

사용해 주먹이 날아드는 반대 방향으로 몸을 날렸다. 조금이라도 충격을 덜어보려는 노력이었다.

파캉!

보호막은 속절없이 깨져 나갔다. 정확히는 모르겠으나, 괴수의 주먹질은 단순한 힘이 아닌 마력을 무너뜨리는 모종의 힘이 가미된 공격으로 보였다.

'크윽! 썅!'

제닌은 보호막이 깨져 나가는 반발력까지 이용해 최대한 몸을 피하려 했지만, 그런 노력에도 괴수의 주먹은 어마어마한 힘을 내재한 체 그의 몸을 때렸다.

콰지지직!

단순히 소리만으로도 소름이 돋을 정도로 끔찍한 소리가 울려 퍼졌다. 적어도 온몸의 뼈란 뼈가 모두 부러져 나가는 듯한 소리였다.

"대, 대장!"

"안 돼!"

멀찌감치 떨어져 있던 부하들이 광분하며 달려왔다.

물 위를 튕기는 납작한 돌처럼 제닌의 몸은 땅바닥을 통통 튀기며 날아갔다. 그는 그렇게 백여 미터 이상을 날아가서야 비로소 대검으로 바닥을 찍으며 몸을 멈출 수 있었다.

"쿨럭!"

반쯤 벌어진 입을 통해 피거품이 꾸역꾸역 새어 나왔다.

뼈는 물론 내장까지 상했다는 증거였다.

통증은 아득했고 정신은 혼미할 정도로 흐렸다. 그런 와중에서도 제닌은 겨우 한 단어를 완성해 냈다.

'레벨… 업.'

화아아악!

한 차례 빛무리가 그의 몸을 휘감은 후, 그는 다시 멀쩡해진 상태로 돌아왔다.

그런 그의 시야에 들어온 것은, 괴수를 향해 달려드는 부하들의 모습이었다.

그런 부하들을 바라보며 괴수의 명치 부근에 기다란 균열이 일어났다.

'저건…….'

기다란 호선을 그리던 균열이 살짝 열렸다. 그 사이로 숫자를 헤아릴 수 없을 정도로 많은 뾰족한 물체들이 모습을 드러냈다.

'이빨! 저게 입이란 말이야?'

위치는 명치였지만, 그것이 입이라는 것을 인식하자 제닌은 괴수가 히죽 웃고 있다는 사실을 깨달았다. 그의 몸통은 부하들이 달려드는 방향을 정확히 바라보고 있었다.

'저게 입이라면…….'

제닌의 시선이 괴수의 양쪽 어깨에 돋아난 검은 구슬 같은 것에 꽂혔다.

'저게 눈! 그렇다면!'

서늘한 느낌이 등줄기를 적셨다.

'함정! 함정이었어!'

"물러나! 물러나라고! 이 병신들아!"

제닌은 부하들을 향해 악을 쓰며 날아올랐다.

애초부터 머리는 미끼였다.

눈을 공격당하자 시력을 잃은 것처럼 꾸며 제닌을 유인했다.

'머리를 쓴다. 그것도 인간의 사고를 꿰뚫고 방심을 유도했어. 인간을 상대하는 방법을 잘 안다는 뜻이야.'

제닌의 목소리를 들었는지, 달려들던 부하들이 걸음을 멈췄다. 그리고 주춤주춤 물러나기 시작했다.

괴수는 여전히 명치의 입으로 히죽 웃으며 기다란 팔로 바닥을 훑었다.

작게는 어린아이 머리만 한 크기부터, 크게는 사람 몸통만 한 돌덩이들을 한 아름 움켜쥐고는 부하들을 향해 뿌렸다.

파파파파파팟!

쏘아진 돌덩이는 발석차의 그것과는 비교하기가 미안할 정도로 무자비한 속도였다.

부하들이 아무리 소드 룰러이고 인간을 초월했다고 해도, 저런 것에 맞서서는 시체조차 온전히 보존할 수 없을 듯했다.

'빌어먹을!'

속이 바짝바짝 타들어 갔지만, 현재 제닌이 할 수 있는 것은 아무것도 없었다.

그러기에는 거리가 너무 멀었다. 그가 날아간 쪽과 부하들 사이에는 괴수가 있었다. 즉, 괴수를 사이에 둔 정반대 방향이라는 뜻이었다.

'이 개 같은 자식이!'

마냥 두고 볼 수도 없었다. 놈에게 시간을 주면 줄수록 위험해지는 것은 부하들뿐이었다.

제닌은 염력을 최대로 발휘해 속도를 높이며 점차 커지는 괴수의 등판을 노려보았다.

"엎드려!"

멀리서 마틴의 것으로 보이는 목소리가 들려왔다.

콰콰콰쾅!

뒤이어 폭발음도 들려왔다.

제닌의 입가에 비로소 미소가 스쳤다.

'마틴! 최고의 판단이다!'

절체절명의 순간 익스플로젼 스톤의 폭발력을 이용해 날아드는 돌덩이들의 궤도를 바꾼 것이었다.

물론 괴수가 내던진 돌덩이들의 무시무시한 속도를 정면으로 막을 수는 없었다. 그러나 밑에서 살짝 밀어 올리는 것만으로도 돌덩이들은 부하들을 지나쳐 그들의 등 뒤로 떨어져 내렸다.

제닌은 다급한 순간에도 최고의 판단을 내린 마틴을 칭찬하며 손에 잡힐 듯 다가온 괴수의 등판에 집중했다.

'머리를 미끼로 만들 정도라면 장기의 위치 또한 어디에 있을지 몰라. 그렇다면!'

서늘한 빛을 뿜는 제닌의 눈빛이 괴수의 어깨를 향했다.

서걱!

영롱한 광채를 머금은 대검이 괴수의 어깨를 가르며 지나갔다.

'사지를 잘라내 전투력을 무너뜨리는 게 최선이다!'

이번에도 손잡이 부근까지 파고 들어가 베어내는 깔끔한 일격이었다.

하지만 제닌의 얼굴은 그리 밝지 못했다. 쩍 벌어졌던 상처가 순식간에 아물어 버렸기 때문이다.

'뭔 놈의 재생력이!'

놀라고 있을 시간은 없었다.

후우우웅!

어느새 몸을 돌린 괴수가 거대한 주먹으로 제닌을 내리찍고 있었다.

제닌의 몸이 폭발적으로 튀어 올랐다. 염력을 사용했다는 것은 기존과 같았으나, 방식은 달랐다.

기존의 방식이 손으로 잡은 듯 들어 올린 것이라면 지금은 공격하듯 후려치는 방식이었다.

다리에 단단히 힘을 주고 발바닥을 후려치는 방식을 사용하자 괴수의 공격은 그의 발바닥보다 훨씬 낮은 곳을 허무하게 가르며 지나갔다.

그러나 제닌의 표정은 여전히 암담하기만 했다.

'피하는 건 문제가 없는데…….'

문제는 적에게 결정타를 날릴 무기가 없다는 점이었다. 이대로 가다가는 계속 피하기만 하다가 힘이 빠질 터였다.

후우우웅!

다시금 떨어져 내린 주먹을 피해낸 제닌은 대검에 온 힘을 집중했다.

대검에 영롱한 광채가 어렸고 이내 투명하게 변했다.

비록 보이지는 않지만 마나를 다루는 이라면 바라보는 것만으로도 모골이 송연해질 정도의 막대한 기운이 느껴졌다.

인텐시브 아우라의 상위단계, 소울 아우라였다.

'비록 물리적인 타격력은 거의 없다지만.'

일단 가지고 있는 수단은 모두 동원해보아야 했다. 이미 피하는 것에는 자신 있었으니, 통하지 않았을 때의 일은 천천히 생각해도 된다.

제닌의 공격이 자신에게 별 해가 되지 않음을 깨달았는지, 양어깨에 달린 괴수의 시선이 멀찌감치 떨어진 부하들에게로 향했다.

다람쥐처럼 요리조리 피하는 제닌을 상대로 힘을 낭비하기보다는 손쉬운 먹잇감을 먼저 처리하려는 의도로 보였다.

팔을 아래로 늘어뜨려 돌덩이를 한 움큼 집어드는 괴수를 향해 제닌은 이를 악물며 날아들었다.

"네 상대는 나란 말이다! 이 빌어먹을 자식아!"

투명한 소울 아우라를 휘감은 대검이 돌덩이를 던지려 한껏 젖혀진 괴수의 어깨를 찔렀다.

콰지직!

검은 구슬을 꿰뚫으며 박힌 대검을 통해 움찔거리는 느낌이 전해졌다.

'통한다?'

제닌의 얼굴에 환하게 밝아지려는 찰나, 괴수의 명치가 벌어지며 흉측한 이빨들이 모습을 드러냈다.

- 끼에에에에에엑!

그야말로 고막을 찢어발길 정도로 날카로운 괴성이었다.

순간 마력을 운용해 청력을 보호했음에도 정신이 아득해질 정도의 충격이 느껴졌다.

머리가 깨질 듯한 통증 속에서도 제닌은 히죽 웃었다.

'통한다는 말이지?'

괴수의 어깨에서 대검을 뽑아낸 제닌은 다른 쪽 어깨에 자리 잡은 검은 구슬도 마저 깨버렸다.

그러자 다시 한 번 괴수가 발광하기 시작했다.

혹시나 이번에도 함정일지 모른다는 생각에 제닌은 최대한 조심스럽게 움직이며 괴수의 어깨를 베어냈다. 그리고 그 자리에 활성화 시킨 익스플로젼 스톤을 집어넣었다.

스르륵.

곧바로 아물어 버리는 상처. 그러나 얼마 지나지 않아 상처 주변에 울룩불룩한 기포가 생겨나기 시작했다.

그것을 바라보던 제닌이 슬쩍 몸을 피한 직후, '뻐엉!' 하는 폭발음과 함께 괴수의 팔이 떨어져 내렸다.

- 키에에에에엑!

다시금 괴수의 비명이 들려왔으나 제닌의 시선은 오로지 팔이 잘려나간 어깨에만 머물 따름이었다.

스르륵.

상처가 아물었다. 하지만 잘려나간 팔이 다시 돋아나지는 않았다.

제닌의 얼굴에 비로소 진득한 미소가 맺혔다.

'넌 이미 죽었어. 자식아!'

얼마 지나지 않아 괴수는 사지를 잃었고, 몸통 곳곳에 구멍이 뚫린 채 숨이 끊어졌다. 이목구비나 각종 장기의 위치는 제각각이었으나 심장만큼은 역설적으로 인간과 같았다.

가슴 한복판.

괴수의 심장은 가장 중요한 장기인 만큼 다른 부분보다 유난히 재생력이 좋았다. 아무리 찌르고 잘라내도 곧장 재생해내는 통에 제닌은 결국 익스플로젼 스톤을 사용해야 몸통 자체를 완전히 폭발시켜야 했다.

비록 난관이 있기는 했으나 이로써 제닌은 괴수에 대한 완벽한 공략법을 만들어냈다.

"후우……."

움직임을 완전히 멈춘 괴수의 몸통을 바라보며 제닌은 깊은 한숨을 내쉬었다.

"어쩐지 진이 빠지는 기분이군."

마력은 아직 충분히 남았으나, 정신적인 피로는 상당했다. 자신은 물론, 부하들의 생명까지 걸린 전투의 피로도는 제닌의 생각보다 훨씬 컸다.

"이제 끝인가?"

쿠쿵!

마치 제닌의 중얼거림에 화답이라도 하듯, 땅울림이 일어났다. 울림이 일어난 쪽을 바라보니 지면을 디디고 우뚝 선 괴수의 모습이 눈에 들어왔다.

"쓸! 이번엔 두 마리냐?"

한숨이 흘러나오는 상황이었으나, 절망적이지는 않았다.

괴수 공략은 공략법을 찾아내기까지의 과정이 힘들 뿐, 공략법을 알아낸 이상에는 조금 격렬한 운동거리에 지나지 않았다.

쿵쾅! 쿵쾅! 쿵쾅!

지축을 울리며 달려오는 두 마리의 괴수를 바라보며 제닌은 부하들에게 소리쳤다.

"다들 그냥 도망가! 내가 알아서 할 테니까!"

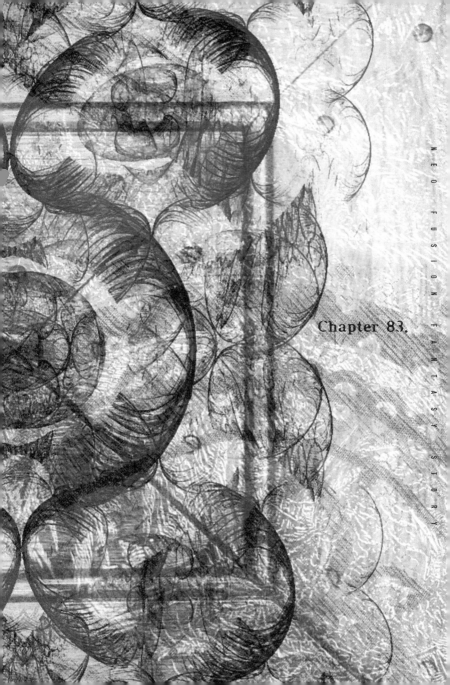

Chapter 83.

Chapter 83.

ROYAL
ROADER

I

"허억! 허억! 허억!"

제닌의 양어깨가 눈에 띄게 들썩였다.

약간 떨어진 곳에는 거대한 덩치를 가진 괴수 두 마리가 쓰러져 있었는데 각각 한 마리는 상체가, 다른 한 마리는 하체가 사라진 모습이었다.

두 번째 나타난 놈들은 처음의 괴수와는 달랐다.

비록 겉모습은 같았으나, 숨겨진 눈과 입이라든지, 각종 장기의 위치가 전혀 달랐던 것이다.

게다가 가죽과 근육, 뼈의 강도 또한 확연하게 강해졌다.

전에는 소울 아우라를 둘러도 대검의 공격력만으로 가죽과 근육을 갈라냈었는데, 이제는 그게 통하지 않았다.

313

결국, 제닌은 인텐시브 아우라를 사용해 대검을 박아 넣은 후, 재빨리 소울 아우라로 변환하는 방법을 사용해야 했다.

제닌의 지친 모습은 그가 이 방법을 고안하고 실전에 사용하기까지 수십 번의 시행착오를 겪었기 때문이다.

"빌어먹을! 이건 꼭!"

제닌은 분에 찬 표정으로 입술을 꾹 다물었다.

'날 시험하는 것 같잖아!' 라는 생각이 머릿속에 맴돌았지만, 어쩐지 그 말을 내뱉으면 그대로 이루어질 것 같은 불길한 마음이 들었다.

간신히 만들어 놓은 공략법은 쓰레기로 전락했다.

또한, 다음에 나타나는 놈들도 두 번째 놈들처럼 변화한다면 이번 두 마리를 상대하면서 알아낸 것 역시 별 의미가 없을 터였다.

'설마, 계속 나오는 건 아니겠지?'

쿠쿵!

말이 씨가 됐다.

'이런 제길! 내가 무슨 말을 한 것도 아니고! 그냥 생각만 한 것뿐인데!'

억울한 마음이 들끓었으나, 가만히 있으면 그 억울함만 더 커지는 결과를 불러올 터. 제닌은 재빨리 공중에 몸을 띄워 괴수들의 시야에서 벗어났다.

괴수들의 공격이 닿지 않을 높이까지 솟아오른 제닌은 인벤토리에서 각종 물약을 꺼내 들이켰다.

부하들이 이미 멀리 떨어진 것을 확인했기 때문에 부릴 수 있는 여유였다.

다시 나타난 괴수의 숫자는 셋.

"훗! 네 마리가 아닌 것을 다행이라고 해야 하나?"

애써 우스갯소리를 해 보았으나 잔뜩 구겨진 표정은 전혀 풀어지지 않았다.

- 쿠워워워!

사방을 두리번거리던 괴수 중 하나가 제닌을 발견했다.

"하하하! 내가 지금은 좀 곤란하니까, 조금만 기다려 달라고!"

제닌은 손까지 흔들며 웃어 주었으나, 돌아오는 것은 결코 웃음 같은 평화의 몸짓이 아니었다.

휘이익!

괴수의 팔이 공중을 갈랐다.

하지만 제닌이 떠오른 위치는 괴수 키의 두 배. 괴수의 팔이 아무리 길어도 닿을 범위를 훌쩍 벗어난 높이였다.

"헛!"

문제는 닿았다는 점이었다.

황급히 염력으로 몸을 쳐올린 탓에 아슬아슬하게 피하기는 했으나, 웬만한 검보다 날카로운 손톱이 달린 괴수의 팔은 분명 그가 있던 높이를 할퀴고 지나갔다.

"설마, 팔이 늘어난 거야?"

제닌은 황당한 표정을 지으면서도 속이 탔다.

'대체 이것들은 얼마나 더 변하는 거냐? 이대로 가다가는 결국 못 막는다는 거잖아?'

[방법이 있습니다.]

'응?'

눈앞을 스쳐 간 애니의 메시지에 제닌은 절로 되물었다.

'정말, 방법이 있어?'

[균열의 에너지 상태를 자세히 조사한 결과, 몬스터를 이곳으로 소환할수록 균열을 유지하는 에너지가 점점 줄어든다는 점을 발견했습니다.]

제닌의 얼굴에 화색이 돌았다. 줄어든다는 것은 언젠가는 끝난다는 말이었다.

'앞으로 몇 번이나 남았는데?'

대답은 이번에도 약간의 시차를 두고 떠올랐다.

[앞으로 열 번 남짓입니다.]

잠시 밝아졌던 제닌의 얼굴이 흙빛으로 물들었다. 처음보다 오히려 더 상태가 좋지 않았다.

잠시 희망이 떠올랐다가 사라졌기 때문이다.

이른바 희망고문이었다.

'이번을 막는 것도 힘겨운데, 열 번을 어떻게 막아! 차라

리 그냥 죽으라고 하지?'

[사용자께서는 이번과 그 다음번까지만 막아주시면 됩니다. 그다음은 저에게 맡겨 주십시오.]

'정말 방법이 있다는 거야?'

[그렇…습니다.]

어쩐지 중간에 들어간 말 줄임표가 살짝 신경이 쓰였으나, 지금 중요한 것은 애니의 말투가 아니었다.

'좋았어!'

거무죽죽하게 죽어 있던 제닌의 안색이 제 빛을 찾았다.

휘익! 휙! 휘이익!

잠시 애니와 대화를 나누는 사이, 괴수들의 팔이 그가 있는 자리를 노리며 날아들었다.

염력으로 피하며 아래를 살펴보니 평소보다 몇 배는 길면서 칼날처럼 날카롭게 변한 팔의 모습이 눈에 들어왔다.

'젠장! 이건 무슨 놈의 몸이 이래? 온몸이 무기야?'

칼날처럼 변한 팔만 보더라도 이전에 나타난 괴수보다 까다로웠다. 팔이 이럴진대, 다른 곳은 또 얼마나 강해졌을지 걱정이 밀려왔다.

'뭐든 일단 한번 부딪쳐 보자고!'

이번, 그리고 다음이라는 말에 다시금 힘을 얻은 제닌이 아래로 몸을 쏘아냈다.

어지러이 몸을 노리는 괴수의 팔들을 피해내며 한 놈의 어깨에 다다른 제닌이 대검을 휘둘렀다. 영롱한 광채를 뿜는 인텐시브 아우라가 양껏 제 존재감을 과시했다. 그러나 기세 좋게 날아간 대검이 얻어낸 성과는 미미했다.

카캉!

제닌의 눈동자가 한껏 커졌다.

'보호막? 아니, 이건! 반칙이잖아!'

괴수의 몸 주변에 서린 검붉은 막을 바라보며 제닌은 암담한 표정을 지었다. 그것도 잠시, 제닌은 곧바로 날아든 괴수들의 팔을 피해 어지러이 움직여야 했다.

'이건 대체 어떻게 공략하라는 거야? 애니, 뭐 알아낸 것 없어?

[잠시만 기다려 주십시오. 현재 괴수의 에너지 패턴을 분석 중입니다.]

슉! 쉭! 쐐액!

괴수들의 공격은 갈수록 날카로워졌다.

한 번은 높이 떠올라 아예 팔의 사정거리 밖으로 벗어나 보았으나, 오히려 죽을 뻔했다. 팔을 원상태로 돌린 괴수들이 한 움큼씩 집어든 돌덩이를 던져댔기 때문이다.

팔은 차라리 피하기라도 쉽지.

제닌이 떠 있는 공간을 완전히 뒤덮으며 날아드는 돌덩이 공격에 제닌은 황급히 다시 내려올 수밖에 없었다.

조금 더 자세히 설명하자면, 어떻게든 시간을 벌어보려 펼친 보호막이 쉴 새 없이 날아드는 돌덩이 세례에 너덜너덜해진 뒤였다.

　　제닌은 곧바로 괴수들 사이로 뛰어들었다.

　　외곽에서 피하는 것보다는 놈들의 사이에서 피하는 것이 낫다는 것을 깨달았기 때문이다. 놈들은 셋이고 팔은 여섯이었다. 그것도 십여 미터에 달할 정도로 길었다.

　　공간이 넓다면 얼마든지 협공을 펼칠 수 있었지만, 좁은 공간에서는 서로의 팔이 꼬이는 탓에 오히려 빈틈을 만들기 쉬웠다.

　　카캉!

　　하지만 빈틈을 노리며 휘두른 공격은 어김없이 막히기 바빴고, 제닌은 오로지 회피에 몰두하며 애니의 분석 결과를 기다릴 수밖에 없었다.

　　[뒤!]

　　'응?'

　　눈앞을 스친 애니의 경고에 제닌은 반사적으로 몸을 숙였다.

　　후우우웅!

　　서늘한 바람 소리가 그의 뒤통수를 스쳐 갔다.

　　[괴수의 에너지 패턴을 파악했습니다. 모두 네 개체입니다.]

'네 마리?'

[한 개체는 주변에 몸을 동화하는 방법으로 은신한 상태입니다.]

'은신까지? 뭐, 이런 것들이 다 있어?'

슬쩍 눈을 돌려 뒤를 살펴본 제닌은 달빛이 기묘하게 뒤틀린 듯한 공간을 발견했다.

'저건가?'

[미니 맵에 위치를 표시했습니다.]

'그런데 기운도 전혀 느껴지지 않는데? 넌 어떻게 놈의 위치를 파악한 거지?'

[은신한 개체 역시 미약하게나마 기운을 흘리고 있습니다. 다만, 다른 개체들이 뿜어내는 기운이 워낙 막대해 그것이 묻혀 버렸을 뿐입니다.]

세 마리만 해도 벅찼던 것이 네 마리가 되었다. 더욱이 모습을 발견하기도 어려운 놈이었다.

'살의가 느껴져. 꼭 누군가 내가 죽기를 바라는 것 같단 말이지.'

[저는 아닙니다.]

'그럼, 벡스인가?'

제닌은 피식 웃으며 다시금 날아들기 시작한 괴수들의 팔을 피해내는 데 집중했다.

'그런데 공략법은?'

# II

제닌의 영토는 밤에도 어렵지 않게 활동할 수 있을 정도로 밝았다.

집집마다, 그리고 도로의 중간마다 늘어서 주변을 밝히는 마력 등 덕분이었다.

픽. 피픗!

불야성을 이루었던 성에 갑작스러운 암전이 찾아들었다.

"뭐, 뭐야?"

"왜 갑자기 어두워진 거지?"

어리둥절한 사람들이 거리로 뛰쳐나왔다. 그리고 암전 속에서도 은은한 빛이 뿜어지는 곳을 향해 걸어갔다.

빛의 근원은 성의 어디에서나 볼 수 있도록 높다란 단위에 세워진 제닌의 동상이었다.

제닌은 민망하다는 생각에 자신의 모습을 딴 동상을 세우기를 반대했으나, 신도들이 자신을 선명히 떠올릴수록 얻을 수 있는 에너지가 많다는 애니의 설득에 어쩔 수 없이 허락할 수밖에 없었다.

동상이 세워진 곳은 넓은 광장이었고, 성안에 머무는 주민 대부분이 그곳에 나와 갑작스러운 암전에 대해 수군거렸다.

"설마, 그분께 무슨 일이라도 생긴 건 아니겠지?"

"설마! 무적이신 그분께 큰일이 생길 리가 있겠나? 그냥 단순히 무언가가 고장 난 게 아닐까?"

"아니면 그분께서 우리에게 전하실 말씀이 있어 이렇게 불러모았을 수도 있고 말이야."

사람들의 수군거림이 점차 크기를 더해갈 무렵, 하얀 신관복을 걸친 인물이 광장 중앙의 단상 위에 올라섰다.

그의 이름은 가스, 제닌이 받아들인 최초의 신관이었다.

온화한 표정으로 사람들을 살피던 그가 입을 열었다.

"그분께서는 매우 힘겨운 싸움을 하고 계시오."

나직하지만 부드럽게 사람들의 귓가를 파고든 가스의 목소리에 수군거림이 일순 멎었다. 그리고 사람들의 시선이 가스가 올라선 단상 위로 모여들었다.

"사악한 무리가 있었소. 고대에 인류를 멸망시켰던 균열을 다시 일으켜 세상을 멸하려는 무리였소. 그분의 영토 전역에 퍼져 있는 몬스터 홀 역시 그들의 짓이었소. 그들은 몬스터 홀을 키우기 위해 인간을 몬스터의 먹이로 던지는 짓까지 서슴지 않던 자들이오."

곳곳에서 마른침 삼키는 소리가 들려왔다.

"그런 악랄한 자들이!"

분노에 찬 소리를 내지르는 이도 있었다. 주로 몬스터에게 가족이나 지인을 잃은 이들이었다.

"진정들 하시오. 그분께서는 그들의 의도를 알아채고 막기 위해 싸우셨고, 그들 모두를 물리치셨소."

바짝 긴장했던 사람들의 얼굴이 비로소 풀어졌다. 그중에는 가슴을 쓸어내리며 안도의 한숨을 내쉬는 이들도 있었다.

"하지만!"

가스는 잠시 말을 끊으며 주변을 둘러보았다.

잠깐 풀어졌던 사람들의 표정이 조금 전보다 더욱 강한 긴장으로 조여졌다.

"사악한 무리가 사라지며 마지막으로 심어 두었던 악의 씨앗이 있었소. 그 씨앗은 수만 명의 생명을 머금어 발아했고, 마침내 현현하기에 이르렀소. 그리고 그분께서는."

가스는 다시 말을 끊었다가 결연한 표정으로 말을 이었다.

"전 인류의 생명을 어깨에 지고 홀로 외로운 싸움을 하고 계시오."

"그럴… 수가!"

"당장 일어나시오! 우리도 나가서 싸워야 하오!"

"맞소! 지금 당장 무기를 들고 나갑시다!"

"신관님! 그곳이 어딥니까!"

수군거림이 들불처럼 일어났다.

성질 급한 일부는 벌떡 일어나 집으로 달려가고 있었다.

황제나 왕, 귀족이 위험하다는 말이었다면 그들은 절대로 지금처럼 끓어 오르지 않았을 것이다. 오로지 제닌이었기 때문에 모두가 한마음으로 분기를 떨치는 것이었다.

굶주림에 시달리기보다는 더 편하고 안락한 삶을 위해 일하는 세상.

자식에 대한 걱정보다는 성장한 자녀가 훗날 어떤 모습이 될까를 기대하는 세상.

하루에도 몇 번씩 생명의 위기를 느끼며 떨어야 했던 과거를 생각하면 지금 그들이 사는 곳은 천국이었다.

그리고 그들을 그러한 곳으로 이끈 것이 바로 제닌이었다.

솔직히 그들이 무슨 대의가 있어 제닌을 따르는 것이 아니었다. 그보다는 그저 그들이 지금 누리는 안락한 삶을 잃어버리기 싫다는 이유가 컸다.

만약 제닌이 사라진다면, 그리고 예전의 귀족들이나 왕이 돌아온다면.

그때의 삶은 상상조차 하기 싫었다.

아예 지금과 같은 삶을 맛보지 못했다면 모를까, 한 번 누려본 이상 예전의 지옥과 같은 생활은 절대로 겪고 싶지 않은 게 그들 모두의 심정이었다.

"잠깐!"

7

가스가 손을 내저어 주민들의 시선을 다시 끌어모았다.

"그곳은 매우 멀다오. 어쩌면 지금 출발해 전력으로 달려간다 해도 너무 늦소."

"그럼 어떻게 해야 합니까?"

"방법을 말씀해 주십시오!"

"그분을 돕고 싶습니다!"

열화와 같은 사람들의 성원에 가스는 은은한 미소를 지으며 입을 열었다.

"기원하시오. 그분께서 안전하시기를. 그분께서 강력한 힘으로 적을 물리치시기를. 그분께서 승리하시기를! 모두가 한마음 한뜻으로 기원한다면, 그분의 승리는 그대들로 인함일 것이오."

대답은 없었다.

풀썩!

쿵!

쿠웅! 쿵!

대신 광장 곳곳에서 무릎 꿇는 소리가 연이어 들려왔다.

사람들은 눈을 감고 손을 모았다.

저마다 입에서 흘러나온 나직한 읊조림이 광장 전체를 기분 좋은 속삭임으로 물들였다.

제닌의 동상에 서린 빛이 점차 강해졌다.

쉭! 쉬익!

쾅! 콰쾅!

괴수들의 싸움 방식은 갈수록 정교해졌고 날카로워졌다. 그와 더불어 저마다 따로 놀던 방식에서 점차 협공의 형식을 갖춰갔다.

두 마리는 팔을 원상태로 돌려 주먹질을 했고, 다른 하나는 여전히 칼날과 같은 팔을 휘둘러 제닌을 노렸다.

특히 문제는, 은신해 있는 마지막 하나였다.

제닌은 괴수가 땅을 후려친 충격파에 얻어맞아 땅바닥을 굴렀다.

"커헉! 쿨럭! 쿨럭!"

옆구리가 뻐근한 느낌이 들었고, 자욱한 흙먼지에 기침이 터져 나왔다.

쉭!

'제길!'

제닌은 땅바닥을 데굴데굴 굴러 자리를 피했다. 하지만 그를 기다린 것은 검붉은 기류를 휘감은 괴수의 주먹이었다.

놈들의 보호막은 단순한 방어의 용도가 아닌 공격용으로도 충분히 강력했다. 현재 제닌의 힘으로는 뚫어낼 방도가 없었기 때문이다.

'애니! 대체 언제까지 기다리라는 건데?'

제닌은 염력으로 몸을 때려 주먹을 휘두르는 괴수의 몸 안쪽으로 바짝 파고들며 물었다.

[조금만, 기다리시면 됩니다.]

'쌍! 아까부터 계속 조금만이라고 했잖아!'

급박한 상황 탓에 저도 모르게 욕설이 튀어나왔다.

[죄송합니다. 이제 정말 조금입니다.]

대검을 세워 괴수의 급소를 찔렀다.

카캉!

'젠장! 여긴 절대로 단련할 수 없는 부위잖아?'

남자로서 차마 하기 어려운 공격을 했음에도 무위로 돌아가자 제닌은 입안이 바싹 말랐다.

'대체 언제까지! 어?'

잔뜩 일그러졌던 제닌의 얼굴에 놀라움이 떠올랐다.

멀리 지평선 근처에서 피어오른 빛무리 때문이었다.

빛무리는 눈 깜짝할 사이 달려와 제닌의 몸을 휘감았다.

처음 겪었던 것처럼 강렬한 느낌은 아니었다.

온화하고 포근하면서도 은은하게 느껴지는 거대함.

제닌은 자신의 몸을 휘감은 빛에서 마치 세상을 아우를 정도로 높은 위치에서 아래를 내려다보는 존재의 여유로움을 느꼈다.

"아아……."

제닌은 저도 모르는 사이 입을 벌리고 소리를 흘리고 있었다.

'이건… 대체…….'

쉬익!

잠깐의 틈을 노린 괴수의 팔이 제닌을 찔렀다. 하지만 제닌의 몸에 접근할수록 속도가 느려지더니 갑옷의 표면을 스치며 다시 멀어져갔다.

튕기는 것이 아닌, 자연스럽게 잡았다가 부드럽게 놓아주는 듯한 느낌이었다.

후우우웅!

이번에는 주먹이 내리꽂혔다.

그러나 마찬가지로 제닌의 몸에 가까워질수록 느려지더니 제닌의 정수리 근처에서 완전히 멈췄다.

제닌은 손을 들어 괴수의 주먹을 어루만졌다.

"아아……. 이런 거였군."

주먹 표면에 어렸던 검붉은 기류가 사라지며 거친 털이 돋아난 피부가 만져졌다. 이어 손이 닿은 곳을 통해 몸에 머물던 기운을 투사하자 곧 괴수의 온몸 구석구석으로 뻗어 가며 정보를 전해주었다.

"이놈의 약점은… 여긴가?"

슬쩍 내지른 주먹을 통해 은은한 빛을 띤 구체가 괴수의 몸에 날아들었다. 그것은 괴수의 몸에 두른 검붉은 기류를 순식간에 와해시키며 괴수의 몸속으로 스며들었다.

– 쿠에에에에엑!

거친 비명이 터져 나왔지만, 제닌의 귀에 닿을 때에는 물속에서 울리는 목소리처럼 먹먹하게 변해 있었다.

비명과 함께 바닥에 쓰러진 괴수는 한차례 몸을 부들부들 떨더니 움직임을 멈췄다.

제닌은 자신의 손바닥을 내려다보다가 씩 웃었다.

'이렇게 쉬운 것을…….'

그동안 괴수들의 공격을 피해 아등바등 살아남았던 것이 우스워 보일 지경이었다.

남은 두 마리를 훑어본 제닌은 은신해 있던 한 마리까지 어김없이 찾아냈다. 그리고 괴수들을 향해 주먹을 뻗었다.

세 번의 주먹질.

세 번의 비명.

부들거리던 괴수의 움직임이 완전히 멎었을 때 제닌은 허탈감이 깃든 웃음을 흘렸다. 지금 그의 심정이 딱 그러했다.

우우우우웅!

균열이 다시금 울부짖기 시작했다.

"다음은……. 훗! 굳이 내가 나설 필요도 없겠군."

제닌은 흐뭇한 미소를 띤 채 균열을 바라보았다.

쿵. 쿠쿵. 쿵!

다시금 괴수들이 모습을 드러냈다.

숫자는 여섯.

각각이 배수로 늘어난 것을 생각하면 은신한 놈이 둘 더 있을 터였다.

– 쿠워어어어어!

전의를 끌어 올리려는 듯, 괴수 하나가 울부짖었고, 나머지 역시 입을 크게 벌렸다.

그들이 울부짖음을 토하려는 찰나.

풀썩!

지반이 내려앉으며 괴수들의 몸을 집어삼켰다.

괴수들은 팔다리를 휘저으며 떨어지지 않으려 안간힘을 썼지만, 수직으로 뚫린 굴 주변의 흙은 괴수들의 몸을 지탱하기에는 너무 물렀다.

괴수들은 그대로 떨어져 내렸고, 굴 주변의 흙이 들썩거리더니 작은 인영을 토해냈다.

"아빠!"

마리는 제닌을 향해 생긋 웃었지만, 곧바로 달려들지는 않았다. 아직 할 일이 남아 있었기 때문이다.

마리의 주변에서 벡스 투를 비롯한 커다란 덩치의 몬스터들이 나타나더니 일제히 발을 구르기 시작했다.

"뛰어! 세게! 더 세게!"

드드드드드드.

지면이 울렸다. 그리고 어느 순간, 굴 주변의 지반이 무너져 내리며 굴을 메웠다.

완전히 무너진 굴을 바라보던 마리가 몸을 돌려 외쳤다.

"아빠! 물!"

제닌은 미소 띤 얼굴로 인벤토리에서 물통을 꺼내 바닥에 내려놓았다. 그러자 벡스 투를 비롯한 몬스터들이 다가와 물통을 굴 옆으로 옮겼다.

"부어! 막 부어! 막! 막!"

마리가 발을 동동 구르며 소리쳤고, 몬스터들은 물통을 부숴가며 무너져 내린 굴 안에 부어 넣었다. 그렇게 부은 물은 지면까지 올라와 찰랑거렸고, 얼마 지나지 않아 지하에서 느껴지던 기운이 서서히 약해져 갔다.

'놈들도 생명은 생명이라는 건가? 숨을 못 쉬니 죽는군.'

설사 놈들이 토사를 헤치고 기어 나온다 해도 제닌은 얼마든지 상대할 자신이 있었다. 그래도 이왕이면 손대지 않고 편하게 처리하는 편이 좋은 건 사실이었다.

"아빠아!"

마리가 양팔을 활짝 벌린 채 달려왔다.

제닌도 팔을 벌려 안아 올리자 마리는 '나 잘했지?'라는 물음을 연발하며 생글생글 웃었다.

제닌은 흐뭇함을 머금은 얼굴로 고개를 끄덕이며 마리의 머리를 쓰다듬어 주었다.

'그나저나 애니, 균열을 처리할 방법이 있다고 하지 않았나? 놈들이 다시 나오기 전에 처리해야 할 것 같은데?'

제닌의 물음에 허공에 미약한 떨림이 일었다.

잠시의 떨림은 제닌의 눈앞에 푸른 보석이 박힌 펜던트를 만든 후 사그라졌다.

'이건?'

제닌에게는 너무도 익숙한 물건이었다.

모든 일의 발단이 되는 물건이기도 했다.

[이 펜던트를 균열을 향해 던지시면 됩니다.]

'그래?'

제닌은 별생각 없이 펜던트를 잡았다. 그리고 균열을 향해 내던졌다.

이런저런 생각을 하기보다는 그저, 조금이라도 빨리 상황을 끝내고 싶은 마음뿐이었다. 괜스레 시간을 끌었다가 감당하기 어려운 적이라도 나타난다면, 낭패였다.

하지만 펜던트가 균열에 다다른 직후, 제닌은 약간의 의아함을 느껴야 했다.

'가만, 그런데 저걸로 뭘 한다는 거지? 저걸로 인해 모든 일이 시작되기는 했는데……. 저게 과연 균열을 없앨만한 힘을……'

[그동안 즐거웠습니다.]

'응? 뭐라고?'

그렇게 되물으면서도 제닌의 마음 한구석에는 알 수 없
는 불안감이 피어났다.

[부디 행복하시길…….]

'서, 설마!'

제닌의 눈동자가 한껏 커졌을 때였다.

화아아악!

온 세상이 빛으로 물들었다.

그리고 빛은 균열을 머금고 사라졌다.

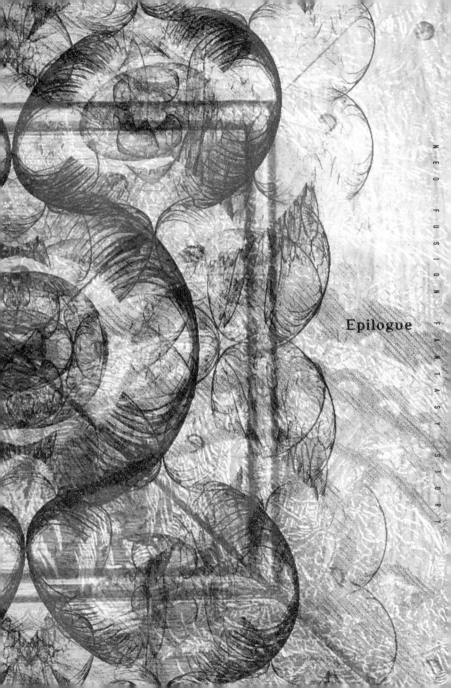

Epilogue

라플라스 제국의 제도, 라테스.

대륙의 절반을 차지한 대제국의 수도답게 라테스는 넓고 웅장한 모습이었다.

단지 그뿐만 아니었다. 주민을 위한 각종 편의시설은 방문한 이들의 마음을 사로잡았고, 이곳에서 판매하는 각종 물품 또한 전대륙인의 사랑을 받았다.

균열과 함께 사라진 펜던트 덕분에 레벨 업 시스템은 사라졌다. 그러나 그동안 받았던 혜택마저 사라진 것은 아니었다.

제닌은 여전히 강력했고, 그의 부하들과 병사들 역시 예전의 힘을 고스란히 보존했다.

신기한 점은 각종시설물 또한 여전히 제 기능을 한다는 것이었는데, 제닌은 이것을 신관과 신도들의 힘으로 추측했다.

그들이 보내는 에너지가 시설물들의 기능을 유지하는 원동력이라는 추측이었다.

그러나 정확한 사실을 알 방법은 없었고, 이왕이면 안 되는 것보다는 잘되는 게 좋은 것 아니겠는가?

라테스에는 건축물만큼이나 유명한 것이 하나 더 있었다.

바로 성의 북쪽과 접한 엘프의 숲이었다.

그곳에는 사라진 종족이라는 엘프가 산다는 소문이 돌았는데, 엘프의 실존 여부는 검증되지 않았다. 라플라스 제국의 초대 황제인 페트로 대제의 명으로 금역으로 지정되었기 때문이다.

그 때문에 숲 둘레에는 백 미터 단위로 초소가 세워졌고, 병사들이 상주해 철통같은 보안을 유지했다.

물론 어디에나 예외는 있는 법.

"아아! 날씨 좋다!"

은빛 머리카락을 늘어뜨린 청년이 철저하게 출입이 금지된 숲 속을 여유롭게 걷고 있었다.

그 옆에는 십 대 중후반 정도로 보이는 소녀가 청년의 팔을 꼭 붙든 채로 따르고 있었는데, 무엇이 그리 즐거운지 소녀의 입에서는 재잘거림이 끊이지 않고 이어졌다.

"아빠, 마리 사랑해?"

"그럼! 물론이지!"

"그럼 마리랑 결혼해!"

"하하! 그건 말이다……. 흐음……."

제닌은 머쓱한 표정으로 대답을 회피했다.

"마리가 이만큼 크면 결혼해 준다고 했잖아? 그런데 왜 안 해줘? 아빠 거짓말쟁이!"

몸은 다 컸다.

키는 제닌의 어깨에 다다를 정도였고, 몸매도 어지간한 미녀는 감히 빗대지 못할 정도로 성숙했다.

문제는 정신이 여전히 예전 그대로라는 점이었다.

두 살이라는 본래 나이를 고려하면 타당한 것도 같았지만, 불쑥 커버린 몸을 보면 그러지도 않았다.

'에휴……. 이러다가 정말 끝까지 결혼 못하고 사는 건 아니겠지?'

제닌은 입술을 삐죽 내민 채 토라진 표정을 짓는 마리를 바라보며 한숨을 내쉬었다.

그는 황태자였다. 그것도 대륙의 절반을 장악한 최강국 라플라스 제국의 황태자.

또한, 홀로 전 대륙의 병력을 상대할 수 있다는 말이 돌 정도로 강대한 무력을 갖춘 인물이기도 했다.

신분이 신분인 만큼 수많은 매파가 오갔으며 각국의 공주를 비롯한 아리따운 영애들이 라테스를 찾았다.

물론 향후 대륙 권력의 핵심이 될 제닌과의 혼사를 이루기 위함이었다.

문제는 항상 옆에 붙어 다니며 철저하게 마크하는 마리였다. 제닌 앞에서는 마냥 어린아이처럼 굴었지만, 밖에서도 그러는 것은 아니었다.

물론, 제닌이 실제로 확인한 바는 아니었다.

다만, 웃으며 라테스로 들어왔던 영애 중, 웃으며 떠난 영애가 지금껏 단 한 명도 없다는 사실이 제닌이 그렇게 생각하게 된 이유였다.

'그나저나, 애니는 대체 어떻게 된 건지……. 그대로 영영 사라져 버린 건가?'

항상 있을 때는 몰랐는데, 막상 사라져 버리니 아쉬운 점이 한둘이 아니었다.

'외롭기도 하고 말이야.'

비록 사람은 아니었으나, 누구보다 자신을 잘 알아주는 이였다. 어찌 보면 거의 한 몸처럼 생각될 때도 있었다.

사삭. 사사삭.

풀숲이 흔들리는 소리가 들려왔다.

'오늘이 정기 보고 날인가?'

미니 맵은 사라졌고, 모습도 보이지 않았지만, 제닌은

기운을 통해 다가오는 인물을 파악할 수 있었다.

잠시 후, 수풀 한쪽이 열리며 두 명의 엘프를 토해냈다.

크리시나와 엘리시나 자매였다.

"찾았나?"

"흥! 저 인간은 만나자마자 본론이야. 안부라도 좀 물으면 어디가 덧나기라도 하나?"

제닌의 물음에 엘리시나가 콧방귀를 뀌며 고개를 돌렸다.

"죄송합니다. 엘리가 아직 철이 없어서……."

"됐어. 어쨌든 아직 못 찾았다는 거지?"

균열을 막아낸 일 년 전부터 제닌은 엘프들에게 펜던트를 찾을 것을 지시했다.

물론 주 임무는 어딘가에 남아 있을 엘프들을 이곳으로 데려와 안전하게 보호하기 위함이었지만, 어차피 대륙 전역을 돌아다녀야 할 일이었기에 겸사겸사 펜던트도 찾아보는 것이 좋겠다는 생각에서였다.

"그렇습니다."

크리시나의 대답에 제닌은 고개를 끄덕이며 손을 휘휘 저었다.

"그럼, 가 봐. 고생했어."

"흥! 정말! 진심이라고는 눈곱만큼도 없는 인간이라니까! 언니는 저런 인간이 뭐가 좋다고!"

"에, 엘리!"

엘리시나의 투덜거림에 크리시나가 얼굴을 빨갛게 물들이며 그녀의 입을 막았다.

'응? 크리시나가? 날?'

제닌은 새삼스러운 얼굴로 크리시나의 얼굴을 바라보았다.

가뜩이나 아름다움으로 유명한 엘프 중에서도 첫손가락으로 꼽는 크리시나였다. 보기 좋은 사과 빛으로 물든 얼굴은 제닌에게 예전과는 다른 아름다움을 선사했다.

다름 아닌 시각의 차이였다.

그저 사무적으로 대하던 시선과 자신을 좋아하는 마음을 가진 여인을 바라보는 시선이 같을 수는 없었다.

'호오! 그러고 보니 멀리서 찾을 게 아니었군!'

"안 돼!"

흥미로운 얼굴로 크리시나를 바라보던 시선이 마리의 등으로 가로막혔다.

"아빠는 마리 거야! 넘보면 혼내줄 거야!"

'에휴! 그러면 그렇지……'

아무래도 마리를 어떻게 하지 않는 이상 결혼은 머나먼 나라의 이야기일 것 같았다.

하지만 상황은 제닌의 예상과는 다르게 흘러갔다.

"그렇게 못 하겠다면요?"

크리시나가 도전적인 눈빛으로 마리 앞에 나섰다.

휘이이이잉.

따스한 봄날의 숲에, 때아닌 한파가 몰아쳤다.

매서운 눈빛으로 서로 노려보던 두 여인 사이에 팽팽한 긴장감이 형성되기 시작했다.

"엘리. 물러나 있으렴."

크리시나는 이미 한바탕 전투를 각오한 듯싶었다.

"아빠는 가만있어도 돼! 마리가 지킬 테니까."

나름대로 기특한 말이기는 하지만, 두 여인이 전심전력을 다해도 제닌의 솜털 하나 상하게 할 수는 없었다.

이미 균열의 괴수를 상대할 때부터 그의 강함은 인간을 아득히 초월했고, 지금은 그때보다 더욱 강해진 상태였다.

지금 제닌이 느끼기에는 전설 속의 드래곤이 나타난다 해도 어찌 상대해볼 수 있을 것 같았다.

"흐음……. 그나저나 이 상황이면 내가 누굴 응원해야 하지?"

한발 물러선 제닌이 나직하게 중얼거렸다.

하나는 딸, 다른 하나는 자신을 좋아한다는 여인. 딱히 하나를 택하기에는 애매한 문제였다.

"그럼, 저는 어떤가요?"

갑작스레 들려온 목소리에 제닌은 흠칫 놀랐다.

놀란 눈을 돌려 옆을 바라보니 푸른 머리카락을 가진 소녀가 그를 향해 생긋 웃고 있었다.

비록 상대는 웃는 얼굴이었지만, 제닌은 결코 웃을 수 없었다.

'아무런 기척도 없었어! 이렇게 가까이 다가올 때까지!'

제닌의 마음 한 편에 긴장감이 떠오르려 할 때, 그의 시선이 소녀의 가슴에 머물렀다. 정확히는 가슴 한가운데 자리 잡은 푸른 펜던트였다.

"너, 그, 그거……."

피어오르던 긴장감이 썰물처럼 빠져나갔다.

그런 그를 향해 소녀가 생긋 웃었다.

소녀의 양 볼에 팬 보조개가 깜찍하다는 생각이 들 무렵, 소녀의 맑고 투명한 목소리가 제닌의 귓가를 두드렸다.

"레벨 업을 하시겠습니까?"

〈로열로더 완결〉